梁实秋·雅舍经典全集

同人阁文化传媒出品

TONGRENGE MEDIA

同人阁文化传媒

雅舍杂文全集

梁实秋⊙著

天津出版传媒集团

天津人民出版社

图书在版编目（CIP）数据

雅舍杂文全集 / 梁实秋著 . -- 天津 : 天津人民出
版社 , 2018.9（2022.11 重印）
ISBN 978-7-201-13455-0

Ⅰ . ①雅… Ⅱ . ①梁… Ⅲ . ①杂文集－中国－现代
Ⅳ . ① I266.1

中国版本图书馆 CIP 数据核字 (2018) 第 161773 号

雅舍杂文全集
YASHE ZAWEN QUANJI

出　　版　天津人民出版社
出 版 人　刘　庆
地　　址　天津市和平区西康路 35 号康岳大厦
邮政编码　300051
邮购电话　（022）23332469
电子邮箱　reader@tjrmcbs.com

责任编辑　李　荣
装帧设计　同人内文化传媒

制版印刷　永清县晔盛亚胶印有限公司
经　　销　新华书店
开　　本　880 毫米 ×1230 毫米　1/32
印　　张　10.375
字　　数　368 千字
版次印次　2018 年 9 月第 1 版　2022 年 11 月第 3 次印刷
定　　价　69.80 元

目 录

雅舍杂文

秋室杂文

实秋杂文

雅舍杂文

群 芳 小 记

　　"老子爱花成癖"，这话我不敢说。爱花则有之，成癖则谈何容易。需要有一块良好的场地，有一间宽敞的温室，有各种应用的器材。更重要的是有健壮的体格，和充分的闲暇。我何足以语此。好不容易我有了余力，有了闲暇，但是曾几何时，人垂垂老矣！两臂乏力，腰不能弯，腿不能蹲。如何能够剪草、搬盆、施肥、换土？请一位园丁，几天来一次，只能帮做一点粗重的活。而且花是要自己亲手培养，看着它抽芽放蕊，才有趣味。像鲁迅所描写的"吐两口血，扶着丫鬟，到阶前看秋海棠"，那能算是享受么？

　　迁台以来，几度播迁，看到了不少可爱的花。但是我经过多少次的移徙，"乔迁"上了高楼，竟没有立锥之地可资利用，种树莳花之事乃成为不可能。无已，只好寄情于盆栽。幸而菁清爱花有甚于我者，她拓展阳台安设铁架，常不惜长途奔走载运花盆、肥土，戴上手套做园艺至于忘寝废食。如今天晴日丽，我们的窗前绿意盎然。尤其是她培植的"君子兰"由一盆分为十余盆，绿叶黄花，葳蕤多姿。我常想起黄山谷的句子："白发黄花相牵挽，付与傍人冷眼看。"

菁清喜欢和我共同赏花，并且要我讲述一些有关花木的见闻，爱就记忆所及，拉杂记之。

一、海　棠

海棠的风姿艳质，于群芳之中颇为突出。

我第一次看到繁盛缤纷的海棠是在青岛的第一公园。二十年春，值公园中樱花盛开，夹道的繁花如簇，交叉蔽日，蜜蜂嗡嗡之声盈耳，游人如织。我以为樱花无色无香，纵然蔚为雪海，亦无甚足观，只是以多取胜。徘徊片刻，乃转去苗圃，看到一排排西府海棠，高及丈许，而花枝招展，绿鬓朱颜，正在风情万种、春色撩人的阶段，令人有忽逢绝艳之感。

海棠的品种繁多，以"西府"为最胜，其姿态在"贴梗""垂丝"之上。最妙处是每一花苞红得像胭脂球，配以细长的花茎，斜敧挺出而微微下垂，三五成簇。凡是花，若是紧贴在梗上，便无姿态，例如茶花，好的品种都是花朵挺出的。樱花之所以无姿态，便是因为无花茎。榆叶梅之类更是品斯下矣。海棠花苞最艳，开放之后花瓣的正面是粉红色，背面仍是深红，俯仰错落，浓淡有致。海棠的叶子也陪衬得好，嫩绿光亮而细致。给人整个的印象是娇小艳丽。我立在那一排排的西府海棠前面，良久不忍离去。

十余年后我才有机会在北平寓中垂花门前种植四棵西府海棠，着意培植，春来枝枝花发，朝夕品赏，成为毕生快事之一。明初诗人袁士元《和刘德彝海棠诗》有句云："主人爱花如爱珠，春风庭院如画图。"似此古往今来，同嗜者不在少。两蜀花木素盛，海棠尤为著名。昌州（今大足县）且有"海棠香国"之称。但是杜工部经营草堂，广栽花木，独不及海棠，诗中亦不加吟咏，或谓避母讳，不知是否有据。唐诗人郑谷《蜀中赏海棠》诗云："浓淡芳春满蜀乡，半随风雨断莺肠，浣花溪上堪惆怅，子美无心为发扬。"其言若有憾焉。

以海棠与美人春睡相比拟，真是联想力的极致。《唐书·杨贵妃传》："明皇登沉香亭，召杨妃，妃被酒新起，命力士从侍儿扶掖而至。明皇笑曰：'此真海棠睡未足耶？'"大概是海棠的那副懒洋洋的娇艳之状像是美人春睡初起。究竟是海棠像美人，还是美人像海棠，倒是一个有趣的问题。苏东坡一首《海棠》诗有句云："林深雾暗晓光迟，日暖风清春睡足。"是把海棠比作美人。

秦少游对于海棠特别感兴趣。宋释惠洪《冷斋夜话》："少游在横州，饮于海棠桥，桥南北多海棠，有老书生家于海棠丛间。少游醉宿于此，明日题其柱云：'唤起一声人悄，衾暖梦寒窗晓。瘴雨过，海棠开，春色又添多少？社瓮酿成微笑，半破瘿瓢共舀。觉倾倒，急投床，醉乡广大人间小。'"家于海棠丛中，多么风流！少游醉后题词，又是多么潇洒！少游家中想必也广植海棠，因为同为苏门四学士的晁补之有一首《喜朝天》，注"秦宅海棠作"，有句云："碎锦繁绣，更柔柯映碧，纤挡匀殷。谁与将红间白。采薰笼，仙衣覆斑斓。如有意，浓妆淡抹，斜倚阑干。"刻画得淋漓尽致。

二、含　笑

白朴的曲子《广东原》有这样的一句："忘忧草，含笑花，劝君闻早宜冠挂。"以"忘忧草"（即萱草）与"含笑花"作对，很有意思。大概是语出欧阳修《归田录》："丁晋公在海南，篇咏尤多，如：'草解忘忧忧底事，花名含笑笑何人？'尤为人所传诵。"含笑花是什么样子，我从未见过，因为它是南方花木，北地所无。

我来到台湾之后十年，开始经营小筑，花匠为我在庭园里栽了一棵含笑。是一人来高的灌木，叶小枝多，毫无殊相。可是枝上有累累的褐色花苞，慢慢长大，长到像莲实一样大，颜色变得淡黄，在燠热湿蒸的天气中，突然绽开。不是突然展瓣，是花苞突然裂开小缝，像是美人的樱唇微绽，一缕浓烈的香气荡漾而出。所以名为含笑。那香气带着甜味，英文俗名称之为"香蕉灌木"（banana shrub），名虽不雅，确是贴切。宋人陈善《扪虱新话》："含笑有大小，小含笑香尤酷烈。四时有花，唯夏中最盛。又有紫含笑、茉莉含笑。皆以日夕入稍阴则花开。初开香尤扑鼻。予山居无事，每晚凉坐山亭中，忽闻香风一阵，满室郁然，知是含笑开矣。"所记是实。含笑易谢，不待隔日即花瓣敞张，露出棕色花心，香气亦随之散尽，落花狼藉满地。但是翌日又有一批花苞绽开，如是持续很久。淫雨之后，花根积水，遂渐呈枯零之态。急为垫高地基，盖以肥土，以利排水，不久又欣欣向荣，花苞怒放了。

大抵花有色则无香，有香则无色。不知是否上天造物忌全？含笑异香袭人，而了无姿色，在群芳中可独树一格。宋人姚宽《西溪丛语》载"三十客"之说，品藻花之风格，其说曰："牡丹，贵客。梅，清客。李，幽客。桃，妖客。杏，艳客。莲，溪客。木樨，严客。海棠，蜀客。……含笑，佞客。……"含笑竟得"佞客"之名，殊难索解。佞有伪善或谄媚之意。含笑芬芳馥郁，何佞之有？我对于含笑特有一份好感，因为本地人喜欢采择未放的含笑花苞，浸以净水，供奉在亡亲灵前或佛龛案上，一瓣心香，情意深远，美极了。有一位送货工友，在我门外就嗅到含笑香，向我乞讨数朵，问以何用，答称新近丧母，欲以献在灵前，我大为感动，不禁鼻酸。

三、牡　丹

牡丹不是我国特产，好像是传自西方。隋唐以来，始盛播于中土，朝野为之风靡。天宝中，杨贵妃在沉香亭赏木芍药，李白作《清平调词》三章，有"云想衣裳花想容"之句。木芍药即牡丹。百年之后，裴度退隐，"寝疾永乐里，暮春之月，忽过游南园，令家仆童升至药栏，语曰：'我不见花而死，可悲也。'怅然而返。明早报牡丹一丛先发，公视之，三日乃薨"，是真所谓牡丹花下死。白居易为钱塘守，携酒赏牡丹，张祜题诗云："浓艳初开小药栏，人人惆怅出长安。风流却是钱塘守，不踏红尘看牡丹。"刘禹锡赏牡丹诗："唯有牡丹真国色，花开时节动京城。"其他诗人吟咏牡丹者不计其数。

周敦颐《爱莲说》："自李唐来，世人甚爱牡丹。……牡丹花之富贵者也。……牡丹之爱宜乎众矣。"濂溪先生独爱莲，这也罢了，但是字里行间对于牡丹似有贬意。国色天香好像蒙上了羞。富贵中人和向往富贵的人当然仍是趋牡丹如鹜。许多志行高洁的人就不免要受《爱莲说》的影响，在众芳之中别有所爱而讳言牡丹了。一般人家里没有药栏，也没有盆栽的牡丹，但至少壁上可以悬挂一幅富贵花图。通常是一画就是五朵，而且颜色不同，魏紫姚黄之外再加上绛色的、粉红色的，和朱红色的。据说这表示五世其昌。五朵花都是同时在盛开怒放的姿态之中，花蕊暴露，而没有一瓣是萎腰褪色的。同时，还必须多画上几个含苞待放的蓓蕾，表示不会断子绝孙。因此牡丹益发沾染了俗气。

其实，牡丹本身不俗。花大而瓣多，色彩淡雅，黄蕊点缀其间，自有雍容丰满之态。其质地细腻，不但花瓣的纹路细致，而且厚薄适度。叶子的脉理停匀，形状色彩，亦均秀丽可观。最难得的是其近根处的木本，在泡松的木干之中抽出几根，透润的枝条，极有风致。比起芍药不可同日而语。尝看恽南田工笔画的没骨牡丹，只觉其美，不觉其俗，也许因为他不是画给俗人看的。

名花多在寺院中，除了庄严佛土，还可吸引众生前去随喜。苏东坡知杭州，就常到明庆寺吉祥寺赏牡丹，有诗为证。《雨中明庆寺赏牡丹》："霏霏雨露作清妍，烁烁明灯照欲然。明日春阴花未老，故应未忍着酥煎。"末句有典故，五代后蜀有一兵部贰卿李昊，牡丹开时分赠亲友，附兴采酥，于花谢时煎食之。牡丹花瓣裹上面糊，下油煎之，也许有一股清香的味道，犹之菊花可以下火锅，不过究竟有些煞风景。北平崇孝寺的牡丹是有名的，据说也有所谓名士在那里吃油炸牡丹花瓣，饱尝异味。崂山的下清寺，有牡丹高与檐齐，可惜我几度游山不曾有一见的机会。

牡丹娇嫩，怕冷又怕热。东坡说："应笑春风木芍药，丰肌弱骨要人医。"我在故乡曾植牡丹一栏，天寒时以稻草束之，一任冰雪埋覆，来春启之施肥，使根干处通风，要灌水但是也要宜排水。届时花必盛开，似不需特别调护。在台湾亦曾参观过一次牡丹展，细小羸弱，全无妖妍之致，可能是时地不宜。

四、莲

《古乐府》："江南可采莲，莲叶何田田。"不只江南可采莲，凡是有水的地方，大概都可以有莲，除非是太寒冷的地方。"曲院风荷"是西湖十景之一。南京玄武湖里一片荷花，多少人在那里荡小舟，钻进去偷吃莲蓬。可是莲花在北方依然是常见的，济南的大明湖，北平的什刹海，都是暑日菡萏敷披风送荷香的胜地，而北海靠近金鳌玉蝀一带的荷芰，在炎夏时候更是青年男女闹舡寻幽谈爱的好地方。

初来台湾，一日忽动乡思，想吃一碗荷叶粥，而荷叶不可得。市内公园池塘内有莲花，那是睡莲，非我所欲。后来看到植物园里有一相当大的荷塘，近边处的花和叶都已被人摧折殆尽。有一天作郊游，看见稻田中居然有一塘荷花，停身觅主人请购荷叶，主人不肯收资，举以相赠。回家煮粥，俟熟乘沸以荷叶盖在上面，少顷粥现淡绿色，有香气扑鼻。多余的荷叶弃之可惜，实以米粉肉，裹而蒸之，亦有情趣。其实这也是类似莼鲈之想，慰情聊胜于无而已。

小时家里种了好几大盆荷花。春水既泮，便从温室取出置阳光下，截除烂根细藕，换泥加水，施特殊肥料（车厂出售之修马掌骡掌的角质碎片）。到了夏初，则荷叶突出，荷花挺现，不及池塘里的高大，但亦丰腴可喜。清晨露尚未晞，露珠在荷叶上滚来滚去。静看荷花展瓣，瓣上有细致的纹路，花心露出淡黄的花蕊和秀嫩的莲房，有说不出的一股纯洁之致。而微风过处，茎细而圆大的荷叶，微微摇晃，婀娜多姿，尤为动人。陈造《早夏》诗："凉荷高叶碧田田。"画家写风竹，枝叶披拂，令人如闻风飕飕声，但我尚未见有人画出饶有动态的风荷。

先君甚爱种荷。晨起辄裴回荷盆间，计数其当日开放之花朵，低吟曼唱，自得其乐。记得有一次折下一枝半开的红莲插入一只仿古蟹爪纹细长素白的胆瓶里，送到书房几上。塾师援笔在瓶上写了"出淤泥而不染，濯清涟而不妖"几个大字，犹如俗匠在白瓷茶壶上题"一片冰心"一般。"花如解语还多事"，何况是陈腐的题句？欲其雅，适得其反。

近闻有人提议定莲花为花莲的县花。这显然是效法美国人之所谓"州花"。广植莲花，未尝不好，锡以封号，似可不必。

五、辛　夷

辛夷，属木兰科，名称很多，一名新雉，又名木笔，因其花未开时形如毛笔。又名侯桃，因其花苞如小桃，有茸毛。辛夷南北皆有之。王维辋川别墅中即有一处名辛夷坞，有诗为证："木末芙蓉花，山中发红萼。涧户寂无人，纷纷开且落。"北平颐和园的正殿之前有两棵辛夷，花开极盛，但我一向不曾在花时游览，仅于画谱中略识其面貌。蜀中花事凤盛，大街小巷辄有花户设摊贩花。二十八年春，我在重庆，一日踱出中国旅行社招待所，于路隅花摊购得辛夷一大枝，花苞累累有百数十朵，有如叉枝繁多之蜡烛台，向逆旅主人乞得大花瓶一只，注满清水，插花入瓶，置于梳妆台上，台三面有镜，回光交映，一室生春。

辛夷有紫红、纯白两种，纯白者才是名副其实的木笔。而且真像是毛笔头，溜尖溜尖的一个个的笔直的矗立在枝上。细小者如小楷兔毫，稍大者如寸楷羊毫，更大者如小型羊毫抓笔。著花时不生叶，赭色枝头遍插白笔头，纯洁无疵，蔚为奇观。花开六瓣，瓣厚而实，晨展而夕收，插瓶六七日始谢尽。北碚后山公园有辛夷数十本，高约二丈，红白相间，非常绚烂，我于偕友登小丘时无意中发现之。其处鲜有人去观赏，花开花谢，狼藉委地，没有人管。

美国西雅图市，家家户前芳草如茵，莳花种树，一若争奇斗艳。于篱落间偶然亦可见有辛夷杂于其内。率皆修剪其枝干不令过高。我的寄寓之所，院内也有一棵，而且是不落叶的那一种，一年四季都有绿叶，花开时也有绿叶扶持。比较难于培植，但是花香特别浓郁。有一次我发现一只肥肥大大的蜜蜂卧在花心旁边，近视之则早已僵死。杜工部句："不是爱花即欲死，只恐花尽老相催。"这只蜜蜂莫非是爱花即欲死？

来到台湾，我尚未见过辛夷。

六、水 仙

岁朝清供，少不得水仙。记得小时候，一到新春，家人就把大大小小的瓷钵搬了出来，连同里面盛着的小圆石子一起洗刷干净，然后一钵钵的把水仙的鳞茎栽植其中，用石子稳定其根须，注以清水，置诸案头。那些小圆石子，色洁白，或椭圆，或略扁，或大或小，据说是产自南京的雨花台。多少年下来，雨花台的石子被人捡光了，所以家藏的几钵石子就很宝贵。好像比水仙还更被珍惜。为了点缀色彩，石子中间还洒上一些碎珊瑚，红白相间，别有情趣。

水仙一花六瓣，作白色，花心副瓣，作黄色，宛然盏样，故有"金盏银台"之称。它怕冷，它要阳光。我们把它放在窗内有阳光处去晒它，它很快的展瓣盛开。天天搬来搬去，天天换水，要小心的伺候它。它有袭人的幽香，它有淡雅的风致。虽是多年生草本，但北地苦寒难以过冬，不数日花开花谢，只得委弃。盛产水仙之地在闽南，其地有专家培植修割，及春则运销各地供人欣赏。英国十七世纪诗人赫立克（Herrick）看了水仙（Narcissus），辄有春光易老之叹。他说：

> 人生苦短，和你一样，
> 我们的春天一样的短；
> 很快的长成，面临死亡，

和你，和一切，没有两般。

（We have short time to stay, as you,

We have as short a spring;

As quick a growth to meet decay,

As you, or anything.）

西方的水仙，和我们的品种略异，形色完全一样，而花朵特大，唯香气则远逊。他们不在盆里供养，而是在湖边泽地任其一大片一大片的自由滋生。诗人华次渥兹有一首名诗《我孤独的漂荡像一朵云》，歌咏的就是水边瞥见成千成万朵的水仙花，迎风招展，引发诗人一片欢愉之情而不能自已，而他最大的快乐是日后寂寞之时回想当时情景益觉趣味无穷。我没有到过英国的湖区，但是我在美洲若干公园里看见过成片的水仙，仿佛可以领略到华次渥兹当年的感受。不过西方人喜欢看大片的花丛，我们的文人雅士则宁可一株、一枝、一花、一叶的细细观赏，山谷所云"坐对真成被花恼"，情调完全不同。（《离骚》"既滋兰之九畹兮，又树蕙之百亩"，我想是想象之辞，不可能真有其事。）

在台湾，几乎家家户户有水仙点缀春景。植水仙之器皿，花样翻新，奇形怪状，似不如旧时瓷钵之古朴可爱，至于粗糙碎石块代替小圆石，那就更无足论了。

七、丁 香

提起丁香，就想起杜甫一首小诗：

丁香体柔弱，乱结枝犹垫。

细叶带浮毛，疏花披素艳。

深栽小斋后，庶使幽人占。
晚堕兰麝中，休怀粉身念。

这是他的《江头五咏》之一，见到江畔丁香发此咏叹。时在宝应元年。诗中的“垫”字费解。仇注根据《说文》：“垫，下也。凡物之下坠皆可云垫。”好像是说丁香枝弱，故此下坠。施鸿保《读杜诗说》：“下堕义，与犹字不合。今人常语衬垫，若训作衬，则谓子结枝上，犹衬垫也。”施说有见。末两句意义嫌晦，大概是说丁香可制为香料，与兰麝同一归宿，未可视为粉身碎骨之厄。仇注认为是寓意“身名隳于脱节”，《杜臆》亦谓“公之咏物，俱有为而发，非就物赋物者。……丁香体虽柔弱，气却馨香，终与兰麝为偶，虽粉身甘之，此守死善道者”，似皆失之迂。

丁香结就是丁香蕾，形如钉，长三四分，故云丁香。北地俗人以为“丁”“钉”同音，出出入入的碰钉子，不吉利，所以正院堂前很少种丁香，只合“深栽小斋后”了。二十四年春我在北平寓所西跨院里种了四棵紫丁香。“白菡萏香，紫丁香肥。”丁香要紫的。起初只有三四尺高。十年后重来旧居，四棵高大的丁香打成一片，一半翻过了墙垂到邻家，一半斜坠下来挡住了我从卧室走到书房的路。这跨院是我的小天地，除了一条铺砖的路和一个石几两个石墩之外，本来别无长物，如今三分之二的空间付与了丁香。春暖花开的时候招蜂引蝶，满院香气四溢，尽是营营嗡嗡之声。又隔三十年，现在丁香如果无恙，不知谁是赏花人了。

八、兰

兰花品种繁多。所谓洋兰（卡特丽亚），顾名思义是外国来的品种，尽管花朵大，色彩鲜艳，我总觉得我们应该视如外宾，不但不可亵玩，而且不耐长久观赏。我们看一朵花，还要顾及他在我们文化历史上的渊源，这样才能引起较深的情愫。看花要如遇故人，多少旧事一齐兜上心来。在台湾，洋兰却大得其道，花展中姹紫嫣红大半是洋兰的天下，态浓意远的丽人出入"贵宾室"中，衣襟上佩戴的也多半是洋兰。我喜欢品赏的是我们中国的兰。

我是北方人，小时不曾见过兰。只从芥子园画谱上学得东一撇西一撇的画成为一个凤眼，然后再加一笔破凤眼。稍长，友人从福建捧着一盆兰花到北平，不但真的是捧着，而且给兰花特制一个木条笼子，避免沿途磕碰。我这才真个的见到了兰，素心兰。这个名字就雅，令人想起陶诗的句子："闻多素心人，乐与数晨夕。"花心是素的，花瓣也是素的，素白之中微泛一点绿意。面对素心兰，不禁联想到"弱不好弄，长实素心"的高士。兰的香味不是馥郁，是若有若无的缕缕幽香。讲到品格，兰的地位极高。我们常说"桂馥兰熏"，其实桂香太甜太浓，尚不能与兰相比。

来到台湾，我大开眼界。友人中颇有几位善于艺兰，所以我的窗前几上，有时候叨光也居然兰蕊驰馨。尝有客款扉，足尚未入户，就大叫起来："君家有素心兰耶？"这位朋友也是素心人，我后来给他送去一盆素心兰。我所有的几盆兰，不数年分植为数十盆，乃于后院墙角搭起一丈见方的小棚，用疏隔的竹篾遮覆以避骄阳直晒，竹篾上面加铺玻璃以防淫雨，因此还召致了"违章建筑"的罪名，几乎被报请拆除。竹篾上的玻璃引起了墙外行人的注意，不久就有半大不小的各色人物用砖石投掷，大概是因为玻璃破碎之声清脆悦耳之故。小棚因此没有能持久，跟着我的数十盆兰花也渐渐的支离破碎了。和我望衡对宇的是胡伟克先生，我发现他家里廊上、阶前、墙头、树下，到处都是兰花，大部分是洋兰，素心兰也有，而且他有一间宽大的温室，里面也堆满了兰花。胡先生有一只工作台子，上面放着显微镜，他用科学方法为兰花品种作新的交配，使兰花长得更肥，色泽更为鲜艳多姿。他的兰花在千盆以上。我听他的夫人抱怨："为了这些捞什子，我的手指都磨粗了。"我经常看见一车一车的盛开的兰花从他门前运走。他的家不仅是芝兰之室，真是芝兰工厂。

兰本来是来自山间，有藓苔覆根，雨露滋润，不需要什么肥料。移在盆里，他所需要的也只是适量的空气和水，盆里不可用普通的泥土，最好是用木炭、烧过的黏土、缸瓦碎片的三种混合物，取其通空气而易排水。也有人主张用砂、桂圆树皮、蛇木屑、木炭、碎石子混拌，然后每隔三个月用（NH4）2SO4+KCE液矙水喷洒一次。叶子上生虫也需勤加拂拭。总之，兰来自幽谷，在案头供养是不大自然的，要小心伺候了。

九、菊

花事至菊而尽，故曰蘜，蘜是菊之本字。蘜者，尽也。"兰有秀兮菊有芳，怀佳人兮不能忘。"这是汉武帝看着时光流转，自春徂秋，由花事如锦到花事阑珊，借着秋风而发的歌咏。菊和九月的关系密切，故九月被称为菊月，或称为菊秋，重阳日或径称为菊节。是日也，饮菊花茶，设菊花宴，还可以准备睡菊花枕，百病不生，平凤饮菊潭水，可以长生到一百多岁。没有一种比菊花和人的关系打得更火热。

自从陶渊明"采菊东篱下"之后，菊就代表一种清高的风格，生长在篱笆旁边，自然也就带着几分野趣。吕东莱的句子

"短篱残菊一枝黄，正是乱山深处过重阳"，是很好的写照。经
人工加意培养，菊好像是变了质。宋《乾淳岁时记》："禁中
例，于八日作重九，排当于庆瑞殿，分列万菊，灿然眩眼，且
点菊花灯，略如元夕。"这是在殿堂之上开菊展，当然又是一种
情况。

　　菊是多年生草本，摘下幼枝插在土里就活。曩昔在北平家园
中，一年之内曾蕃殖数十盆，竟以秽恶之粪土培养之，深觉戚戚
然于心未安。幼苗长大之后，枝弱不能挺立，则树细竹竿或秸秫
以为支撑，并标以红纸签，写上"绿云""紫玉""蟹爪""小
白梨"……奇奇怪怪的名称。一盆一盆的放在"兔儿爷摊子"上
（一排比一排高的梯形架），看上去一片花朵，闹则闹矣，但是
哪能令人想到一丝一毫的"元亮遗风"？

　　台湾艺菊之风很盛，但是似乎不取其清瘦，而爱其痴肥。每
一盆菊都修剪成独花孤挺，叶子的正面反面经常喷药，讲究从根
到顶每片叶子都是肥大绿光，顶上的一朵花盛开时直像是特大的
馒头一个，胖胖大大的，需要铁丝做盘撑托着它。千篇一律，朵
朵如此，当然是很富态相。"帘卷西风，人比黄花瘦"，那时的
黄花，一定不像如今的这样肥。

十、玫　瑰

　　玫瑰，属蔷薇科。唐朝有一位徐夤，作过一首咏玫瑰的诗：

芳菲移自越王台，最似蔷薇好并栽。

秾艳尽怜胜彩绘，嘉名谁赠作玫瑰？

春城锦绣风吹折，天染琼瑶日照开。

为报朱衣早邀客，莫教零落委苍苔。

诗不见佳，但是让我们知道在唐朝玫瑰即已成了吟咏的对象。《群芳谱》说："花亦类蔷薇，色淡紫，青萼黄蕊，瓣末白，娇艳芬馥，有香有色，堪入茶、入酒、入蜜。"这玫瑰，是我们固有品种的玫瑰，花朵小，红得发紫，香味特浓。可以熏茶，可以调酒（玫瑰露），可以做蜜汁（玫瑰木樨）。娇小玲珑，惹人怜爱。玫瑰多刺，被人视若蛇蝎，其实玫瑰何辜，他本不预备供人采摘。"三十客"列玫瑰为"刺客"，也是冤枉的。

外国的蔷薇品种不一，亦统称为玫瑰。常见有高至五六尺以上者，俨然成一小树，花朵肥大，除了深绯浅红者外，还有黄色的，别有风致。也有蔓生的一种，沿着篱笆墙壁伸展，可达一二丈外。白色的尤为盛旺。我有朋友蛰居台中，莳花自遣，曾贻我海外优良品种之玫瑰数本，我悉心培护，施以舶来之"玫瑰食粮"，果然绰约妩媚不同凡响，不过气候土壤皆不相宜，越年逐渐凋萎。园林有玫瑰专家，我曾专诚探访，畦圃广阔，洋洋大观，唯几乎全是外来品种，绚烂有余，韵味不足。求其能入茶入酒入蜜者，竟不可得，乃废然返。

猫　话

　　《诗·大雅·韩奕》："孔乐韩土，川泽讦讦，鲂鳏甫甫，麀鹿噳噳，有熊有罴，有猫有虎。"这是说韩城一地物产富饶，是好地方。原来猫也算是值得一提的动物，古时的猫是有实用价值的。《礼·郊特牲》："迎猫，为其食田鼠也。"捉老鼠，一直是猫的特职。一般人家里也常有鼠患，棚顶墙根都能咬个大窟窿，半夜里到厨房餐室大嚼，偷油喝，啃蜡烛，再不就是地板上滚胡桃，甚至风雅起来也偶尔啮书卷，实在防不胜防，恼火之至。《黄山谷外集》卷七有一首《乞猫》，诗曰：

　　　秋来鼠辈欺猫死，窥瓮翻盘搅夜眠。

　　　闻道狸奴将数子，买鱼穿柳聘衔蝉。

　　这首诗是说家里的老猫死了，老鼠横行。随主簿家里的猫，听说要产小猫了，请求分赠一只，已准备买鱼静待小猫光临。衔蝉，俗语，猫名也。这首诗不算是山谷集中佳构，但是《后山诗话》却很推崇："乞猫诗，虽滑稽而可喜，千岁之下，读之如新。"到底山谷乞得猫了没有，不得而知。不过山谷又有一首

《谢周文之送猫儿》，诗云：

> 养得狸奴立战功，将军细柳有家风。
> 一箪未厌鱼餐薄，四壁当令鼠穴空。

　　周家的猫不愧周亚夫细柳营的大将之风，大概是很善捕鼠。

　　鼠辈跳梁，靠猫来降伏，究竟是落后社会的现象。猫和人建立了关系，人猫之间自然也会产生感情。梅圣俞有一首《祭猫诗》，颇有情致：

> 自有五白猫，鼠不侵我书。
> 今朝五白死，祭与饭与鱼。
> 送之于中河，况尔非尔疏。
> 昔尔啮一鼠，衔鸣绕庭除。
> 欲使众鼠惊，意将清我庐。
> 一从登舟来，舟中同屋居。
> 糗粮虽其薄，免食漏窃余。
> 此实尔有勤，有勤胜鸡猪。
> 世人重驱驾，谓不如马驴。
> 已矣莫复论，为尔聊郗歔。

　　这首诗还是着重猫的实用价值，不过忘形到尔汝，已经写出了对猫的一份情。宋钱希白《南部新书》："连山张大夫搏，好养猫，众色备有，皆自制佳名。每视事退，至中门，则数十头曳尾延颈接入。以绿纱为帏，聚其内，以为戏。或谓搏是猫精。"说来好像是奇谭，我相信其事大概不假。杨文璞先生对我说，他在纽哲塞住的时候，养猫一度多到三十几只，人处屋内如在猫笼。杨先生到舍下来，菁清称他为"猫王"。猫王一见我们的白猫王子，行亲鼻礼，白猫王子在他跟前服服帖帖，如旧相识。

一般说来，猫很可爱。如果给以适当的卫生设备，他不到处拆烂污，比狗强，也有时比某一些人强。我们的白猫王子，从小经过菁清的训练，如厕的时候四爪抓住缸沿，昂首蹲坐，那神情可以入画。可惜画工只爱画猫蝶图正午牡丹之类。猫喜欢磨他的趾甲，抓丝袜、抓沙发、抓被褥。菁清的办法是不时地给他剪趾甲，剪过之后还替他锉。到处给他铺小块的粗地毯，他睡起之后弓弓身就在小地毯上抓磨他的趾甲了。猫馋，可是他吃饱之后任何鱼腥美味他都不屑一顾，更不用说偷嘴。他吃饱之后不偷嘴，似乎也比某一些吃饱之后仍然要偷的人高明得多。

猫不会说话，似是一大缺陷。他顶多是喵喵叫两声，很难分辨其中的涵意。可是菁清好像是略通猫语，据说那喵喵声有时是表示饥饿，有时是要人去清理他的卫生设备，有时是期望有人陪他玩耍。白猫王子玩绳、玩球、玩捉迷藏，现在又添了新花样，玩"捕风捉影"。灯下把撑衣架一晃，影子映在墙上，他就狼奔豕窜的扑捉影子！有些人不是也很喜欢捕风捉影的谈论人家的短长么？宋彭乘《续墨客挥犀》："鄱阳龚氏，其家众妖竞作，乃召女巫徐姥者，使治之。时尚寒，有二猫正伏炉侧，家人指谓姥曰：'吾家百物皆为异，不为异者独此猫耳。'于是猫亦人立，拱手而言曰：'不敢。'姥大骇，走去。"我真盼望我们的白猫王子有一天也能人立拱手而言。西谚有云："佳酿能使猫言。"莎士比亚《暴风雨》（二、二、八六）曾引用其意，想是夸张其辞。猫不能言，犹之乎"猫有九条命"一样的不足信，命只有一条。

人之好恶不同，各如其面。尽管有人爱猫爱得发狂，抚摩他，抱他，吻他，但是仍有人不喜欢猫。莎士比亚《威尼斯商人》（四、一、四八）就说"有些人见猫就要发狂"。不是爱得发狂，是厌恶得发狂。我起初还不大了解。后来有一位朋友要来看我，预先风闻我家有白猫王子，就特别先打电话要我把猫关起。我想这也许是一种过敏反应。《挥尘新谈》曾记猫有五德之说："猫见鼠不捕，仁也。鼠夺其食而让之，义也。客至设馔则出，礼也。藏物虽密能窃食之，智也。每冬月辄入灶，信也。"这是鸡有五德之说的翻版，像这样的一只猫未必可爱。猫有许多可人意处，猫喜欢偎在人身边，有时且枕着你的臂腿呼呼大睡，此时不可误会，其实猫怕冷怕寂寞。有时你在寒窗之下伏案作书，猫能蹲踞案头，缩在桌灯罩下呼噜呼噜的响上个把钟头，此时亦不可误会，猫只是在享受灯光下散发出来的热气。如加呵斥，他会抑郁很久，如施夏楚，他会沮丧半天。猫有令人难以理解的嗜好，他喜欢到处去闻，不一定是寻求猎物，客来他会闻人的脚闻人的鞋，好像那里有什么异香。最令人嫌恶的是春天来到的时候猫在房檐上怪声怪气的叫嗥，东一声叫，西一声应，然后是唏哩哗啦的一阵乱叫乱跑。鲁迅先生在一篇文字里说他最厌听猫叫，他被吵醒便拿起大竹竿去驱逐。猫叫春是天性，驱得了么？

有义犬义马救主之说，没听说过义猫。猫长得肥肥胖胖，刷洗得干干净净，吃饱了睡，睡醒了吃，主人看着欢喜，也就罢了，谁还希罕一只猫对你有什么报酬？在英文里feline（猫）一字带有阴险狡诈之义，我想这也许有一点冤枉。有人养猫，猫多为患，送一只给人家去，不久就返回老家。主人无奈，用汽车载送到郊外山上放生，没过几天，猫居然又回来了。回来时瘦骨嶙峒，一身污泥。主人大受感动，不再遗弃他，养他到老。猫也识得家，不必只是狐正首丘。

英国诗人中，十八世纪的斯玛特（Smart）最爱猫，我曾为文介绍，兹不赘。另外一位诗人陶玛斯·格雷有一首有名的小诗，写一只猫之溺死于金鱼缸内。那只缸必是一只相当大的缸，否则不至于把猫淹死。可惜那时候没有司马光一类的人在旁营救。那只猫不是格雷的，是他朋友何瑞斯·窝波耳的，所以他写来轻松，亦谐亦讽而不带感情。诗曰：

一只爱猫之死

是在一只大瓷缸旁边，
上有中国彩笔绘染
盛开着的蓝花；
赛狸玛那只最乖的斑猫，
在缸边若有所思的斜靠，
注视下面的水洼。

她摇动尾巴表示欢喜；
圆脸庞，雪白的胡须，
丝绒般的足掌，
龟背纹似的毛衣一件，
黑玉的耳朵，翡翠的眼，
她都看到；呜呜地赞赏。

她不停的注视；水波之间
泳过两个形体美似天仙，

是巡游的女神在水里：

她们的鳞甲用上好颜料漆过

看来是红得发紫的颜色，

在水里闪出金光一缕。

不幸的女神惊奇的看到：

先是一绺胡须，随后是爪，

她几度有动于衷，

她想去抓却抓不到。

哪个女人见了金子不想要？

哪个猫儿不爱鱼腥？

妄想的小姐！她再度的

弓着腰，再度的抓去，

不知距离有多远。

（命运之神在一边坐着笑她。）

她的脚在缸沿上一滑，

她一头栽进了缸里面。

她把头八次探出水面，

咪咪的向各路水神呼唤，

迅速的前来搭救。

海豚不来，海神不管，

仆人丫鬟都没有听见，

爱猫没有朋友！

此后，美人儿们，莫再受骗，

一失足便是永远的遗憾。

要大胆也要小心。

引你目眩心惊的五光十色

不全是你们分所应得；

闪闪发亮光的不全是金！

火山！火山！

　　美国的火山不多，不过离西海岸不远有一条山脉，由加拿大哥伦比亚境内向南延伸，直到加州境，蜿蜒约七百里，是为加斯凯山脉，其中有一个山峰名圣海伦斯，位于华盛顿州南部，邻近奥瑞冈州，却是一座时醒时睡的火山。圣海伦斯并不太高，只有九千六百七十七尺，比起和它并峙的更为有名的瑞尼尔山之一万四千四百一十尺，要矮很大一截。圣海伦斯外表很好看，有火山之标准的圆锥体形，而且光光溜溜的。山上有长年不化的积雪，山坡上有茂密的森林，山脚下有潆澈的湖沼河流，其间也有拦水的堤坝若干座。这火山是活火山，但是最近一百二十三年之中一直在睡，有时候伸伸胳膊伸伸腿，呻吟几声，不曾大翻身，不曾大吼叫，不曾滋生事端。因为它乖，所以附近居民对它无所恐惧，彼此相安无事。春夏之交，天气晴朗，喜欢滑雪的；喜欢爬山的，喜欢露营的，从四面八方赶来享受大自然的乐趣。

　　但是从今年三月二十日起情形有点不对了。下午三时四十八分发生地震，四点一级，此后三天继续地震增强到四点四级，有山崩的现象。科学家认为有爆发的可能，不过不敢确定，因为火山和人一样。每座火山也有它的个性，没人敢说圣海伦斯内心在打什么主意。为了安全，森林管理局撤退了山区工作人员。三月二十六日，联邦政府州政府及地方官集会商讨应变之策，决定封闭通往鬼湖的州公路五〇四号。三月二十七日午间山上发生巨响，有一股浓黑的水汽和灰尘喷出，高达山巅以上七千尺的高空。地震高至四点五级。烟尘散后从飞机上可以窥见山巅上出现了一个新的火山口，直径二百到二百五十尺，深约一百五十尺。火山醒了！

以后数日，天天有地震，天天有烟尘喷射，表示有熔岩在火山腹内澎湃。这是火山大爆发的前奏。观光游客突然增加，谁都想要看看这自然的奇景。四月三日州长逖克西李瑞女士派出约六十名"国民兵"拦阻观光客进入危险地区。这时候火山口已经扩大到直径一千七百尺，深八百五十尺。每日地震平均三十三次，最严重的是山巅的北面凸出了约三百二十尺，这说明地下溶岩激荡有随时大爆发的可能。如果爆发，首当其冲的当是鬼湖及五〇四公路。到了五月九日，有五级地震，地质观察人员奉命从四千三百尺高处的营地撤退。

有一个八十三岁的老人哈利·杜鲁门，他是当地唯一的长久居留的人，他坚决不肯离开他的"鬼湖小屋"。小屋是他亲手盖起来的，一椽一木都是他自己劈的锯的，而且他居住了五十四年之久。小屋距离山顶约有七里，占地却有四十亩之广。斯卡曼尼亚郡的警长毕尔·克劳斯纳在五月十七日，即事发之前一日警告他必须撤离，他曾对一个记者说："如果山没有了，我要与之同归于尽。我要留在这里，我要正告他：'你这个老杂种，我已挣扎了五十四年，我要再挣扎五十四年。'"他养了十六只猫，他拥有自己的一个天地。他不是不知道处境的危险，他有一个陈旧的矿穴可以藏身，他准备事急的时候携带一瓶威斯忌酒去躲避一下，可是他没有想到那矿穴离他住处有一二里路，烟泥沙石猛然泛滥之际他无法能逃，何况他又跑不快。所以事后直升机前去察视，只见鬼湖小屋一带整个的埋在三十尺深的泥灰之中，哈利·杜鲁门无影无踪地消失了。他有一位六十八岁的朋友荷尔斯幸免于难，他说："我高兴得要命，我居然活着看到了，可是我很为罹难的人难过。"

大爆发是在五月十八日上午八时三十二分十秒。山顶北坡之凸出处突然崩裂，轰然一声，像原子弹爆发后的蕈状浓烟直射天空，约有六万三千尺高，山巅约有一千二百尺的尖端一下子完全被炸掉了，圣海伦斯顿时矮了一大截，没有熔岩流出，流出的是滚烫的泥浆，顺着山坡往下流，流向鬼湖。碎石自天降落，远及于瑞尼尔山，然后变成大股的灰沙落在雅奇玛，变成为微尘洒落在斯波肯，然后由风吹送大片的灰尘飘过蒙塔那州，覆盖了黄石公园，进入了怀欧明州，直趋美国东部，全国境内完全未被波及的仅有十一二州。圣海伦斯的灾害，和西元七十九年意大利威苏威火山爆发不同，因为圣海伦斯没有熔岩溢出，喷的只是沙石，羼上融雪而成为泥浆。而且山上居民很少，故生命损失不太大，截至最近报告，确实失踪的有五十八人，由直升机查获的尸体有二十二具。其中有一具是摄影记者，他尚端坐在汽车驾驶座上，显然是被灼死或窒息而死，灰尘堆到了车子的窗口。如果能把他的照相机取出，其中必有珍贵的底片。

灰尘的降落其灾害之大是一般人难以想象的。一个人从祸区附近开车走过，忽见天边黑暗下来，远远的彤云密布，还有电闪，以为是山雨欲来，随后听见车顶上砰砰响，以为是雨打车篷。猛然间挡风玻璃模糊了，能见度几等于零，伸手车外才知道不是下雨，是漫天洒落沙石。他算是幸运的，向前急驶，脱离了险境。其他在危险区内活动的人就活活的被热达摄氏八百度的泥浆、灰尘、气体，给灼死、呛死、窒死、烫死，埋在几尺以至几十尺的泥尘之下了。

热气热尘把数以千亩计的森林完全铲平，好多大树连根拔起，直而长的杉木一根根躺下，没有一片树叶存留，光秃秃的像是无数根火柴横七竖八的平铺着。有些木头顺着河流冲走，壅塞在桥边或是水湾之内。据估计，木材一项的损失约在五亿美元之数。野生动物也遭一大劫，据林管局的估计，死难者有两千头黑尾鹿，三百只麋鹿，二十只黑熊，十二只山羊。这个时候正是鲑鱼鲟鱼从海里溯河而上前来产卵的季节，尽管有人说这些鱼十分聪明，发现情形不对便掉头而去寻求较安全的地方，据估计被水烫死的被灰尘噎死的仍然不在少数，损失当在二百五十万元以上。有些鱼从水中跳到岸上，还是不免于死。物资的损失无法估计，单是清洗路面恢复交通一项就要两亿元。总统卡特前来巡视的时候，州长狄克西李瑞向他说："华盛顿州现在需要联邦政府帮助的是钱，钱，钱！"事实上，人力也很需要，州长曾下令动员民兵四千余人，在公路上协助铲灰，像铲雪似的。报纸上居然还有人批评，说民兵只能在保卫治安的时候使用，不该教他们做这种劳动的工作！据估计洗刷各地路面及公共设施要用两亿元以上的经费。

灰尘对农产的影响难于估计。我们知道雅奇玛一带是著名的水果产区。苹果产量占全国四分之一以上，灰尘落在苹果树上为害不小，果农要用喷杀虫剂的方法喷水上去冲洗，这工程之巨可以想见。樱桃正在开始收成，自然也成了大问题。有人刊登广告说今年水果经火山尘的培养特别硕大可口，这当然是瞎扯。据农业家说，火山尘大部分为矽，即细碎的玻璃，加上其他矿质，纵无大害，绝无益处。希望有大雨冲洗，若是小雨则灰成为稀泥，在树上和在地上均属不利。灰尘的酸性成分为四点七。事实上爆发后连日小雨连绵。

我于五月二十四日抵达西雅图，是日圣海伦火山发生第二度爆发，这次刮的是东南风，往西北吹，灰尘擦着西雅图的边缘飘向奥仑比亚半岛，塔科玛飞机场都受到了影响。有人脑筋动得快，收集火山尘，装进儿童玩具的沙漏之中，当作纪念品出售，看那灰黑色的细沙也颇有异趣。我没有机会到现场巡礼，可是那石破天惊的恐怖情形，可以想象中得之。卡特总统说："看了这里的样子，月亮像是高尔夫球场。"我从前看过一部影片《邦贝之末日》，遂鼓起兴趣读伯华·李顿的小说原著，对于火山爆发有了一点初步认识，没有想到居然能在报章刊物读到火山爆发的报道。火山的研究是一门专门的学问，火山学家和别的专家不同，他不可能有实验室，火山本身就是他的实验室。为了研究，他会觉得火山爆发的次数愈多愈好，虽然他并不是幸灾乐祸。

大块文章，忽然也会变成人间地狱！灾异不祥，未必就是上天示儆，但于"天地不仁以万物为刍狗"，却庶几近之。

一九八〇年六月西雅图

清 华 七 十

　　今年国立清华大学举办建校七十周年纪念，有朋友辗转问
我要不要写一点回忆性质的文字以为祝贺。我在清华读过八年
书，由十四岁到二十二岁，自然有不可磨灭的印象，难以淡忘的
感情。我曾写过一篇《清华八年》，略叙我八年的经过，兹篇所
述，偏重我所接触的师友及一些琐事之回忆，作为前文之补充。

　　现在新竹的国立清华大学，校址很广，规模很大，教授的
阵容坚强，学生的程度优异，这是有口皆碑的。不过我所能回忆
的清华，是在北平西直门外海甸北的清华园，新竹校园虽美，我
却觉得有些异样。我记得：北平清华园的大门，上面横匾"清华
园"三个大字，字不见佳，是清大学士那桐题的，遇有庆典之
日，门口交叉两面国旗——五色旗；通往校门的马路是笔直一条
碎石路，上面铺黄土，经常有清道夫一勺一勺的泼水；校门前小
小一块广场，对面是一座小桥，桥畔停放人力车，并系着几匹
毛驴。

　　门口内，靠东边有小屋数楹，内有一土著老者，我们背后呼
之为张老头，他职司门禁，我们中等科的学生非领有放行木牌不
得越校门一步，他经常手托着水烟袋，穿着黑背心，笑容可掬，

我们若是和他打个招呼，走出门外买烤白薯、冻柿子，他也会装糊涂点点头，连说："快点儿回来，快点儿回来。"

校门以内是一块大空地，绿草如茵。有一条小河横亘草原。河以南靠东边是高等科，额曰"清华学堂"，也是那桐手笔。校长办公室在高等科楼上。民国四年我考取清华，我父执陆听秋（震）先生送我入校报到，陆先生是校长周诒春（寄梅）先生的圣约翰同学，我们进校先去拜见校长，校长指着墙上的一幅字要我念，我站到椅子上才看清楚，我没有念错，他点头微笑。我想我对他的印象比他对我的印象好。

河以北是中等科，一座教室的楼房之外，便是一排排的寝室，现在回想起来，像是编了号的监牢。我起初是六个人一间房间，后来是四人一间。室内有地板。白灰墙白灰顶，四白落地。铁床草垫，外配竹竿六根以备夏天支设蚊帐。有窗户，无纱窗，无窗帘。每人发白布被单床罩各二，又白帆布口袋二，装换洗衣服之用。洗衣作坊隔日派人取送。每两间寝室共用一具所谓"俄罗斯火炉"，墙上有洞以通暖气，实际上也没有多少暖气可通，但是火炉下面可以烤白薯，夜晚香味四溢。浴室厕所在西边毗邻操场。浴室备铝铁盆十几个，浴者先签到报备，然后有人来倒冷热水。一个礼拜不洗，要宣布姓名，仍不洗，要派员监视勒令就浴。这规矩好像从未严格执行，因为请人签到或签之后就开溜，种种方法早就有人发明了。厕所有九间楼之称，不知是哪位高手设计，厕在楼上，地板挖洞，下承大缸，如厕者均可欣赏"板斜尿流急，坑深屎落迟"的景致。而白胖大蛆万头攒动争着要攀据要津，蹭蹬失势者纷纷黜落的惨象乃尽收眼底。严冬朔风鬼哭神号，胆小的不敢去如厕，往往随地便溺，主事者不得已特备大木桶晚间抬至寝室门口阶下，桶深阶滑，有一位同学睡眼朦胧不慎失足几遭灭顶（这位同学我在抗战之初偶晤于津门，已位居银行经理，谈及往事相与大笑）。

大礼堂是后造的。起先集会都在高等科的一个小礼堂里，凡是演讲、演戏、俱乐会都在那里举行。新的大礼堂在高等科与中等科之间，背着小河，前临草地，是罗马式的建筑，有大石柱，有圆顶，能容千余人，可惜的是传音性能不甚佳，在这大礼堂里，周末放电影，每次收费一角，像白珠小姐（Pearl White）主演的《蒙头人》（*Hooded Terror*）连续剧，一部接着一部，美女蒙难，紧张恐怖，虽是黑白无声，也很能引发兴趣，贾波林、陆克的喜剧更无论矣。我在这个礼堂演过两次话剧。

科学馆是后建的，体育馆也是。科学馆在大礼堂前靠右方。我在里面曾饱闻科罗芳的味道，切过蚯蚓，宰过田鸡（事实上是李先闻替我宰的，我怕在田鸡肚上划那一刀）。后来校长办公室搬在科学馆楼上，教务处也搬进去了。原来的校长室变成了学生会的会所，好神气！

体育馆在清华园的西北隅，虽然不大，有健身房，有室内游泳池，在当年算是很有规模的了。在健身房里我练过跳木马、攀杠子、翻筋斗、爬绳子、张飞卖肉……游泳池我不肯利用，水太凉，不留心难免喝一口，所以到了毕业之日游泳考试不及格者有两人，一个是赵敏恒，一个不用说就是区区我。

图书馆在园之东北，中等科之东，原来是平房一座，后建大楼，后又添两翼，踵事增华，蔚为大观。阅览室二，以软木为地板，故走路无声，不惊扰人。书库装玻璃地板，故透光，不需开灯。在当时都算是新的装备。一座图书馆的价值，不在于其建筑之宏伟，亦不尽在于其庋藏之丰富，而是在于其是否被人充分的加以利用。卷帙纵多，尘封何益。清华图书馆藏书相当丰富，每晚学生麇集，阅读指定参考书，座无虚席。大部头的手钞的《四库全书》，我还是在这里首次看到。

校医室在体育馆之南，小河之北。小小的平房一幢，也有病床七八张。舒美科医师主其事，后来换了一位肥胖的包克女医师。我因为患耳下腺炎曾住院两天，记得有两位男护士在病房对病人大谈其性故事与性经验，我的印象恶劣。

工字厅在河之南，科学馆之背后，乃园中最早之建筑，作工字形，故名。房屋宽敞，几净窗明，为招待宾客之处，平素学生亦可借用开会。工字厅的后门外有一小小的荷花池，池后是一道矮矮的土山，山上草木蓊郁。凡是纯中国式的庭园风景，有水必有山，因为挖地作池，积土为山，乃自然的便利。有昆明湖则必定有万寿山，不过其规模较大而已。清华的荷花池，规模小而景色佳，厅后对联一副颇为精彩：

槛外山光历春夏秋冬万千变幻都非凡境
窗中云影任东西南北去来澹荡洵是仙居

横额是"水木清华"四个大字。联语原为广陵驾鹤楼杏轩沈广文之作，此为祁隽藻所书。祁隽藻是嘉庆进士、大学士。所谓"仙居"未免夸张，不过在一片西式建筑之中保留了这样一块纯中国式的环境，的确别有风味。英国诗人华次渥兹说，人在情感受了挫沮的时候，自然景物会有疗伤的作用。我在清华最后两年，时常于课余之暇，陟小山，披荆棘，巡游池畔一周，不知消磨了多少黄昏。闻一多临去清华时用水彩画了一幅《荷花池畔》赠我。我写了一首白话新诗《荷花池畔》刊在《创造》季刊上，不知是郭沫若还是成仿吾还给我改了两个字。

荷花池的东北角有个亭子，这是题中应有之义，有山有水焉能无亭无台？亭附近高处有一口钟，是园中报时之具，每半小时敲一次，仿一般的船上敲钟的方法，敲两下是一点或五点或九点，一点半是嘡嘡、嘡，两点半是嘡嘡、嘡嘡、嘡，余类推。敲钟这份差事也不好当，每隔半小时就得去敲一次，分秒不爽而且风雨无阻。

工字厅的西南有古月堂，是几个小院落组成的中国式房屋，里面住的是教国文的老先生。有些年轻的教英文的教师记得好像是住在工字厅，美籍教师则住西式的木造洋房，集中在图书馆以北一隅。从住房的分配上也隐隐然可以看出不同的身份。

清华园以西是一片榛莽未除的荒地，也有围墙圈起，中间有一小土山耸立，我们称之为西园。小河经过处有一豁口，可以走进沿墙巡视一周，只见一片片的"萑苇被渚，蒹葭抽涯"，好像是置身于陶然亭畔。有一回我同翟桓赴西园闲步，水闸处闻泼剌声，俯视之有大鱼盈尺在石板上翻跃，乃相率褰裳跣足，合力捕获之，急送厨房，烹而食之，大膏馋吻。

孩子没有不馋嘴的，其实岂只孩子？清华校门内靠近左边围墙有一家"嘉华公司"，招商承办，卖日用品及零食，后来收回自营，改称为售品所，我们戏称去买零食为"上售"。零食包括：热的豆浆、肉饺、栗子、花生之类。饿的时候，一碗豆浆加进砂糖，拿起一枚肉饺代替茶匙一搅，顷刻间三碗豆浆一包肉饺（十枚）下肚，鼓腹而出。最妙的是，当局怕学生把栗子皮剥的狼藉满地，限令栗子必须剥好皮才准出售，糖炒栗子从没有过这吃法。在清华那几年，正是生长突盛的时期，食量惊人。清华的膳食比较其他学校为佳，本来是免费的，我入校那年改为缴半费，我每月交三元半，学校补助三元。八个人一桌，四盘四碗四碟咸菜，盘碗是荤素各半，馒头白饭管够。冬季四碗改为火锅。早点是馒头稀饭咸菜四色，萝卜干、八宝菜、腌萝卜、腌白菜，随意加麻油。每逢膳时，大家挤在饭厅门外，我的感觉不是饥肠辘辘，是胃里长鸣。我清楚的记得，上第四堂课"西洋文学大纲"时，选课的只有四五人，所以就到罗伯森先生家里去听讲，我需要用手按着胃，否则肚里会鸣鸣的大叫。我吃馒头的最高纪录是十二个。斋务人员在饭厅里单占一桌，学生们等他们散去之后纷纷喊厨房添菜，不是木樨肉，就是肉丝炒辣椒，每个呼呼的添一碗饭。

清华对于运动夙来热心。校际球类比赛如获胜利，照例翌日放假一天，鼓舞的力量很大。跻身于校队，则享有特殊伙食以维持其体力，名之为"训练桌"，同学为之侧目。记得有一年上海南洋大学足球队北征，清华严阵以待。那一天朔风刺骨，围观的人个个打哆嗦而手心出汗。清华大胜，以中锋徐仲良、半右锋关颂韬最为出色。徐仲良脚下劲足，射门时球应声入网，其疾如矢。关颂韬最善盘球，左冲右突球不离身，三两个人和他争抢都奈何不了他。其他的队员如陆懋德、华秀升、姚醒黄、孟继懋、李汝祺等均能称职。生平看足球比赛，紧张刺激以此为最。篮球赛之清华的对手是北师大，其次是南开，年年互相邀赛，全力以赴，互有胜负。清华的阵容主要的以时昭涵、陈崇武为前锋，以孙立人、王国华为后卫。昭涵悍锐，崇武刁钻，立人、国华则稳重沉着。五人联手，如臂指使，进退恍忽，胜算较多。不能参加校队的，可以参加级队，不能参加级队的甚至可以参加同乡队、寝室队，总之是一片运动狂。我非健者，但是也踢破过两双球鞋，打破过几只网拍。

当时最普通而又最简便的游戏莫过于"击嘎儿"。所谓"嘎儿"者，是用木头植出来的梭形物，另备木棍一根如擀面杖一般，略长略粗。在土地上掘一小沟，以嘎儿斜置沟之一端，持杖猛敲嘎儿之一端，则嘎儿飞越而出，愈远愈好。此戏为两人一组。一人击出，另一人试接，如接到则二人交换位置，如未接到则拾起嘎儿掷击平放在沟上之木棍，如未击中则对方以木杖试量其差距，以为计分，几番交换击接，计分较少之一方胜。清华并不完全洋化，像这样的市井小儿的游戏实在很土，其他学校学生恐怕未必屑于一顾，而在清华有一阵几乎每一学生手里都挟有一杖一梭。每天下午有一个老铜锁匠担着挑子来到运动场边，他的职业本来是配钥匙开锁，但是他的副业喧宾夺主，他管修网球拍、补皮球胎、缝破皮鞋、发售木杖儿木嘎儿，以及其他零碎委办之事，他是园中一个不可或缺的服务者。

　　中等科的学生编为童子军，高等科的学生则练兵操，起初大家颇为认真，五四以后则渐废弛。

　　童子军分两大队，第一大队长是梅贻琦先生，第二大队长是席德柄先生。我被编入第二大队的一个小队。我们的制服整齐美观，厚呢的帽子宽宽的帽檐，烫得平平的，以视现今的若干学校童子军，戴的是软布帽，帽檐低垂倒挂如败荷叶，不可同日而语。童子军的室内活动以结绳始，别瞧这伏羲氏的时候就开始玩的把戏，时到如今花样忒多，我的手指头全是大拇指，时常急得一头汗。我现在只记得一种叫渔人结，比较简单，其他如什么帆脚索结、八字形结、方结……则都已忘得一干二净。户外活动比较有趣，圆明园旧址就在我们隔壁，野径盘纡，荒阡交互，正是露营的好去处。用一根火柴发火炊饭，不是一件容易事。饭煮成焦粑或稀粥，也觉得好吃。作了一年多的"生手"才考上了二等童军。上兵操另是一种趣味，大队长是姓刘还是劳，至今搞不清楚，只知道他是W.W.Law先生。那时候的兵操不能和现在的军训比，现在的军训真枪实弹勤习苦练，那时的兵操只是在操场上立正开步走，手里拿的是木枪。不过服装漂亮，五四之后清华学生排队进城，队伍整齐，最能赢得都人喝彩。

我的课外活动不多。在中二中三是曾邀约同学组织了一个专门练习书法的"戏墨社"，愿意参加的不多，大学忙着学英文，谁有那么多闲情逸致讨此笔砚生涯？和我一清早就提前起床，在吃早点点名之前作半小时余的写字练习，有吴卓、张嘉铸等几个人。吴卓临赵孟頫的《天冠山图咏》，柔媚潇洒，极有风致；张嘉铸写魏碑，学张廉卿，有古意；我写汉隶，临张迁，仅略得形似耳。我们也用白折子写小楷。包世臣的《艺舟双楫》、康有为的《广艺舟双楫》是我们这时候不断研习的典籍。我们这个结社也要向学校报备，还请了汪鸾翔（翚庵）先生做导师，几度以作业送呈过目，这位长髯飘拂的略有口吃的老师对我们有嘉勉但无指导。怪我毅力不够，勉强维持两年就无形散伙了。

进高等科之后，生活环境一变，我已近成年，对于文学发生热烈的兴趣。邀集翟桓、张忠绂、顾毓琇、李迪俊、齐学启、吴锦铨等人组织"小说研究社"，出版了一册《短篇小说作法》，还占据了一间寝室作为社址。稍后扩大了组织，改名为"清华文学社"，吸收了孙大雨、谢文炳、饶孟侃、杨世恩等以及比我们高三班的闻一多，共约三十余人。朱湘落落寡合，没有加入我们的行列，后终与一多失和，此时早已见其端倪。一多年长博学，无形中是我们这集团的领袖，和我最称莫逆。我们对于文学没有充分的认识，仅于课堂上读过少数的若干西方文学作品，对于中国文学传统亦所知不多，尚未能形成任何有系统的主张。有几个

人性较浪漫，故易接近当时"创造社"一派。我和闻一多所作之
《〈冬夜草儿〉评论》即成于是时。同学中对于我们这一批吟风
弄月讴歌爱情的人难免有微词，最坦率的是梅汝璈，他写过一篇
《辟文风》投给《清华周刊》，我是周刊负责的编辑之一，当即
为之披露，但是于下一周期刊中我反唇相稽辞而辟之。

　　说起《清华周刊》，那是我在高四时致力甚勤的一件事。
周刊为学生会主要活动之一，由学校负责经费开支，虽说每期
五六十面不超过一百，里面有社论，有专论，有新闻，有文艺，
俨然是一本小型综合杂志，每周一期，编写颇为累人。总编辑是
吴景超，他做事有板有眼，一丝不苟。景超和我、顾毓琇、王化
成四人同寝室。化成另有一批交游，同室而不同道。每到周末，
我们三个人就要聚在一起，商略下一期周刊内容。社论数则是由
景超和我分别撰作，交相评阅，常常秉烛不眠，务期斟酌于至
当，而引以为乐。周刊的文艺一栏特别丰富，有时分印为增刊，
厚达二百页。

　　高四的学生受到学校的优遇，全体住进一座大楼，内有暖
气设备，有现代的淋浴与卫生设备。不过也有少数北方人如厕只
能蹲而不能坐，则宁远征中等科照顾九间楼。高四那年功课并不
松懈，唯心情愉快，即将与校园告别，反觉依依不舍。我每周进
城，有时策驴经大钟寺趋西直门，蹄声得得，黄尘滚滚，赶脚
的跟在后面跑，气咻咻然。多半是坐人力车，荒原古道，老树垂
杨，也是难得的感受，途经海甸少不得要停下，在仁和买几瓶莲
花白或桂花露，再顺路买几篓酱瓜酱菜，或是一匣甜咸薄脆，归
家共享。

　　这篇文字无法结束，若是不略略述及我所怀念的六十多年前
的几位师友。

　　首先是王文显先生，他做教务长相当久，后为清华大学英语系主任，他的英文姓名是 J.Wang Quincey，我没见过他的中文签名，听人说他不谙中文，从小就由一位英国人抚养，在英国受教育，成为一位十足的英国绅士。他是广东人，能说粤语，为人稳重而沉默，经常骑一辆脚踏车，单手扶着车把，岸然游行于校内。他喜穿一件运动上装，胸襟上绣着英国的校徽（是牛津还是剑桥我记不得了），在足球场上做裁判。他的英语讲得太好了，不但纯熟流利，而且出言文雅，音色也好，听他说话乃是一大享受。比起语言粗鲁的一般美国人士显有上下床之别。我不幸没有能在他班上听讲，但是我毕业之后任教北大时，曾两度承他邀请参加清华留学生甄试，于私下晤对言谈之间听他缕述英国威尔孙教授如何考证莎士比亚的版本，头头是道，乃深知其于英国文学的知识之渊博。先生才学深邃，而不轻表露，世遂少知之者。

　　巢堃霖先生是我的英文老师，他也是受过英国传统教育的学者，英语流利而有风趣。我记得他讲解一首伯朗宁的小诗《法军营中轶事》，连读带做，有声有色。我在班上发问答问，时常故作刁难，先生不以为忤。我一九四九年来台时先生任职港府，辱赐书欲推荐我于香港大学，我逊谢。

　　在中等科教过我英文的有马国骥、林玉堂、孟宪成诸先生。马先生说英语夹杂上海土话，亦庄亦谐，妙趣横生。一九四九年我与马先生重逢于台北，学生们仍执弟子礼甚恭，先生谈吐不异往时。林先生长我五六岁，圣约翰毕业后即来清华任教，先生后改名为语堂，当时先生对于胡适白话诗甚为倾倒，尝于英文课中在黑板上大书"人力车夫，人力车夫，车来如飞……"然后朗诵，击节称赏。我们一九二三级的"级呼"（Class Yell）是请先生给我们作的：

Who are，who are，who are we?

We are，we are，twenty-three.

Ssss bon-bah!

　　孟先生是林先生的同学，后来成为教育学家。林先生活泼风趣，孟先生凝重细腻。记得孟先生教我们读《汤伯朗就学记》（Tom Brown's Schooldays），这是一部文学杰作，写英国勒格贝公共学校的学生生活，先生讲解精详，其中若干情况至今不能忘。

　　教我英文的美籍教师有好几位，我最怀念的是贝德女士（Miss Baeder），她教我们"作文与修辞"，我受益良多。她教我们作文，注重草拟大纲的方法。题目之下分若干部分，每部分又分若干节，每节有一个提纲挈领的句子。有了大纲，然后再敷演成为一篇文字。这方法其实是训练思想，使不枝不蔓层次井然，用在国文上也同样有效。她又教我们议会法，一面教我们说英语，一面教我们集会议事的规则（也就是孙中山先生所讲的民权初步），于是我们从小就学会了什么动议、附议、秩序问题、权利问题，等等，终身受用。大抵外籍教师教我们英语，使用各种教材教法，诸如辩论、集会、表演、游戏之类，而不专门致力于写、读、背。是于实际使用英语中学习英语。还有一位克利门斯女士（Miss Clemens）我也不能忘，她年纪轻，有轻盈的体态，未开言脸先绯红。

　　教我音乐的西莱女士（Miss Seeley），教我图画的是斯塔女士（Miss Starr）和李盖特女士（Miss Liggate），我上她们的课不是受教，是享受。所谓如沐春风不就是享受么？教我体育的是舒美科先生、马约翰先生，马先生黑头发绿眼珠，短小精悍，活力过人，每晨十时，一声铃响，全体自课室蜂拥而出，排列在一个广场上，"一、二、三、四，二、二、三、四……"连做十五分钟的健身操，风霜无阻，也能使大家出一头大汗。

我的国文老师当中，举人进士不乏其人，他们满腹诗书自不待言，不过传授多少给学生则是另一问题。清华不重国文，课都排在下午，毕业时成绩不计，教师全住在古月堂自成一个区域。我怀念徐镜澄先生，他教我作文莫说废话，少用虚字，句句要挺拔，这是我永远奉为圭臬的至理名言。我曾经写过一篇记徐先生的文章，兹不赘。陈敬侯先生是天津人，具有天津人特有的幽默，除了风趣的言谈之外还逼我们默写过好多篇古文。背诵之不足，继之以默写，要把古文的格调声韵砸到脑子里去。汪鸾翔先生以他的贵州的口音结结巴巴的说："有有人说，国国文没没有趣味，国国文怎能没没有趣味，趣味就在其中啦！"当时听了当作笑话，现在体会到国文的趣味之可意会而不可言传，真是只好说是"在其中"了。

八年同窗好友太多了，同级的七八十人如今记得姓名的约有七十，有几位我记得姓而忘其名，更有几位我只约略记得面貌。初来台湾时，在台的级友包括徐宗涑、王国华、刘溟章、辛文锜、孙清波、孙立人、李先闻、周大瑶、吴大钧、江元仁、周思信、严之卫、翟桓、吴卓和我，偶尔聚餐话旧，现则大半凋零。

我在清华最后两年，因为热心于学生会的活动，和罗努生、何浩若、时昭瀛来往较多。浩若来台后曾有一次对我说："当年清华学生中至少有四个人不是好人，一个是努生，一个是昭瀛，一个是区区我，一个是阁下你。应该算是四凶。常言道'好人不长寿'，所以我对于自己的寿命毫不担心。如今昭瀛年未六十遽

尔作古，我的信心动摇矣！"他确是信心动摇，不久亦成为九泉
之客。其实都不是坏人，只是年少轻狂不大安分。我记得有一次
演话剧，是陈大悲作的《良心》，初次排演的时候斋务主任陈筱
田先生在座（他也饰演一角），他指着昭沄说："时昭沄扮演那
个坏蛋，可以无需化妆。"哄堂大笑。昭沄一瞪眼，眼睛比眼镜
还大出一圈。他才思敏捷，英文特佳。为了换取一点稿酬，译了
我的《雅舍小品》、孟瑶的《心园》、张其昀的《孔子传》。不
幸在出使巴西任内去世。努生的公私生活高潮迭起，世人皆知，
在校时扬言"九年清华三赶校长"，我曾当面戏之曰："足下才
高于学，学高于品。"如今他已下世，我仍然觉得"世人皆欲
杀，吾意独怜才"。至于浩若，他是清华同学中唯一之文武兼资
者，他在清华的时候善写古文，波澜壮阔。在美国读书时倡国家
主义最为激烈，返国后一度在方鼎英部下任团长，抗战期间任物
资局长，晚年萧索，意气消磨。

我清华最后一年同寝室者吴景超与顾毓琇，不可不述。景
超徽州歙县人，永远是一袭灰布长袍，道貌岸然，循规蹈矩，刻
苦用功。好读史迁，故大家戏呼之为太史公。为文有法度，处事
公私分明。供职经济部时所用邮票分置两纸盒内，一供公事，一
供私函，决不混淆，可见其为人之一斑。毓琇江苏无锡人，治电
机，而于诗词、戏剧、小说无所不窥，精力过人，为人机警，往
往适应局势猛着先鞭。

还有两个我所敬爱的人物。一个是潘光旦，原名光亶，江苏
宝山人，因伤病割去一腿，徐志摩所称道的"胡圣潘仙"，胡圣
是适之先生，潘仙即光旦，以其似李铁拐也。光旦学问渊博，融
贯中西，治优生学，后遂致力于我国之谱牒，时有著述，每多发
明。其为人也，外圆内方，人皆乐与之游。还有一个是张心一，

原名继忠，是我所知的清华同学中唯一的真正的甘肃人。他是一个传奇人物。他嫌理发一角钱太贵，尝自备小刀对镜剃光头，常是满头血迹斑斓。在校时外出永远骑驴，抗战期间一辆摩托机车跑遍后方各省。他作一个银行总稽核，外出查账，一向不受招待，某地分行为他设盛筵，他闻声逃匿，到小吃摊上果腹而归。他作建设厅长时，骑机车下乡，被匪劫持上山，查明身份后匪徒馈以烤肉恭送下山，敬礼有加。他的轶事一时也说不完。

我在清华一住八年，由童年到弱冠，在那里受环境的熏陶，受师友的教益，这样的一个学校是名副其实的我的母校，我自然怀着一份深厚的感情。不过这份感情也不是没有羼着一些复杂的成分。我时常想起，清华建校实乃前清光绪二十六年庚子事变所造成的。义和团之乱是我们的耻辱。其肇事的动机是民间不堪教会外人压迫，其事可耻，而义和团之荒谬行径，其事更可耻，清廷之颠顸糊涂，人民之盲从附和，其事尤其可耻，迨其一败涂地丧权误国，其可耻乃至无以复加。光绪三十四年五月，美国国会通过议案，退还赔款的一部分给中国政府，以为兴办教育之用，这便是清华建校的原始。我的母校是在耻辱之中成立，而于耻辱之中又加进了令人惭愧的因素。提起清华便不能不令人想起七十余年前的这一段惨痛历史。

美国退还赔款给我们办教育，当然是善意的。事实上晚近列强侵略中国声中，美国是比较对我们最为友好的。虽然我们也知道，鸦片贸易不仅是英国一国的奸商作孽，不仅是英国一国的政府贪婪的纵容，美国人也插上了一脚。至今美国波士顿附近还有一个当年贩卖鸦片致富的船主所捐建的一个小小博物馆，里面陈列着不少鸦片烟枪烟斗。不过美国对我们没有领土野心，不曾对我们动辄开炮。就是八国联军占领北京那一段期间，也是美国分据的那一区域比较文明。这是众所周知的事实。所以中国人对美国人的友谊一向是比较密切。

但是我也要指陈，美国退还赔款的动机并不简单。偶读一九七七年三月出版的《自由谈》三十卷三期，戴良先生辑《中美传统友谊大事记》，内有这样一段：

光绪三十四年五月国会通过退还庚款。史密斯致老罗斯福的备忘录：那一个国家能做到教育这一代的青年中国人，那个国家就将由于这方面所支付的努力，而在精神的和商业的影响上，取回最大可能的收获。如果美国在三十年前已经做到把中国学生的潮流引向这一个国家来，并能使这个潮流继续扩大，那么，我们现在一定能够使用最圆满最巧妙的方式而控制中国的发展——这就是说，使用那知识与精神上的支配中国的领袖的方式！

罗斯福大概是接受了这个意见。以教育的方式造就出一批亲美的人才，从而控制中国的发展。这几句话，我们听起来，能不警惕、心寒、惭愧？所以我说：清华是于耻辱的状况和惭愧的心情中建立的。

在庆祝清华建校七十周年声中，也许不该提起往日的一些不愉快的事情。其实我们不能回到水木清华的旧址去欢呼庆祝，而在此地为文纪念，这件事情本身也就够令人心伤了！

一九八一.六.十

酒 中 八 仙
——记青岛旧游

　　杜工部早年写过一首《饮中八仙歌》，章法参差错落，气
势奇伟绝伦，是一首难得的好诗。他所谓的饮中八仙，是指他记
忆所及的八位善饮之士，不包括工部本人在内，而且这八位酒仙
并不属于同一辈分，不可能曾在一起聚饮。所以工部此诗只是就
八个人的醉趣分别加以简单描述。我现在所要写的酒中八仙是民
国十九年到二十三年间我的一些朋友，在青岛大学共事的时候，
在一起宴饮作乐，酒酣耳热，一时忘形，乃比附前贤，戏以八仙
自况。青岛是一个好地方，背山面海，冬暖夏凉，有整洁宽敞的
市容，有东亚最佳的浴场，最宜于家居。唯一的缺憾是缺少文化
背景，情调稍嫌枯寂。故每逢周末，辄聚饮于酒楼，得放浪形骸
之乐。

　　我们聚饮的地点，一个是山东馆子顺兴楼，一个是河南馆子
厚德福。顺兴楼是本地老馆子，属于烟台一派，手艺不错，最拿
手的几样菜如爆双脆、锅烧鸡、余西施舌、酱汁鱼、烩鸡皮、拌
鸭掌、黄鱼水饺……都很精美。山东馆子的跑堂一团和气，应对
之间不失分际。对待我们常客自然格外周到。厚德福是新开的，
只因北平厚德福饭庄老掌柜陈莲堂先生听我说起青岛市面不错，

才派了他的长子陈景裕和他的高徒梁西臣到青岛来开分号。我记得我们出去勘察市面，顺便在顺兴楼午餐，伙计看到我引来两位生客，一身油泥，面带浓厚的生意人的气息，心里就已起疑。梁西臣点菜，不假思索一口气点了四菜一汤，炒辣子鸡（去骨）、炸肫（去里儿）、清炒虾仁……伙计登时感到来了行家，立即请掌柜上楼应酬，恭恭敬敬的问："请问二位宝号是在那里？"我们乃以实告。此后这两家饭馆被公认为是当地巨擘，不分瑜亮。厚德福自有一套拿手，例如清炒或黄焖鳝鱼、瓦块鱼、鱿鱼卷、琵琶燕菜、铁锅蛋、核桃腰、红烧猴头……都是独门手艺，而新学的焖炉烤鸭也是别有风味的。

　　我们轮流在这两处聚饮，最注意的是酒的品质。每夕以罄一坛为度。两个工人抬三十斤花雕一坛到二三楼上，当面启封试尝，微酸尚无大碍，最忌的是带有甜意，有时要换两三坛才得中意。酒坛就放在桌前，我们自行舀取，以为那才尽兴。我们喜欢用酒碗，大大的浅浅的，一口一大碗，痛快淋漓。对于菜肴我们不大挑剔，通常是一桌整席，但是我们也偶尔别出心裁，例如：普通以四个双拼冷盘开始，我有一次作主换成二十四个小盘，把圆桌面摆得满满的，要精致，要美观。有时候，尤其是在夏天，四拼盘换为一大盘，把大乌参切成细丝放在冰箱里冷藏，上桌时浇上芝麻酱三合油和大量的蒜泥，是一个很受欢迎的冷荤，比拌粉皮高明多了。吃铁锅蛋时，赵太侔建议外加一元钱的美国干酪（cheese），切成碎末打搅在内，果然气味浓郁不同寻常，从此成为定例。酒酣饭饱之后，常是一大碗酸辣鱼汤，此物最能醒酒，好像宋江在浔阳楼上酒醉题反诗时想要喝的就是这一味汤了。

　　酒从六时喝起，一桌十二人左右，喝到八时，不大能喝酒的约三五位就先起身告辞，剩下的八九位则是兴致正豪，开始宽衣攘臂，猜拳行酒。不作拇战，三十斤酒不易喝光。在大庭广众的公共场所，扯着破锣嗓子"鸡猫子喊叫"实在不雅。别个房间的客人都是这样放肆，入境只好随俗。

这一群酒徒的成员并不固定，四年之中也有变化，最初是闻一多环顾座上共有八人，一时灵感，遂曰："我们是酒中八仙！"这八个人是：杨振声、赵畸、闻一多、陈命凡、黄际遇、刘康甫、方令孺，和区区我。既称为仙，应有仙趣，我们只是沉湎曲糵的凡人，既无仙风道骨，也不会白日飞升，不过大都端起酒杯举重若轻，三斤多酒下肚尚能不及于乱而已。其中大多数如今皆已仙去，大概只有我未随仙去落人间。往日宴游之乐不可不记。

杨振声字金甫，后嫌金字不雅，改为今甫，山东蓬莱人，比我大十岁的样子。五四初期，写过一篇中篇小说《玉君》，清丽脱俗，惜从此搁笔，不再有所著作。他是北大国文系毕业，算是蔡孑民先生的学生。青岛大学筹备期间，以蔡先生为筹备主任，实则今甫独任艰巨。蔡先生曾在大学图书馆侧一小楼上偕眷住过一阵，为消暑之计。国立青岛大学[1]的门口的竖匾，就是蔡先生的亲笔。胡适之先生看见了这个匾对我们说，他曾问过蔡先生："凭先生这一笔字，瘦骨嶙峋，在那时代殿试大卷讲究黑大圆光，先生如何竟能点了翰林？"蔡先生从容答道："也许那几年正时兴黄山谷的字吧。"今甫做了青岛大学校长，得到蔡先生写匾，是很得意的一件事。今甫身裁修伟，不愧为山东大汉，而言谈举止蕴藉风流，居恒一袭长衫，手携竹杖，意态潇然。鉴赏字

---

[1] 山东大学的前身。

画，清谈亹亹。但是一杯在手则意气风发，尤嗜拇战，入席之后往往率先打通关一道，音容并茂，咄咄逼人。赵瓯北有句："骚坛盟敢操牛耳，拇阵轰如战虎牢。"今甫差足以当之。

赵畸，字太侔，也是山东人，长我十二岁，和今甫是同学。平生最大特点是寡言笑。他可以和客相对很久很久一言不发，使人莫测高深。我初次晤见他是在美国波士顿，时民国十三年夏，我们一群中国学生排演《琵琶记》，他应邀从纽约赶来助阵。他未来之前，闻一多先即有函来，说明太侔之为人，犹金人之三缄其口，幸无误会。一见之后，他果然是无多言。预演之夕，只见他攘臂挽袖，运斤拉锯制作布景，不发一语。莲池大师云："世间酽醯醶醴，藏之弥久而弥美者，皆繇封锢牢密不泄气故。"太侔就是才华内蕴而封锢牢密。人不开口说话，佛亦奈何他不得。他有相当酒量，也能一口一大盅，但是他从不参加拇战。他写得一笔行书，绵密有致。据一多告我，太侔本是一个衷肠激烈的人，年轻的时候曾经参加革命，掷过炸弹，以后竟变得韬光养晦沉默寡言了。我曾以此事相询，他只是笑而不答。他有妻室儿子，他家住在北平宣外北椿树胡同，他秘不告人，也从不回家，他甚至原籍亦不肯宣布。庄子曰："畸人者，畸于人而侔于天。"疏曰："畸者不耦之名也，修行无有，而疏外形体，乖异人伦，不耦于俗。"怪不得他名畸字太侔。

闻一多，本名多，以字行，湖北蕲水人，是我清华同学，高我两级。他和我一起来到青岛，先赁居大学斜对面一座楼房的下层，继而搬到汇泉海边一座小屋，后来把妻小送回原籍，住进教职员第八宿舍，两年之内三迁。他本来习画，在芝加哥作素描一年，在科罗拉多习油画一年，他得到一个结论：中国人在油画方面很难和西人争一日之长短，因为文化背景不同。他放弃了绘画，专心致力于我国古典文学之研究，至于废寝忘食，埋首于故纸堆中。这期间他有一段恋情，因此写了一篇相当长的白话诗，那一段情没有成熟，无可奈何的结束了，而他从此也就不再写诗。他比较器重的青年，一个是他国文系的学生臧克家，一个是他国文系助教陈梦家。这两位都写新诗，都得到一多的鼓励。一多的生活苦闷，于是也就爱上了酒。他酒量不大，而兴致高。常对人吟叹："名士不必须奇才，但使常得无事，痛饮酒，熟读《离骚》，便可称名士。"他一日薄醉，冷风一吹，昏倒在尿池旁。抗战胜利后因危言贾祸，死于非命。

陈命凡，字季超，山东人，任秘书长，精明强干，为今甫左右手。豁起拳来，出手奇快，而且嗓音响亮，往往先声夺人，常自谓为山东老拳。关于拇战，虽小道亦有可观。民国十五年，我在国立东南大学[1]教书，同事中之酒友不少，与罗清生、李辉光往来较多，罗清生最精于猜拳，其术颇为简单，唯运用纯熟则非易事。据告其诀窍在于知己知彼。默察对方惯有之路数，例如一之后常为二，二之后常为三，余类推。同时变化自己之路数，不使对方捉摸。经此指点，我大有领悟。我与季超拇战常为席间高潮，大致旗鼓相当，也许我略逊一筹。

刘本钊，字康甫，山东蓬莱人，任会计主任，小心谨慎，恂恂君子。患严重耳聋，但亦嗜杯中物。因为耳聋关系，不易控制声音大小，拇战之时呼声特高，而对方呼声，他不甚了了，只消示意令饮，他即听命倾杯。一九四九年来台，曾得一晤，彼时耳聋益剧，非笔谈不可，据他相告，他曾约太侔和刘次萧（大学训导长）一同搭船逃离青岛，不料他们二人未及登船即遭逮捕，事

---

[1] 东南大学的前身。

后获悉二人均遭枪决，太侔至终未吐一语。我们相对无言，唯有太息。此后我们未再见面，不久听说他抑郁以终。

方令孺是八仙中唯一女性，安徽桐城人，在国文系执教兼任女生管理。她有咏雪才，惜遇人不淑，一直过着独身生活。台湾洪范书店曾搜集她的散文作品编为一集出版，我写了一篇短序。在青岛她居留不太久，好像是两年之后就离去了。后来我们在北碚异地重逢，比较来往还多些。她一向是一袭黑色旗袍，极少的时候薄施脂粉，给人一派冲淡朴素的印象。在青岛的期间，她参加我们轰饮的行列，但是从不纵酒，刚要"朱颜酡些"的时候就停杯了。数十年来我没有她的消息，只是在一九六四年七月七日《联合报·幕前冷语》里看到这样一段简讯：

方令孺皤然白发，早不执教复旦，在那血气方刚的红色路上漫步，现任浙江作者协会主席，忙于文学艺术的联系工作。

老来多梦，梦里河山是她私人嗜好的最高发展，跑到砚台山中找好砚去了，因此梦中得句，写在第二天的默忆中："诗思满江国，涛声夜色寒。何当沽美酒，共醉砚台山。"

这几句话写得迷离徜恍，不知砚台山寻砚到底是真是幻。不过诗中有"何当沽美酒"之语，大概她还未忘情当年酒仙的往事吧？如今若是健在，应该是八十以上的人了。

黄际遇，字任初，广东澄海人，长我十七八岁，是我们当中年龄最大的一位。他做过韩复榘主豫时的教育厅长，有宦场经验，但仍不脱名士风范。他永远是一件布衣长袍，左胸前缝有细长的两个布袋，正好插进两根铅笔。他是学数学的，任理学院长，闻一多离去之后兼文学院长。嗜象棋，曾与国内高手过招，有笔记簿一本置案头，每次与人棋后辄详记全盘招数，而且能偶然不用棋盘棋子，凭口说进行棋赛。又治小学，博闻多识。他住在第八宿舍，有潮汕厨师一名，为治炊膳，烹调甚精。有一次约一多和我前去小酌，有菜二色给我印象甚深，一是白水氽大虾，去皮留尾，氽出来虾肉白似雪，虾尾红如丹；一是清炖牛鞭，则我未愿尝试。任初每日必饮，宴会时拇战兴致最豪，嗓音尖锐而常出怪声，狂态可掬。我们饮后通常是三五辈在任初领导之下去作余兴。任初在澄海是缙绅大户，门前横匾大书"硕士第"三字，雄视乡里。潮汕巨商颇有几家在青岛设有店铺，经营山东土产运销，皆对任初格外敬礼。我们一行带着不同程度的酒意，浩浩荡荡的于深更半夜去敲店门，惊醒了睡在柜台上的伙计们，赤身裸体的从被窝里钻出来（北方人虽严冬亦亦赤身睡觉）。我们一行一溜烟的进入后厅。主人热诚招待，有娈婉小童伺候茶水兼代烧烟。先是以工夫茶飨客，红泥小火炉，炭火煮水沸，浇灌茶具，以小盅奉茶，三巡始罢。然后主人肃客登榻，一灯如豆，有兴趣者可以短笛无腔信口吹，亦可突突突突有板有眼。俄而酒意已消，乃称谢而去。任初有一次回乡过年，带回潮州蜜柑一篓，我分得六枚，皮薄而松，肉甜而香，生平食柑，其美无过于此者。抗战时任初避地赴桂，胜利还乡，乘舟沿西江而下，一夕在船上如厕，不慎滑落江中，月黑风高，水深流急，遂遭没顶。

　　酒中八仙之事略如上述。二十一年青岛大学人事上有了变化。为了"九一八"事件全国学生罢课纷纷赴南京请愿要求对日作战，一批一批的学生占据火车南下，给政府造成了困扰。爱国的表示逐渐变质，演化成为无知的盲动，别有用心的人推波助澜，冷静的人均不谓然。请愿成了风尚，青岛大学的学生当然亦不后人，学校当局阻止无效。事后开除为首的学生若干，遂激起学生驱逐校长的风潮。今甫去职，太侔继任。一多去了清华。决定开除学生的时候，一多慷慨陈词，声称是"挥泪斩马谡"。此后二年，校中虽然平安无事，宴饮之风为之少杀。偶然一聚的时候有新的分子参加，如赵铭新、赵少侯、邓初等。我在青岛的旧友不止此数，多与饮宴无关，故不及。

漫 谈 读 书

我们现代人读书真是幸福。古者"著于竹帛谓之书"，竹就是竹简，帛就是缣素。书是希罕而珍贵的东西。一个人若能垂于竹帛，便可以不朽。孔子晚年读《易》，韦编三绝，用韧皮贯联竹简，翻来翻去以至于韧皮都断了，那时候读书多么吃力！后来有了纸，有了毛笔，书的制作比较方便，但在印刷之术未行以前，书的流传完全是靠抄写。我们看看唐人写经，以及许多古书的钞本，可以知道一本书得来非易。自从有了印刷术，刻版、活字、石印、影印，乃至于显微胶片，读书的方便无以复加。

物以希为贵。但是书究竟不是普通的货物。书是人类的智慧的结晶，经验的宝藏，所以尽管如今满坑满谷的都是书，书的价值不是用金钱可以衡量的。价廉未必货色差，畅销未必内容好。书的价值在于其内容的精到。宋太宗每天读《太平御览》等书二卷，漏了一天则以后追补。他说："开卷有益，朕不以为劳也。"这是"开卷有益"一语之由来。《太平御览》采集群书一千六百余种，分为五十五门，历代典籍尽萃于是，宋太宗日理万机之暇日览两卷，当然可以说是"开卷有益"。如今我们的书太多了，纵不说粗制滥造，至少是种类繁多，接触的方面甚广。

我们读书要有抉择，否则不但无益而且浪费时间。

那么读什么书呢？这就要看各人的兴趣和需要。在学校里，如果能在教师里遇到一两位有学问的，那是最幸运的事，他能适当的指点我们读书的门径。离开学校就只有靠自己了。读书，永远不恨其晚。晚，比永远不读强。有一个原则也许是值得考虑的：作为一个道地的中国人，有些部书是非读不可的。这与行业无关，理工科的、财经界的、文法门的，都需要读一些蔚成中国文化传统的书。经书当然是其中重要的一部分，史书也一样的重要。盲目的读经不可以提倡，意义模糊的所谓"国学"亦不能餍现代人之望。一系列的古书是我们应该以现代眼光去了解的。

黄山谷说："人不读书，则尘俗生其间，照镜则面目可憎，对人则语言无味。"细味其言，觉得似有道理。事实上，我们所看到的人，确实是面目可憎语言无味的居多。我曾思索，其中因果关系安在？何以不读书便面目可憎语言无味？我想也许是因为读书等于是尚友古人，而且那些古人著书立说必定是一时才俊，与古人游不知不觉受其熏染，终乃收改变气质之功，境界既高，胸襟既广，脸上自然透露出一股清醇爽朗之气，无以名之，名之曰书卷气。同时在谈吐上也自然高远不俗。反过来说，人不读书，则所为何事，大概是陷身于世网尘劳，困厄于名缰利锁，五烧六蔽，苦恼烦心，自然面目可憎，焉能语言有味？

当然，改变气质不一定要靠读书。例如，艺术家就另有一种修为。"伯牙学琴于成连先生，三年不成。成连言吾师方子春今在东海中，能移人情。乃与伯牙偕往，到蓬莱山，留伯牙宿，曰：'子居习之，吾将迎师。'刺船而去，旬时不返。伯牙延望无人，但闻海水汩洞崩拆之声，山林窅冥，群鸟悲号，怆然叹曰：'先生将移我情。'乃援琴而歌，曲成，成连刺船迎之而返。伯牙之琴，遂妙天下。"这一段记载，写音乐家之被自然改变气质，虽然神秘，不是不可理解的。禅宗教外别传，根本不立文字，靠了顿悟即能明心见性。这究竟是生有异禀的人之超绝的成就。以我们一般人而言，最简便的修养方法还是读书。

　　书，本身就有情趣，可爱，大大小小形形色色的书，立在架上，放在案头，摆在枕边，无往而不宜。好的版本尤其可喜。我对线装书有一分偏爱。吴稚晖先生曾主张把线装书一律丢在茅厕坑里，这偏激之言令人听了不大舒服。如果一定要丢在茅厕坑里，我丢洋装书，舍不得丢线装书。可惜现在线装书很少见了，就像穿长袍的人一样的希罕。几十年前我搜求杜诗版本，看到古逸丛书影印宋版蔡孟弼《草堂诗笺》，真是爱玩不忍释手，想见原本之版面大，刻字精，其纸张墨色亦均属上选。在校勘上笺注上此书不见得有多少价值，可是这部书本身确是无上的艺术品。

黑 猫 公 主

　　白猫王子今年四岁，胖嘟嘟的，体重在十斤以上，我抱他上下楼两臂觉得很吃力，他吃饱伸直了躯体侧卧在地板上足足两尺开外（尾巴不在内）。没想到四年的工夫他有这样长足的进展。高信疆、柯元馨伉俪来，说他不像是猫，简直是一头小豹子。按照猫的寿命年龄，四岁相当于我们人类弱冠之年，也许不会再长多少了吧。

　　白猫王子饱食终日，吃饱了洗脸，洗完脸倒头大睡。家里没有老鼠可抓，他无用武之地。凭他的嗅觉，他不放过一只蟑螂，见了蟑螂他就紧迫追踪，又想抓又害怕，等到菁清举起苍蝇拍子打蟑螂时，他又怕殃及池鱼藏到一个角落里去了。我们晚间外出应酬，先把他的晚餐备好，鲜鱼一钵，清汤一盂，然后给他盖上一床被毯，或是给他搭一个蒙古包似的帐篷。等我们回家的时候，他依然蜷卧原处。他的那床被毯颇适合他的身材。菁清在一个专卖儿童用物的货柜上选购那被毯的时候，精挑细选，不是嫌大就是嫌小，店员不耐的问："几岁了？"菁清说："三岁多。"店员说："不对，不对，三岁这个太小了。"菁清说："是猫。"店员愣住了，她没卖过猫被。陆放翁《赠粉鼻诗》有

句："问渠何似朱门里，日饱鱼餐睡锦茵。"寒舍不比朱门，但
是鱼餐锦茵却是具备了。

　　白猫王子足不出户，但是江湖上已薄有小名。修漏的工人、
油漆的工人、送货的工人，看见猫蹲在门口，时常指着他问：
"是白猫王子吧？"我说是，他就仔细端详一番，夸奖几句，猫
并不理会，大摇大摆而去。猫若是人，应该说声谢谢。这只猫没
有闲事挂心头，应该算是幸福的，只是没有同类的伴侣，形单影
只，怕不免寂寞之感。菁清有一晚买来一只泰国猫，一身棕色
毛，小脸乌黑，跳跳蹦蹦十分活跃，菁清唤她作"小太妹"。白
猫王子也许是以为非我族类其心必异，相处似不投机，双方都常
呜呜的吼，作蓄势待发状。虽然是两个恰恰好，双份的供养还是
使人不胜负荷。我取得菁清同意，决计把小太妹举以赠人。陈秀
英的女儿乐滢爱猫如命，遂给她带走了。白猫王子一直是孤家寡
人一个。

　　有一天我们居住的大厦门前有两只小猫光临，一白一黑，盘
旋不去，瘦骨嶙嶙，蓬首垢面，不知是谁家的遗弃。夜寒风峭，
十分可怜。菁清又动了恻隐之心。"我们给抱上来吧？"我说
不，家里有两只猫，将要喧宾夺主。菁清一声不响端着白猫王子
吃剩的鱼加上一点米饭送到楼下去了。两只猫如饿虎扑食，一霎
间风卷残雪，她顾而乐之。于是由一天送鱼一次，而二次，而三
次，而且抽暇给两只猫用干粉洁身。我不由自主的也参加了送猫
饭的行列。人住十二层楼上，猫在道边门口，势难长久。其中黑
的一只，两只大蓝眼睛，白胡须，两排白牙，特别讨人欢喜。好
不容易我们给黑猫找到了可以信赖的归宿。我们认识的廖先生，
他和他一家人都爱猫，于是菁清把黑猫装在提笼里交由廖先生携
去。事后菁清打了两次电话，知道黑猫情况良好，也就放心了。

只剩下一只白猫独自卧在门口。看样子他很忧郁，突然失去伴侣当然寂寞。

事有凑巧，不知从哪里又来了一只小黑猫。这只小黑猫大概出生有六个月，看牙齿就可以知道。除了浑身漆黑之外，四爪雪白，胸前还有一块白斑，据说这种猫名为"踏雪寻梅"，还满有名堂的。又有人说，本地有些人认为黑猫不吉利。在外国倒是有此一说，以为黑猫越途，不吉。哀德加·阿兰·坡有一篇恐怖小说，题名就是《黑猫》，这篇小说我没读过，不知黑猫在里面扮的是什么角色。无论如何白猫又有了伴侣，我们楼上楼下一天三次照旧喂两只猫，如是者约两个星期。

有一夜晚，菁清面色凝重的对我说："楼下出事了！"我问何事惊慌，她说据告白猫被汽车压死了。生死事大，命在须臾，一切有情莫不如此，但是这只白猫刚刚吃饱几天，刚刚洗过一两次，刚刚失去一黑猫又得到一黑猫为伴，却没来由的粉身碎骨死在车轮之下！我半晌无语，喉头好像有梗结的感觉。缘尽于此，没有说的。菁清又徐徐的说："事已到此，我别无选择，把小猫抱上来了。"好像是若不立刻抱上来，也会被车辗死。在这情形之下，我也不能反对了。

"猫在哪里？"

"在我的浴室里。"

我走进去一看，黑暗的角落里两只黄色的亮晶晶的眼睛在闪亮，再走近看，白须、白下巴颏儿、白爪子，都显露出来了。先喂一钵鱼，给她压压惊。我们决定暂时把她关在一间浴室里，驯服她的野性，择吉再令她和白猫王子见面。菁清问我："给她起个什么名字呢？"我想不出。她说："就叫黑猫公主吧。"

黑猫公主的个性相当泼辣，也相当灵活，头一天夜晚她就钻到藏化妆品的小柜橱里。凡是有柜门的地方她都不放过。我说这样淘气可不行，家里瓶瓶罐罐的东西不少，哪禁得她横冲直撞？菁清就说："你忘了？白猫王子初来我家不也是这样么？"她的意思是，慢慢管教，树大自直。要使这黑猫长久居留，菁清有进一步的措施，给公主做体格检查。兽医辜泰堂先生业务极忙，难得有空出来门诊，可是他竟然肯来。在他检查之下，证明黑猫公主一切正常，临行时给她打了两针预防霍乱之类的药剂。事情发展到此，黑猫公主的户籍就算暂时确定了。她与白猫王子以后是否能够相处得如鱼得水，且待查看再说。

听戏、看戏、读戏

　　我小时候喜欢听戏，在北平都说听戏，不说看戏。真正内行的听众，他不挑拣座位，在池子里能有个地方就行，"吃柱子"也无所谓，在边厢暗处找个座位就可以，沏一壶茶，眯着眼，歪歪斜斜的缩在那里——听戏。实际上他听的不是戏，是某一个演员的唱。戏的主要部分是歌唱。听到一句回肠荡气的唱腔，如同搔着痒处一般，他会猛不丁的带头喊一声："好！"若是听到不合规矩荒腔走板的调子，他也会毫不留情的送上一个倒彩。真是曲有误，周郎顾。

　　我没有那份素养，当然不足以语此，但是我在听戏之中却是得到了一种精神上的满足。我自己虽不会唱，顶多是哼两声，但是却常被那节奏与韵味所陶醉。凡是爱听戏的人都有此经验。戏剧之所以能掌握住大众的兴趣，即以此故，戏的情节没有太大的关系，纵然有迷信的成分或是不大近情近理，都没有关系，反正是那百十来出的戏，听也听熟了，要注意的是演员之各有千秋的唱工。甚至演员的扮相也不重要，例如德珺如的小生，那张驴脸实在令人不敢承教，但是他唱起来硬是清脆可听。至于演员的身段、化妆、行头，以及台上的切末道具，更是次焉者也。

　　因为戏的重点在唱，而唱工优秀的演员不易得，且其唱工一旦登峰造极，厥后在剧界即有难以为继之叹，一切艺术皆是如此。自民初以后，戏剧一直在走下坡。其式微之另一个原因是观众的素质与品位变了。戏剧的盛衰，很大部分取决于观众，此乃供求之关系，势所必至。而观众受社会环境变迁之影响，其素质与品位又不得不变。新文化运动以来，论者对于戏剧常有微辞，或指脸谱为野蛮的遗留，或谓剧情不外奖善惩恶之滥调，或目男扮女角为不自然，或诋剧词之常有鄙陋不通之处……诸如此类，皆不无见地，然实未搔着痒处。也有人倡为改良之议，诸如修改剧本，润色戏词，改善背景，增加幔幕，遮隔文武场面等等，均属可行，然亦未触及基本问题之所在。我们的戏属于歌剧类型，其灵魂在唱歌。这样的戏被这样的观众所长期的欣赏，已成为我们的传统文化的一个项目。是传统，即不可轻言更张。振衰起敝之道在于有效的培养演员，旧的科班制度虽非尽善，有许多地方值得保存。俗语说："三年出一个状元，三十年不见得能出一个好演员。"人才难得，半由天赋，半由苦功。培养演员，固然不易，培养观众其事尤难，观众的品位受多方的影响，控制甚难。大势所趋，歌剧的前途未可乐观。

　　戏还是要看的，不一定都要闭着眼睛听。不过我们的戏剧的特点之一是所有动作多以象征为原则，不走写实的路子。因为戏剧受舞台构造的限制，三面都是观众，无幕无景，地点可以随时变，所以不便写实。说它是原始趣味也可，说它具有象征艺术的趣味亦可。这种作风怕是要保留下去的。记得尚小云有一回演《天河配》，在"出浴"一场中，这位高头大马的演员穿着紧身的粉红色卫生衣裤真个的挥动纱带作出水芙蓉状！有人为之骇然，也有人为之鼓掌叫绝。我觉得这是旧剧的堕落。

话剧是由外国引进来的东西。旧剧即使不堕落，话剧的兴起，其势也是不可遏的。话剧的组成要件是动作与对白，和歌剧大异其趣。从文明新戏起到晚近的话剧运动，好像尚未达到成熟的阶段。其间有很长一段是模仿外国作品，也模仿易卜生，也模仿奥尼尔，似是无可讳言。话剧虽然不唱，演员的对白却不是简单事，如何咬字吐音，使字字句句送到全场观众的耳边，需要研究苦练，同时也需要天赋。话剧常常是由学校领头演出，中外皆然，当然学校戏剧也常有非常出色的成绩，不过戏剧演出必须职业化，然后才能期望有较高的艺术水准。

话剧的主流是写实的，可以说是真正的"人生的模拟"。故导演的手法、背景的安排、灯光的变化、服装的设计，无一不重要，所以制造戏剧的效果，使观众从舞台上的表演中体会出一段有意义的人生。戏剧不可过分迎合观众趣味，否则其娱乐性可能过分增高，而其艺术的严重性相当的减少。

在现代商业化的社会里，话剧的发展是艰苦的。且以英国著名演员劳伦斯·奥利维尔爵士为例，他的表演艺术在如今是登峰造极的一个，他说："我现在拍电影，人们总是在报上批评我。'为什么拍这些垃圾？'我告诉你什么原因：找钱送三个孩子上学，养家，为他们将来有好日子……"奥利维尔如此，其他演员无论矣。我们此时此地倡导话剧，首要之因是由政府建立现代化的剧院，不妨是小剧院，免费供应演出场地，或酌量少收费用，同时鼓励成立"定期换演剧目的剧团"，使演剧成为职业化，对于演员则大幅提高其报酬，使不至于旁骛。

戏本是为演的，不是为看的。所以剧本一向是剧团的财产之一部，并不要发表出来以供众览。科班里教戏是靠口授，而且是授以"单词"，不肯整出的传授，所拥有的全剧钞本什袭珍藏唯恐走漏。从前外国的剧团也是一样，并不把剧本当作文学作品看待。把戏剧作品当作文学的一部门，是比较晚近的事。

读剧本，与看舞台上演，其感受大不相同。舞台上演，不过是两三小时的工夫，其间动作语言曾不少停，观众直接立即获得印象。有许多问题来不及思考，有许多词句来不及品赏。读剧本则可从容玩味，发现许多问题与意义。看好的剧本在舞台上作有效的表演，那才是最理想的事。戏剧本来是以演员为主要支柱，但是没有好的剧本则表演亦无所附丽。剧本的写作是创造，演员的艺术是再创造。

戏剧被利用为宣传工具，自古已然。可以宣传宗教意识，可以宣传道德信条，驯至晚近可以宣传种种的政治与社会思想。不过戏剧自戏剧，自有其本身的文艺的价值。易卜生写《傀儡家庭》，妇女运动家视为最有力的一个宣传，但是据易卜生自己说，他根本没有想到过妇女运动。戏剧作家，和其他作家一样，需要自由创作的环境。戏剧的演出，像其他艺术活动一样，我们也应该给予最大的宽容。

莎士比亚的演出

　　莎士比亚的戏是为阅读的，还是为观赏的？这一问题好像是批评家兰姆首先提出来的。他的意思是，莎士比亚的戏博大精深，非加仔细阅读不能体会其中奥妙。他有一篇文章《论莎氏悲剧是否合于舞台排演》，他说：

　　莎士比亚的戏，比起任何别的作家，实在最不该在舞台上排演……里面有一大部分并不属于演出的范围以内，与吾人之眼、声、姿势，漫不相关。

　　他举例说，哈姆雷特与马克白，其品格异常复杂，没有人可以充分的表现出哈姆雷特或马克白的性格。他所指陈的不无见地。莎氏剧中人物确实有些个是不容易表演的，其中有些台词也确是相当深刻不易理解的。表演一出戏，不过匆匆三两个小时，当然不及阅读剧本之较多体认的机会。但是平心而论，莎氏剧中之情节、人物、对话之较深刻的只是其中一部分，其余大部分在舞台表演上没有问题。事实上，莎氏编剧原是为了表演，原是为了娱乐观众，而且是阶层不同的观众，上自缙绅学士，以至贩夫走卒，所以其写作内容也是深浅兼备，雅俗共赏。他把剧本卖给剧团，像卖货物一样，剧本即为剧团所有。剧作者也不视其剧本为文学"作品"，不曾想印成书册供人阅览，更不会以为是"经国之大业，不朽之盛事"。莎氏戏剧在他故后之第七年，才由他的两位剧院同事辑为一册，即所谓之"第一对折本"，共印了约一千册，现存完整者仅十四册。是莎氏并不特别重视他的剧本，他重视的是如何把戏编得精彩以取悦观众，使剧团赚钱，然后有机会编更多的剧本（约每年编两出），获得更多的稿费，然后逐渐成为剧院的股东（controller），然后积聚更多的资财，退休、返乡、置产，成为绅士。但是，他在编写剧本之中，流露了他的才华，把他的情感想象注入了戏中人物及其对话之中，使得剧本流传至今，为全世界的人所传诵、所研究、所欣赏。莎氏故后，他的声誉黯淡了一个时期，时代变了，品味变了，剧场变了，戏剧的形式也变了。莎氏戏剧之复兴，主要的是由于德国的浪漫派作家之狂热的赞美。当然英国十八世纪几位著名演员之竞相扮演莎剧也是功不可没的。到了晚近莎氏戏剧再度掀起热潮。

莎士比亚戏剧活动重心当然是在英国，尤其是他的出生地斯特拉福。每年到了他的诞辰，那地方成了观光胜地之一。那里有莎士比亚活动中心、莎士比亚图书馆、莎士比亚剧院，还有能扮演全部莎士比亚戏剧的剧团。目前活动重心好像是已扩展到美洲，美洲东部康乃提克州有城亦名斯特拉福，那里也有一所莎士比亚剧院，年年演出莎氏名剧，西部奥瑞冈州的优金也是年年举办莎氏纪念庆祝的所在，年年轮流上演莎氏几部作品。加拿大的昂塔利欧省也有一所莎士比亚剧院，年年演出莎氏戏剧。凡此皆足以说明莎氏作品事实上不仅是学者们研究、批评、校勘的对象，而也是愈益受到大众欢迎的舞台上演的戏剧。

戏剧和舞台有不可分的关系。有什么样的舞台就有什么样的戏剧。莎士比亚时代的舞台和我们中国旧式舞台颇为相似。台是突伸到剧场中间，观众可以从三面看戏。台前没有幕，台后没有布景，连我们中国所谓的"守旧"都没有，道具切末也等于无。因此戏就无法清晰的分幕分场，演员出出进进，一场接着一场，连续不断的表演下去，一气呵成。所表演的情节可以是长达一二十年的一段故事，也可以是发生在几天以内的一段情节。为了表示段落，戏词往往使用"双行押韵"的两行诗，暗示时间地点的改变，有时候则任何暗示也都没有。观众不以为异，他们已习惯了舞台的传统。一场接着一场，中间可以是隔离好多年。一场接着一场，中间可以隔着百千里。观众动用他们的想象力，和戏剧的演出完全合作。这种演出的方式，表面上不尚写实，事实上演员的负担很重，他要有高度的表演技巧，无论在发音或姿势方面都必须善于控制，否则无法吸引观众之几小时的注意。现行的莎氏剧本，分幕分景并有完全的舞台指导，这乃是十八世纪以来编者们所加上去的。纯粹的完全的莎士比亚演出方式现已难得一见，除非是重建一座莎士比亚舞台，由学者们指导恢复旧时演出的成规，令少数热心的观众发思古之幽情。这样的尝试不是没有，也不是不成功，事实上莎剧的演出已经是以现代化的演出方式为主流了。

　　现代舞台的特点是前面有幕后面有景，整个的舞台面像是一幅画框，演员面对大片观众，在这情形之下，"旁白"乃几乎是不可能，"独白"亦很难发挥其应有的效果，而"旁白"与"独白"正是莎剧中极为有用的技巧。可是现代舞台因为有幕，幕升幕降，把情节动作的段落分得清清楚楚，观众看得明明白白。这当然是按照莎剧的现代编本而演出的，而观众确是可以获得较佳印象。灯光、布景、效果，其技术的进步非前人所能想象，在在均足以增加戏剧的气氛。我记得有一次在美国看《威尼斯商人》的演出，聚精会神的看那法庭一景，场面伟大，印象很深，尤其是夏洛克表演出他的积愤的情绪，被压迫的犹太人的感情，咬牙切齿，真是一句一泪。怪不得当年德国诗人海涅看完这一幕之后，他哭了！夏洛克狼狈的回家，发现他的女儿杰西卡席卷细软而逃（这原是二幕八景里面一段口述的情形，现在巧妙的排在庭讯之后实际演出），提着灯笼在街上大叫"杰西卡，杰西卡！"此时暮霭渐深，一个老人提着灯笼嘶哑着喉咙顺着街道走向台后，一声比一声微弱，台上灯光渐渐暗了下去，幕徐徐下，景色动人极了，我久久不能忘。我想这是莎氏原来的舞台上无法表现出来的效果。按照剧本这悲惨的情况只是由两个目睹的配角口中述说，纵然在述说的时候极力模仿，模仿得惟妙惟肖，也只能产生讪笑的意味，观众很难运用想象充分体会其凄凉残酷的意味。只有在现代的写实舞台上才能给观众以直接的刺激。又例如，《罗密欧与朱丽叶》一剧开场就是一场打斗，先是几个人的小冲突，然后是大规模的打群架。按照剧本的提示，先是"互斗"，随后是"相格斗"，最后是"两家各若干人，参加打斗……"在旧式四四方方的舞台上，空间不多，互斗还可以，打群架就难以表演。现代舞台宽阔，大批的人分为两队，着不同颜色的服装，虽是进行混战，看起来还是壁垒分明，就像是我们旧戏中两队龙套一般，这也是现代舞台之所擅长的一端。

　　现代舞因为分幕的关系，并且需要极力减少景的变化之故，对于剧本一定要大施改动删裁。莎士比亚的现代舞台本和原剧本的面目可能有很大的差异，如《李耳王》之结局改为大团圆，那乃是时代品位的关系，与舞台无关。一般的改动是基于舞台需要，不得不缩删移动以求其紧凑。好的舞台本无不是汰芜存菁，尽力保存原剧的面目。许多舞台本删去不少的文字游戏双关语及猥亵的对话，因为这些是十六世纪的时尚，已不甚合我们的趣味，如果删裁得当未可厚非。我们阅读莎士比亚则原作俱在，可以充分欣赏其全豹而巨细靡遗。事实上，没有人读舞台本的。

"用你们的想象来补充我们的缺陷，把一个人分成一千份，假想盛大的军容"，莎士比亚搬上银幕，乃一大发展。舞台上不便演出的情形，在电影里可以充分发挥。例如，《仲夏夜之梦》里的一伙小仙，玲珑剔透，真是可作掌上舞，小到可以睡在一朵花苞里，可以在蜜蜂身上偷蜜，可以在萤火虫眼里点蜡烛。在舞台上，这些小仙只好由童伶扮演，但是童伶身体无论多么小巧，也小不到像小仙那样。我记得看过一部由萨娅·伯纳德主演的《仲夏夜之梦》影片（还配上了曼德松的音乐，真是珠联璧合），我保有深刻印象，因为电影利用摄影的技巧，把小仙们"翻山冈、渡原野、披丛林、斩荆棘、过游苑、越栅界、涉水来、投火去"真个的表演出来了，而且个个都是娇小玲珑。舞台上办不到的，电影里乃优为之，这不过是一例。我又看过一部《亨利五世》的影片，我也获得了以前不曾有过的印象。《亨利五世》是一部战争戏，以阿金谷一役为其高潮。英国人所以大败法国人，主要原因是英国人开始大量使用长弓，法国人主要使用的仅是中古以来传统武器长枪。两阵对垒，长枪难抵长弓，胜负立见。但是这一番厮杀在舞台上很难表现。莎士比亚明白舞台的限制，所以这出剧本一反往例于每幕之前加一"剧情说明"，把行动改为叙述，第一幕的剧情说明人就一再地说："这个斗鸡场能容纳法兰西之广大的战场么？……让我们来激发你们的想象力吧！……用你们的想象来补充我们的缺陷，把一个人分成一千份，假想盛大的军容……"以后各幕的剧情说明都强调观众之想象力的重要性。可是我看影片，这盛大军容便直接呈现在我眼前了，千军万马，斩将搴旗，令人看得有如身临其境。也许有人要说，这样的写实手法未必优于诉诸想象。需知所谓想象要有知识背景，不能平空悬拟，并且也需要时间细细揣摹，坐在剧院里听着一些稍纵即逝的台词而随时运用想象，其事恐怕甚难。但是电影克服了这困难。

电影拥有广大观众，把莎士比亚戏剧有效的推出在一般观众之前，这推广的效果异常伟大。优秀的戏剧演员纷纷在电影上出现，也是大势所趋。本是著名的舞台演员奥利维尔爵士，也屡屡以其扮演莎氏名剧主角的身份不惜在银幕之上现身。我不否认莎氏作品在舞台上或银幕上，其号召力或者不及一般较低级的歌舞打斗的作品，但是显而易见的，莎剧影片有其独到之处，比舞台表演更易受到一般观众的了解。

对莎剧电视片播出的四个小小愿望。

莎氏剧作由电影而电视，乃是又一新的发展。电视把莎剧送进家庭，观赏可以不必到剧院买票。电视的时间宝贵，一部片子最多只能用两个多小时，不及电影之比较宽裕，因之剧情不能不力求紧凑，原剧本之删节改编自然难免。原剧本中所有猥亵语也必全部芟除，就像Bowlder版本的剧集一样，倒也无关宏旨。欣闻英国的广播公司编制了《莎士比亚全集》的电视影片，我非常兴奋。前几年我看到广告，知道已有唱片公司录了《莎士比亚全集》唱片，没想到数年之后又有全集的电视片问世。听说电视片发行以来，已有二十几国价购放映，我们的中国电视公司有见识有魄力，亦已取得该片，今起即将开始放映第一批的六部戏。我从前看过同一公司拍制的克拉克爵士主持的西洋艺术及西洋文化的电视片，实在是高度享受，尤其是放映过程中不插广告，一个多小时的节目不受任何干扰。我相信这一套莎剧电视片在品质上一定能维持其以往的出品的水准，内容必定精彩。于此我有几个小小的愿望：

一、播映之前要有充分准备，在电视周刊上作比较简单扼要的介绍，使一般观众明了其剧情及其意义。

二、中文字幕是必要的，但文字要正确无讹，不宜过分的随俗滥译，尤其是剧名人名更要斟酌至当。

三、播映中间不要插进广告，若实在舍不得那笔广告收入，设法就广告内容稍加限制。

四、附带制作录影带公开发售。

谈　幽　默

　　幽默是 humor 的音译，译得好，音义兼顾，相当传神，据说是林语堂先生的手笔。不过"幽默"二字，也是我们古文学中的现成语。《楚辞·九章·怀沙》："眴兮杳杳，孔静幽默。"幽默是形容山高谷深荒凉幽静的意思，幽是深，默是静。我们现在所要谈的幽默，正是意义深远耐人寻味的一种气质，与成语"幽默"二字所代表的意思似乎颇为接近。现在大家提起幽默，立刻想起原来"幽默"二字的意思了。

　　"幽默"一语所代表的那种气质，在西方有其特定的意义与历史。据古代生理学，人体有四种液体：血液、粘液、黄胆液、黑胆液。这些液体名为幽默（humors），与四元素有密切关联。血似空气，湿热；黄胆液似火，干热；粘液似水，湿冷；黑胆液似土，干冷。某些元素在某一种液体中特别旺盛，或几种液体之间失去平衡，则人生病。液体蒸发成气，上升至脑，于是人之体格上的、心理上的、道德上的特点于以形成，是之谓他的脾气性格，或径名之曰他的幽默。完好的性格是没有一种幽默主宰他。乐天派的人是血气旺，善良愉快而多情。胆气粗的人易怒，焦急，顽梗，记仇。粘性的人迟钝，面色苍白，怯懦。忧郁的人贪吃，畏缩，多愁善感。幽默之反常状态能进一步导致夸张的特点。在英国伊莉莎白时代，"幽默"一词成了人的"性格"（disposition）的代名词，继而成了"情绪"（mood）的代名词。到了一六〇〇年代，常以幽默作为人物分类的准绳。从十八世纪初起，英语中的幽默一语专用于语文中之足以引人发笑的一类。幽默作家常是别具只眼，能看出人类行为之荒谬、矛盾、滑稽、虚伪、可哂之处，从而以犀利简捷之方式一语点破。幽默与警语（wit）不同，前者出之以同情委婉之态度，后者出之以尖锐讽刺之态度，而二者又常不可分辨。例如莎士比亚创造的人物之中，孚斯塔夫滑稽突梯，妙语如珠，便是混合了幽默与警语之最好的榜样之一。

　　"幽默"一词虽然是英译，可是任何民族都自有其幽默。常听人说我们中国人缺乏幽默感。在以儒家思想为正统的社会里，幽默可能是不被鼓励的，但是我们看《诗经·卫风·淇奥》，"善戏谑兮，不为虐兮"，谑而不虐仍不失为美德。东方朔、淳于髡，都是滑稽之雄。太史公曰："天道恢恢，岂不大哉？谈言微中，亦可以解纷。"为立滑稽列传。较之西方文学，我们文学中的幽默成分并不晚出，也并未被轻视。宋元明理学大盛，教人正心诚意居敬穷理，好像容不得幽默存在，但是文学作家，尤其是戏剧与小说的作者，在编写行文之际从来没有舍弃幽默的成分。几乎没有一部小说没有令人绝倒的人物，几乎没有一出戏没有小丑插科打诨。至于明末流行的笑话书之类，如冯梦龙《笑府序》所谓"古今世界一大笑府，我与若皆在其中供话柄，不话不成人，不笑不成话，不笑不话不成世界"，直把笑话与经书子史相提并论，更不必说了。我们中国人不一定比别国人缺乏幽默感，不过表现的方式容或不同罢了。

　　我们的国语只有四百二十个音缀，而语词不下四千（高本汉这样说）。这就是说，同音异义的字太多，然而这正大量提供了文字游戏的机会。例如诗词里"晴""情"二字相关，俗话中生熟的"生"与生育的"生"二字相关，都可以成为文字游戏。能说这是幽默么？在英国文学里，相关语（pun）太多了，在十六世纪时还成了一种时尚，为雅俗所共赏。文字游戏不是上乘的幽默，灵机触动，偶一为之，尚无不可，滥用就惹人厌。幽默的精义在于其中所含的道理，而不在于舞文弄墨博人一粲。

所以善幽默者，所谓幽默作家（humorists），其人必定博学多识，而又悲天悯人，洞悉人情世故，自然的谈唾珠玑，令人解颐。英小说家萨克莱于一八五一年作一连串演讲——《英国十八世纪幽默作家》，刊于一八五三年，历述绥夫特、斯特恩等的思想文字，着重点皆在于其整个的人格，而不在于其支离琐碎的妙语警句。幽默引人笑，引人笑者并不一定就是幽默。人的幽默感是天赋的，多寡不等，不可强求。

王尔德游美，海关人员问他有没有应该申报纳税的东西，他说："没有什么可申报的，除了我的天才之外。"这回答很幽默也很自傲。他可以这样说，因为他确是有他一分的天才。别人不便模仿他。我们欣赏他这句话，不是欣赏他的恃才傲物，是欣赏他讽刺了世人重财物而轻才智的陋俗的眼光。我相信他事前没有准备，一时兴到，乃脱口而出，语妙天下，讥嘲与讽刺常常有幽默的风味，中外皆然。

我有一次为文，引述了一段老的故事：某寺僧向人怨诉送往迎来不胜其烦，人劝之曰："尘劳若是，何不出家？"稿成，投寄某刊物，刊物主编以为我有笔误，改"何不出家"为"何必出家"，一字之差，点金成铁。他没有意会到，反语（irony）也往往是幽默的手段。

想我的母亲

　　父母对子女的爱，子女对父母的爱，是神圣的。我写过一些杂忆的文字，不曾写过我的父母，因为关于这个题目我不敢轻易下笔。小民女士逼我写几句话，辞不获已，谨先略述二三小事以应，然已临文不胜风木之悲。

　　我的母亲姓沈，杭州人。世居城内上羊市街。我在幼时曾侍母归宁，时外祖母尚在，年近八十。外祖父入学后，没有更进一步的功名，但是课子女读书甚严。我的母亲教导我们读书启蒙，尝说起她小时苦读的情形。她同我的两位舅父一起冬夜读书，冷得腿脚僵冻，取大竹篓一，实以败絮，三个人伸足其中以取暖。我当时听得惕然心惊，遂不敢荒嬉。我的母亲来我家时年甫十八九，以后操持家务尽瘁终身，不复有暇进修。

　　我同胞兄弟姊妹十一人，母亲的煦育之劳可想而知。我记得我母亲常于百忙之中抽空给我们几个较小的孩子们洗澡。我怕肥皂水流到眼里，我怕痒，总是躲躲闪闪，总是格格的笑个不住，母亲没有工夫和我们纠缠，随手一巴掌打在身上，边洗边打边笑。

　　北方的冬天冷，屋里虽然有火炉，睡时被褥还是凉似铁。尤其是钻进被窝之后，脖子后面透风，冷气顺着脊背吹了进来。我们几个孩子睡一个大炕，头朝外，一排四个被窝。母亲每晚看到我们钻进了被窝，吱吱喳喳的笑语不停，便走过来把油灯吹熄，然后给我们一个个的把脖子后面的棉被塞紧，被窝立刻暖和起来，不知不觉的就睡着了。我不知道母亲用的是什么手法，只知道她塞棉被带给我无可言说的温暖舒适，我至今想起来还是快乐的，可是那个感受不可复得了。

我从小不喜欢喧闹。祖父母生日照例院里搭台唱傀儡戏或滦州影。一过八点我便掉头而去进屋睡觉。母亲得暇便取出一个大簸箩，里面装的是针线剪尺一类的缝纫器材，她要做一些缝缝连连的工作，这时候我总是一声不响的偎在她的身旁，她赶我走我也不走，有时候竟睡着了。母亲说我乖，也说我孤僻。如今想想，一个人能有多少时间可以偎在母亲身旁？

在我的儿时记忆中，我母亲好像是没有时候睡觉。天亮就要起来，给我们梳小辫是一桩大事，一根一根的梳个没完。她自己要梳头，我记得她用一把抿子醮着刨花水，把头发弄得锃光大亮。然后她就要一听上房有动静便急忙前去当差。盖碗茶、燕窝、莲子、点心，都有人预备好了，但是需要她去双手捧着送到祖父母跟前，否则要儿媳妇做什么？在公婆面前，儿媳妇是永远站着，没有座位的。足足的站几个钟头下来，不是缠足的女人怕也受不了！最苦的是，公婆年纪大，不过午夜不安歇，儿媳妇要跟着熬夜在一旁侍候。她困极了，有时候回到房里来不及脱衣服倒下便睡着了。虽然如此，母亲从来没有发过一句怨言。到了民元前几年，祖父母相继去世，我母亲才稍得轻闲，然而主持家政教养儿女也够她劳苦的了。她抽暇隔几年返回杭州老家去度夏，有好几次都是由我随侍。

　　母亲爱她的家乡。在北京住了几十年，乡音不能完全改掉。我们常取笑她，例如北京的"京"，她说成"金"，她有时也跟我们学，总是学不好，她自己也觉得好笑。我有时学着说杭州话，她说难听死了，像是门口儿卖笋尖的小贩说的话。

　　我想一般人都会同意，凡是自己母亲做的菜永远是最好吃的。我的母亲平常不下厨房，但是她高兴的时候，尤其是父亲亲自到市场买回鱼鲜或其他南货的时候，在父亲特烦之下，她也欣然操起刀俎。这时候我们就有福了。我十四岁离家到清华，每星期回家一天，母亲就特别痛爱我，几乎很少例外的要亲自给我炒一盘冬笋木耳韭菜黄肉丝，起锅时浇一勺花雕酒，这是我最喜欢的一道菜。但是这一盘菜一定要母亲自己炒，别人炒味道就不一样了。

　　我母亲喜欢在高兴的时候喝几盅酒。冬天午后围炉的时候，她常要我们打电话到长发叫五斤花雕，绿釉瓦罐，口上罩着一张毛边纸，温热了倒在茶杯里和我们共饮。下酒的是大落花生，若是有"抓空儿的"，买些干瘪的花生吃则更有味。我和两位姊姊陪母亲一顿吃完那一罐酒。后来我在四川独居无聊，一斤花生一罐茅台当作晚饭，朋友们笑我吃"花酒"，其实是我母亲留下的作风。

　　我自从入了清华，以后和母亲在一起的时候就少了。抗战前后各有三年和母亲住在一起。母亲晚年喜欢听评剧，最常去的地方是吉祥，因为离家近，打个电话给卖飞票的，总有好的座位。我很后悔，我没能分出时间陪她听戏，只是由我的姊姊弟弟们陪她消遣。

　　我父亲曾对我说，我们的家所以成为一个家，我们几个孩子所以能成为人，全是靠了我母亲的辛劳维护。一九四九年以后，音讯中断，直等到恢复联系，才知道母亲早已弃养，享寿九十岁。西俗，母亲节佩红康乃馨，如不确知母亲是否尚在则佩红白康乃馨各一。如今我只有佩白康乃馨的份了，养生送死，两俱有亏，惨痛惨痛！

回首旧游
——纪念徐志摩逝世五十周年

志摩于民国二十年十一月十九日搭乘中国航空公司济南号飞机由南京北上赴平，飞机是一架马力三百五十匹的小飞机，装载邮件四十余磅，乘客仅志摩一人，飞到离济南五十里的党家庄附近，忽遇漫天大雾，触开山山头，滚落山脚之下起火，志摩因而遇难。到今天恰好是五十周年。

志摩家在上海，教书在北京大学，原是胡适之先生的好意安排，要他离开那不愉快的上海的环境，恰巧保君健先生送他一张免费的机票，于是仆仆于平沪之间，而志摩苦矣。死事之惨，文艺界损失之大，使我至今感到无比的震撼。五十年如弹指间，志摩的声音笑貌依然如在目前，然而只是心头的一个影子，其人不可复见。他享年仅三十六岁。天实为之，谓之何哉！

志摩遗骸葬于其故乡硖石东山万石窝。硖石是沪杭线上的一个繁庶的小城，我没有去凭吊过。陈从周先生编徐志摩年谱，附志摩的坟墓照片一帧，坟前有石碑，碑文曰："中华民国三十五年仲冬　诗人徐志摩之墓　张宗祥题"显然是志摩故后十余年所建。张宗祥是志摩同乡，字声闻，曾任浙省教育厅长。几个字写得不俗。丧乱以来，于浩劫之中墓地是否成为长林丰草，或是一片瓦砾，我就不得而知了。

志摩的作品有一部分在台湾有人翻印，割裂缺漏之处甚多，应该有人慎重的为他编印全集。一九五九年我曾和胡适之先生言及，应该由他主持编辑，因为他和志摩交情最深。适之先生因故推托。一九六七年张幼仪女士来，我和蒋复璁先生遂重提此事，蒋先生是志摩表弟，对于此事十分热心，幼仪女士也愿意从旁协助，函告其子徐积锴先生在美国搜集资料。一九六八年全集资料大致齐全。传记文学社刘绍唐先生毅然以刊印全集为己任，并聘历史学者陶英惠先生负校勘之责，而我亦乘机审阅全稿一遍。一九六九年全集出版，一九七〇年再版。总算对于老友尽了一点心力，私心窃慰。梁锡华先生时在英伦，搜求志摩的资料，巨细靡遗，于拙编全集之外复得资料不少，吉光片羽，弥足珍贵，成一巨帙《徐志摩诗文补遗》（时报文化公司出版），又著有《徐志摩新传》一书（联经出版），对于徐志摩的研究厥功甚伟，当代研究徐志摩者当推梁锡华先生为巨擘，亦志摩逝世后五十年来第一新得知己也。

研究徐志摩者，于其诗文著作之外往往艳谈其离婚结婚之事。其中不免捕风捉影传闻失实之处。我以为婚姻乃个人私事，不宜过分渲染以为谈助。这倒不是完全"为贤者讳"的意思，而是事未易明理未易察，男女之间的关系诡秘复杂，非局外人易晓。刘心皇先生写过一本书《徐志摩与陆小曼》，态度很严正，资料也很翔实，但是我仍在该书的短序之中提出一点粗浅的意见：

徐志摩值得令我们怀念的应该是他的那一堆作品，而不是他的婚姻变故或风流韵事。……徐志摩的婚姻前前后后颇多曲折，其中有些情节一般人固然毫无所知，他的较近的亲友们即有所闻亦讳莫如深，不欲多所透露。这也是合于我们中国人"隐恶扬善"和不揭发阴私的道德观念的。所以凡是有关别人的婚姻纠纷，局外人最好是不要遽下论断，因为参考资料不足之故。而徐志摩的婚变，性质甚不平常，我们尤宜采取悬疑的态度。

志摩的谈吐风度，在侪辈中可以说是鹤立鸡群。师长辈如梁启超先生、林长民先生把他当作朋友，忘年之交。和他同辈的如胡适之先生、陈通伯先生更是相交莫逆。比他晚一辈的很多人受他的奖掖，乐与之游。什么人都可做他的朋友，没有人不喜欢他。在当时所谓左翼作家叫嚣恣肆，谩骂包剿，无所不用其极，他办报纸副刊，办月刊，特立独行，缁而不涅，偶然受到明枪暗箭的侵袭，他也抱定犯而不校的态度，从未陷入混战的漩涡，只此一端即属难能可贵。尖酸刻薄的人亦奈何他不得。我曾和他下过围棋，落子飞快，但是隐隐然颇有章法，下了三五十着我感觉到他的压力，他立即推枰而起，拱手一笑，略不计较胜负。他就是这样的一个潇洒的人。他饮酒，酒量不洪，适可而止；他豁拳，出手敏捷，而不咄咄逼人。他偶尔也打麻将，出牌不假思索，挥洒自如，谈笑自若。他喜欢戏谑，从不出口伤人。他饮宴应酬，从不冷落任谁一个。他也偶涉花丛，但是心中无妓。他也进过轮盘赌局，但是从不长久坐定下注。志摩长我六岁，同游之日浅，相交不算深，以我所知，像他这样的一个，当世无双。

今天是他五十周年忌日，回首旧游，不胜感慨。谨缀数言，聊当斗酒只鸡之献。

徐志摩的诗与文

今天是徐志摩逝世五十年纪念日。五十年说长不长，说短不短。不过人生不满百，能有几个五十年？

常听人说，文学作品要经过时间淘汰，才能显露其真正的价值。有不少作品，轰动一时，为大众所爱读，但是不久之后环境变了，不复能再激起读者的兴趣，畅销书就可能变成廉价的剩余货，甚至从人的记忆里完全消逝。有些作品却能历久弥新，长期被人欣赏。时间何以能有这样大的力量？其主要关键在于作品是否具有描述人性的内涵。人性是普遍的、永久的，不因时代环境之变迁而改变。所以各个时代的有深度的优秀作品永远有知音欣赏。其次是作品而有高度的技巧、优美的文字，也是使作品不朽的一个条件。通常是以五十年为考验的时期，作品而能通过这个考验的大概是可以相当长久的存在下去了。这考验是严酷无情的，非政治力量所能操纵，亦非批评家所能左右，更非商业宣传所能哄抬，完全靠作品的实质价值而决定其是否能长久存在的命运。

志摩逝世了五十年，他的作品通过了这一项考验。

梁锡华先生比我说得更坚定，他说："徐志摩在新文学史占一席位是无可置疑的，而新文学史是晚清之后中国文学史之继续，也是不容否认的，虽然慷慨悲歌的遗老遗少至今仍吞不下这颗药丸，但是他们的子孙还得要吞，也许会嚼而甘之也未可料。"文学史是绵联不断的，只有特殊的社会变动或暴力政治集团可能扼杀文学生命于一时，但不久仍然会复苏。白话文运动是自然的合理的一项发展，没有人能否定。不过，在文学史上占一席位固然不易，其文学作品的本身价值实乃另一问题。据我看，徐志摩不仅在新文学史上占一席位，其作品经过五十年的淘汰考验，也成了不可否认的传世之作。

请先从新诗说起。胡适之先生的《尝试集》是新诗的开山之作，但是如今很少人读了。因为这部作品的存在价值在于为一种文学主张作实验，而不是在于其本身的文学成就。《尝试集》是旧诗新诗之间发展过程中的一大里程碑。胡先生不是诗人，他的理性强过于他的感性，他的长于分析的头脑不容许他长久停留于直觉的情感的境界中。他偶有小诗，也颇清新可喜，但是明白清楚有余，沉郁顿挫不足。徐志摩则不然，虽然他自承"我查过我的家谱，从永乐以来，我们家里没有写过一行可供传诵的诗句"，表示他们家是"商贾之家，没有读书人"，但是他是诗人。毁他的人说他是纨绔子，说他飞扬浮躁，但是认识他的人都知道他是一个非常敏感而且多情的人，有他的四部诗集为证。

志摩有一首《再别康桥》脍炙人口。开头一节是：

轻轻的我走了，

正如我轻轻的来；

我轻轻的招手，

作别西天的云彩。

最后一节是：

> 悄悄的我走了，
> 正如我悄悄的来；
> 我挥一挥衣袖，
> 不带走一片云彩。

　　这一首诗至今有很多读者不断的吟哦，欣赏那带着哀伤的一往情深的心声。初期的新诗有这样成就的不可多得。还有一首《偶然》也是为大家所传诵的：

> 我是天空里的一片云，
> 偶尔投影在你的波心——
> 你不必讶异，
> 更无需欢喜——
> 在转瞬间消灭了踪影。

> 你我相逢在黑夜的海上，
> 你有你的，我有我的，方向；
> 你记得也好，
> 最好你忘掉
> 在这交会时互放的光亮！

　　我也不知为什么，我最爱读的是他那一首《这年头活着不易》。志摩的诗一方面受胡适之先生的影响，力求以白话为诗，像《谁知道》一首就很像胡先生写的《人力车夫》，但是志摩的诗比胡先生的诗较富诗意，在技巧方面也进步得多。在另一方面他受近代英文诗的影响也很大，诗集中有一部分根本就是英诗中译。最近三十年来，新诗作家辈出，一般而论其成绩超越了前期的作者，这是无容置疑的事。不过诗就是诗，好诗就是好诗，不一定后来居上，也不一定继起无人。

讲到散文，志摩也是能手。自古以来，有人能诗不能文，也有人能文不能诗。志摩是诗文并佳，我甚且一度认为他的散文在他的诗之上。一般人提起他的散文就想起他的《浓得化不开》。那两篇文字确是他自己认为得意之作，我记得他写成之后，情不自禁，自动的泥我听他朗诵。他不善于读诵，我勉强听完。这两篇文字列入小说集中，其实是两篇散文游记，不过他的写法特殊，以细密的笔法捕捉繁华的印象。我不觉得这两篇文字是他的散文代表作。《巴黎的鳞爪》与《自剖》两集才是他的散文杰作。他的散文永远是亲切的，是他的人格的投射，好像是和读者晤言一室之内。他的散文自成一格，信笔所之，如行云流水。他自称为文如"跑野马"，没有固定的目标，没有拟好的路线。严格讲，这不是正规的文章做法。志摩仗恃他有雄厚的本钱——热情与才智，故敢于跑野马，而且令人读来也觉得趣味盎然。这种写法是别人学不来的。

　　　　　　　　　　　　　　　　　　　一九八一.十一.十九

关于徐志摩的一封信

一九五八年四月我写了一个小册《谈徐志摩》，发表了一封徐志摩写给我的一封信，原信是写在三张粉红色的虎皮宣的小笺上，写作俱佳，所以我为之制版以存其真。其内容是这样的：

秋郎

危险甚多须要小心原件具在送奉察阅非我谰言我复函说淑女枉自多情使君既已有妇相逢不早千古同嗟敬仰"交博"婉措回言这是仰承你电话中的训示不是咱家来煞风景然而郎乎郎乎其如娟何微闻彼姝既已涉想成病乃兄廉得其情乃为周转问询私冀乞灵于月老借回枕上之离魂然而郎乎郎乎其如娟何

志摩造孽

原文没有标点，字迹清楚，文意也很明白。但是读者也有误会的，误会志摩是一个僭薄轻佻的人，引此信为证。由于我发表一封私信，使志摩蒙不白之冤，我不免心中戚戚。事隔五十余年，也许我现在应该把这一件私人的小事澄清一下。

民国十九年夏，我在上海。有一天志摩打电话来，没头没脑的在电话里向我吼叫："你干得好事，现在惹出祸事来了！"
当时我吃了一惊。他说他刚接到黄警顽先生一封信。黄警顽先生
是上海商务印书馆办理交际事务的专员，其人一团和气，交游广
阔，三教九流无不熟稔，在上海滩上有"交际博士"之称，和朱
少屏博士办的寰球中国学生会常常合作，可谓珠联璧合。我在民
国十二年出国留学，道出上海，就和这位交际博士有过数面之
雅。志摩信中所谓"交博"即是此君。所谓"原件具在送奉察
阅"即是黄警顽给他的信，此信我未存留，其中大意是说他受友
人某君之托，嘱设法代其妹作伐，而其属意之对象是我，他请志
摩问我意下如何。志摩得此怪信即匆匆给我电话。

　　我听了志摩电话，莫名其妙。我说："你在做白日梦，你胡
扯些什么？"

　　他说："我且问你，你有没有一个女生叫×××？"

　　我说："有。"

　　他说："那就对了。现在黄警顽先生来信，要给你做媒。并
且要我先探听你的口气。"

　　我告诉他，这简直是胡闹。这个学生在我班上是不错的，我
知道她的名字，她的身材面貌我也记得，只是我从来没有和她说
过一句话。我在上海几处兼课，来去匆匆，从来没有机会和任何
男生女生谈话。

　　志摩在电话中最后说："好啦，我把黄警顽先生的信送给你
看，不是我造谣。你现在告诉我，要我怎样回复黄先生的信？"

　　我未加思索告诉他说："请你转告对方，在下现有一妻三
子。"以外没有多说一句话。

　　此事就此告一段落，志摩只是受人之托代为问讯，如是而
已。志摩信中所谓"涉想成病乃兄廉得其情乃为周转问询私冀乞

灵于月老借回枕上之离魂"云云，也许是文人笔下渲染，事实未必如此之严重。不过五十多年前，男女社交尚不够公开，无论男对女或女对男都受有无形的约束，不能任意交往，而师生之间可能界线更严一些。这件事，在如今不可能发生，如今谁还会肯"乞灵于月老"？

志摩一度被人视为月老，不料反招致了不虞之谤，实在冤枉，故为剖析如上。

记黄际遇先生

看见《华学月刊》第六十七期周邦道先生作《黄际遇传略》，不禁忆起四十多年前和黄际遇先生在青岛大学共事四年的旧事。民国十九年夏，国立青岛大学正式成立，行开学礼的那一天，我和杨金甫、闻一多等走过操场步向礼堂的时候，一位先生笑容可掬的迎面而来，年约五十岁，紫檀脸，膀大腰圆，穿的是布长衫，黑皂鞋，风神萧散。经金甫介绍，他就是我们的理学院长数学系主任黄际遇先生。先生字任初，因为他比我大十几岁，我始终称他为任初先生。他是广东澄海人，澄海属潮州府，近汕头，他说的是一口广州官话，而调门很高。他性格爽朗，而且诙谐，所以很快的就大家熟识起来了。初见面，他给我的印象很深，尤其是他的布长衫有一特色，左胸前缝有细长细长的口袋，内插一根钢笔一根铅笔。据他说，取其方便。

先生未携眷，独居第八宿舍楼上。他的长公子家器，考入青岛大学数学系，住学生宿舍。闻一多后来送家眷还乡，也迁入第八宿舍，住楼下。所以这一所单身宿舍是我常去的地方。一多的房间到处是书，没有一张椅子上没有书，客去无落座处，我经常是到一多室内打个转，然后偕同上楼去看任初先生，喝茶聊天。

潮、汕一带的人没有不讲究喝茶的，我们享用的起码是"大红袍""水仙"之类。任初先生也很考究吃，从潮州带来厨役一名专理他的膳食。有一天他邀我和一多在他室内便餐，一道一道的海味都鲜美异常，其中有一碗白水氽虾，十来只明虾去头去壳留尾，滚水中一烫，经适当的火候出锅上桌，肉是白的尾是红的，蘸酱油食之，脆嫩无比。这种简单而高明的吃法，我以后模仿待客，无不称善。他还有一道特别的菜，清汤牛鞭，白汪汪的漂在面上，主人殷勤劝客，云有滋补之效，我始终未敢下箸。此时主人方从汕头归来，携带潮州蜜柑一篓，饭后飨客，柑中型大小，色泽特佳，灿若渥丹，皮肉松紧合度，于汁多而甜之外别有异香长留齿颊之间。

任初先生有写日记的习惯，写在十行纸的本子上，永远是用毛笔写，有时行书，有时工楷，写得整整齐齐，密密麻麻，据云写了数十年未曾间断。他的日记摊在桌上，不避人窥视，我偶然亦曾披览一二页，深佩其细腻而有恒。他善治小学，对于字的形体构造特别留意，故书写之间常用古体。他对于时下一般人之不识字深致感慨，有一次他告诉我某公高吟《红楼梦》的名句"茜纱窗下公子多情，黄土陇中佳人薄命"，把茜读作西。他的日记里更常见的是象棋谱，他对于此道寝馈甚久，与人对弈常能不用棋盘，即用棋盘弈后亦能默记全部之着数，故每有得意之局辄逐步笔之于日记。他曾遍访国内名家，棋艺之高可以想见。

先生于芝加哥大学数学系获有硕士学位。其澄海寓邸门上有横匾大书"硕士第"，真是书香门第，敦厚家风。长公子家器随侍左右，执礼甚恭，先生管教綦严，不稍假借。对待学生也是道貌岸然。但友朋饮宴之间，尤其是略有酒意之后，他的豪气大发，谈笑风生。他知道的笑话最多，荤素俱全，在座的人无不绝倒，甚至于喷饭。我们在青岛的朋友，有酒中八仙之称，先生实其中佼佼者。三十斤的花雕一坛，共同一夕罄尽，往往尚有余兴，随先生到其熟识之潮州帮的贸易商号，排闼而入，直趋后厅，可以一榻横陈，吞烟吐雾，有佼童兮，伺候茶水，小壶小盏，真正的工夫茶。先生至此，顾而乐之。

一日，省主席韩复榘来校，要对全校"训话"。青岛大学名为国立，实际经费出自省方，而青岛市亦稍有协款。主席偕市长到校，声势非凡。训话之前，校长邀全体教职员在会议室和主席晤谈。我因为久闻"韩青天"的大名，以及关于他的种种趣谈，所以欣然应命。任初先生有一些惴惴不安，因为他在河南曾作过一任教育厅长，正是韩复榘的属下，有一回河南大学学生罢课，韩大怒，传河南大学校长（是张广舆吧？）问话，任初先生心知不妙，乃陪同晋见。韩厉声叱责，校长刚欲申辩，韩喝令跪下，校长抗声曰"士可杀不可辱"，韩冷笑一声说："好，我就杀了你！"任初先生一看事情不祥，生怕真有人头落地，用力连推带拉，校长双膝跪落，其事乃解。任初先生把这段故事讲给我们听，真令人啼笑皆非。好在这一次韩到青岛大学，态度很谦和，除了捧着水烟袋有些迂腐的样子之外，并无跋扈之态，也没有外传种种愚蠢无知的迹象。

我离开青岛后一年，任初先生也南下到中山大学，我们遂失去联络。抗战军兴，先生避居香港，中山大学一度迁到滇南，后又迁返粤北坪石，先生返校继续教学。三十四年抗战胜利，先生搭木船专返广州。一夕，在船边如厕，不慎堕水，遂与波臣为伍，时公子家器奋不顾身跃水救援，月黑风高，不见其踪迹。

先生博学多才，毕生劳瘁，未厄于敌骑肆虐之时，乃殒于结伴还乡之际，噫！

悼念王国华先生

　　王国华先生，字亚农，陕西人，幼年考入清华学校，属一九二三年级，和我同班，可以算是总角之交。噩耗传来，于本年三月十一日以车祸不治，遂作九泉之客！怀念亡友，忧思百结，略述交往，聊当一哭。

　　亚农比我大一岁，在我们级中是一位老大哥，他为人稳重老成，有典型的陕西人的气度，曾经作过级长，也拿过墨盒（操作优良奖）。可是大家都喜欢他，因为他平易近人。王国华三个字快读起来像是"黄瓜"，尤其是南方人黄王不分，所以同学都戏呼他为"黄瓜"，他怡然受之，这个绰号在我们老同学之间一直沿用到老。他喜欢唱旧戏，唱余派老生，饶有韵味，在什么"同乐会"之类的场合少不了他的一曲清歌。清华的篮球队是有名的，在全盛时代曾在国内外崭露头角，亚农和孙立人都是校队的中坚，他们两个曾代表国家到马尼拉参加远东比赛，大获全胜。两个人都担任后卫，比赛场上，威风十足，我们同级朋友无不引以为荣。亚农有幽默感，间出冷语，谈言微中，他与人无争，我没见过他对任何人有疾言厉色。

　　一九二三年毕业，到美国科罗拉多大学去的有谢奋程、陈肇

彰、盛斯民、赵敏恒、麦健曾、王国华和我七个人。珂泉那时候
是一个小城市，从来不曾有过七个中国学生同时入校。我们七个
人都插入四年级，亚农习商，我习英文，虽不同系，来往渐多。
我们分别租居民房，但是每天上午十时在学校教堂做礼拜时我们
披长袍顶方冠总要交谈一阵。有一次我开汽车送闻一多去仙园写
生，邀亚农偕行，车上山后误入死巷，倒退时不慎翻落山坡，万
丈深渊，下临无地，但闻耳边风声飒飒，突然车止，原来是被两
株青松夹住，死里逃生，骇汗不已。是亚农和我亦有此共患难的
一段因缘，侥幸脱险，当有后福，孰知五十年后仍不能脱覆车之
厄！悲哉，悲哉！

一九二四年夏，我去哈佛，亚农亦去哈佛，再度同学一年。
彼此住处较远，功课也忙，遂少见面。但是在赴哈佛途中，我们
在芝加哥曾一起畅游数日，晚间共宿一间旅舍，联床夜话，快慰
生平。

自哈佛一别，一两年后分别返国，听说亚农一度在南京交
通部任总务司长，总务之事千头万绪，亚农用其所学，得展长
才，多方肆应，游刃有余。清华毕业学生，当时虽皆具有留学生
之资格，返国任事大抵皆视其专门知识而各觅枝栖，绝少人事汲
引，更无门户之分。无论学界或仕途，凡能有所建树，率由个人
努力，亚农之在政界卓然有以自立，即其一例。我返国后仆仆南
北，暌隔既久，遂鲜存问，迄后抗战军兴，虽皆避地入蜀，我大
部时间蛰居北碚，交通困阻，亦难得谋面。在此期间，听说他有
鼓盆之戚，中年丧偶，人何以堪，且子女尚幼，需人照护，而亚
农伉俪情深，兼为子女之故，不谋胶续，于是内外兼顾，身心俱
疲，其处境之苦可以想见。

一九四九年我到台湾，始得与亚农再度在台北聚首。我看他

孑然一身，寄食友朋，相对话旧，怃然久之。翌年他奉命长高雄港务局，港务局事务纷烦，且责任重大，非事务长才断难胜任，故亚农膺命，窃庆得人。是年我游南部，便道访亚农于港务局招待所，承设盛筵，痛饮尽欢，席间亚农高歌皮黄一曲，虽然举目有山河之异，而歌喉嘹亮不减当年。夜阑客去，亚农留我下榻该处，寝室高据山顶，俯瞰全港，是日天朗气清，月色皎洁，我们即在阳台之上瀹茗闲话。亚农告我，鳏居六年备尝艰苦，今幸子女长大，中馈不便再虚，并嘱我留意代为物色。我受人之托，忠人之事，后来果得机会，乘其公出台北之便，相偕作初步接触，亚农似不属意，遂无下文。不久之后听说他业已续娶。婚媾之事，莫非前世姻缘，其中曲折，非外人所宜置喙。

我们一九二三级同学，初入学府有九十人左右，是旧制清华学校最大的一级，八年后毕业时仅余六十几人。我初到台湾时，同班同学亦尚有十数人在台。我们曾不定期的轮流邀宴，借以话旧，不及两度循环，便渐渐凋零，难以为续。如今亚农一去，又弱一个。亚农朴实厚重，实则多才多艺。因其先君雅擅诗词，兼工铁笔，故亚农自幼熏陶，趣味亦自不凡，唯不喜矜露，故外人罕有知者。

悼沈宗翰先生

　　我有两个朋友，都是学农，虽然不是在实验室里做工作，但是对我国农业都有大贡献，而且都有高尚的品格，令人景仰。一个是张心一先生，一个是沈宗翰先生。

　　沈先生长我几岁，是一个永远朝气蓬勃不知老之将至的人。他为人严肃认真，而又有一股诚挚热情，所以不但可敬，而且可爱。一九四九年我初来台湾，在台北寓居德惠街，沈宗翰先生也住同一街上。有一天他路过我的寓处看到门牌上有我的姓名，遂叩门而入，异地重逢，自有一番惊喜。临去时他瞥见我的桌上散放着围棋棋盘棋子，遂曰："老兄亦乐此道？"我告诉他，陈可忠、张北海、祁志厚常在周末来此手谈，我仅作壁上观，因为艺不如人，羞于献丑。我又告诉他，陈雪屏先生有一次要我做一件事，言明以陪我弈棋一局为酬，我的棋艺如何可以想见。沈先生曰："没关系，我教我的儿子来陪你下棋。"我急谢不敏，小孩子未可轻视。后来我才知道，他的儿子君山先生乃此中高手，时年十岁左右。

　　我离开德惠街住进师大宿舍，此后与沈先生遂少往来。有一次他路过师大，看见我和潘重规先生一起随着施调梅先生在图书馆前打太极拳。他走过来叙谈，对于太极拳发生浓厚兴趣，于是经我介绍，他也拜施先生为师。他午后下班之后才有工夫，请施先生到他家里施教。沈先生也教他的夫人一同学习。他用功勤，从不中辍一日。施先生曾对我说："沈先生打拳好认真，我看他打得好苦。他筋骨强硬，似较近于打外家拳，不过太极对他也有好处。"果然，因勤练太极，他的风湿关节的病痛霍然而愈。沈先生常称我为同学，因习太极有同门之雅也。

六年前我自海外归来，沈先生飞笺相邀到他府上餐叙。我准时前往，时已甚晚，在黝黑的巷口只见沈先生独自徘徊，栖栖皇皇，好像是若有所待。故我趋前相问，他只是吃吃的笑，原来是他写请笺的时候把自己家的门牌号数写错了，当时心里就犹豫，快到吃饭的时候向夫人求证才知道是写错了，临时无法通知我，只好在巷口恭候！我告诉他，心不在焉，不一定是大学教授，相与大笑。

那次晚餐，只有主人夫妇和我一个人，家常便饭精美绝伦。席间谈及共同的朋友，不是已归道山，就是音信杳然。我告诉他，吴景超夫妇均已下世，张心一下落不明。为之感叹不止，因为这几位都是他在金陵大学的老同事，也是我的老同学。

我曾推崇他年来事业上的成就，他谦逊不遑，连说："我的缺点甚多。"我说，我只知道他有一大缺点。他面色凝重的听我讲下去。我说："你说的话我时常听不懂。"他的乡音很重，说话又急促，令人听来十分吃力。我有好几位朋友都是非常顽强的保存乡音，一点也不肯通融。

我们品藻人物，常注意到他的才、学、品。像沈宗翰先生，其才学之高固不待言，尤令人向往的乃是他的人品。他自奉俭、待人宽、做事勤、治家严，他有种种长处非侪辈所能及。今先生遽归九泉，我于震惊哀悼之余，回忆风范，不禁长叹：此今之古人！

悼叶公超先生

我在民国十五年留学归来，在北平就认识了公超。他原名叶崇智，在当时一般朋友里年纪最小，大家都叫他"小叶"，带有一点亲昵的意思。他的英文造诣特深，说写都很出色，因为他是在美国读完高中才进入爱默斯特大学。在北大外文系教书，颇负盛名。

民国十六年他来到上海，他和郑洪年先生是世交，郑先生是他的叔父叶玉虎先生的好友。郑先生接长国立暨南大学[1]，聘他为外文系主任兼图书馆长。他就在图书馆楼下辟一小室居住其间，坐拥书城，引以为乐。此时我由龚业光、谢徵孚先生之介，亦已接受暨南之聘，遂与公超成为同事：我一星期去真茹三次，上课之前之后总是到图书室和公超聊天。我从图书室借到一本《潘彼得》译成了中文，交新月书店出版，请公超写一篇序。他不轻易落笔，凡有所作必定事先博览群籍搜求资料，所以这篇序写得非常出色。他特别兴趣所在是英美近代诗。

《新月》杂志这时候在上海刊行，公超是最初创办者之一。

---

[1] 暨南大学的前身。

虽然写稿不多，但是都很有分量。本来他不擅中文，而且对于中国文化的认识也不够深。闻一多先生尝戏谑的呼他为"二毛子"，意思是指他精通洋文而不懂国故。公超虽不以为忤，但是我冷眼观察，他却受了刺激，于英国文学之外对于中国文学艺术猛力进修，不久即翻然变了一副面目，成为十足的中国文人。郑洪年先生曾讥诮他为"外国名士派"，他也是因此而深自警惕。公超的国学认知是自修得来的。

叶家本是书香世家，而叶玉虎先生之书画收藏极富，至今公超仍拥有大量字画。玉虎先生的字，遒劲而媚，公超的书法于无意中颇似乃叔。据公超告我，赵之谦是他的祖外公，源渊有自，可见风流遗韵相当久远。

公超于十九年左右赴清华任教，住藤荷西馆，与吴雨僧为比邻。一浪漫，一古典，而颇为相得。公超尝以雨僧先生种种轶事趣闻相告。我在北大教书，与公超不常晤面，嗣后抗战军兴，公超与我相偕由平赴津，颇为狼狈，旋至南京，我又与公超杨金甫几位奉命同登"岳阳丸"直开长沙待命。我与公超先是住青年会，后与樊逯羽先生等会合迁居韭菜园办事处，无所事事，苦闷非常。嗣后公超赴昆明联大，我则辗转入川，遂隔离甚久，公超又远走英伦，从此步入外交界，不相存问者久之。

公超自美国返回台湾，情况相当落寞。政府虽仍借重其长才，实则甚为恺恺。他开始认真写字绘画，尝谓余曰："怒写竹，喜写兰。"其写竹盖多于写兰。曾以小幅墨竹贻我。老年孤独，其心情可想而知。偶于集会中遇见公超，见其手策扶老，老态可掬。不意竟尔一蹶不起。数十年旧交，遂为九泉之客，哀哉哀哉！

一九八一．十一．二十

叶公超二三事

公超在某校任教时，邻居为一美国人家。其家顽童时常翻墙过来骚扰，公超不胜其烦，出面制止。顽童不听，反以恶言相向，于是双方大声诟谇，秽语尽出。其家长闻声出视，公超正在厉声大骂："I'll crown you with a pot of shit！"（"我要把一桶粪浇在你的头上！"）

那位家长慢步走了过来，并无怒容，问道："你这一句话是从哪里学来的？我有好久没有听见过这样的话了。你使得我想起我的家乡。"

公超是在美国读完中学才进大学的，所以美国孩子们骂人的话他都学会了。他说，学一种语言，一定要把整套的咒骂人的话学会，才算彻底。如今他这一句粪便浇头的脏话使得邻居和他从此成朋友。这件事是公超自己对我说的。

公超在暨南大学教书的时候，因兼图书馆长，而且是独身，所以就住在图书馆楼下一小室，床上桌上椅上全是书。他有爱书癖，北平北京饭店楼下Vetch的书店，上海的别发公司，都是他经常照顾的地方。做了图书馆长，更是名正言顺的大量买书。他私人嗜读的是英美的新诗。英美的诗，到了第二次大战以后，才有所谓"现代诗"大量出现。诗风偏向于个人独特的心理感受，而力图摆脱传统诗作的范畴，偏向于晦涩。公超关于诗的看法与徐志摩闻一多不同。当时和公超谈得来的新诗作家饶孟侃（子离）是其中之一。公超由图书馆楼下搬出，在真茹乡下离暨南不远处租了几间平房，小桥流水，阡陌纵横，非常雅静。子离有时也在那里下榻，和公超为伴。有一天二人谈起某某英国诗人，公超就取出其人诗集，翻出几首代表作，要子离读，读过之后再讨论。子离倦极，抛卷而眠。公超大怒，顺手捡起一本大书投掷过去。虽未使他头破血出，却使得他大惊。二人因此勃谿。这件事也是公超自己对我说的。

公超萧然一身，校中女侨生某常去公超处请益。其人貌仅中姿，而性情柔顺。公超自承近于大男人沙文主义者，特别喜欢meek（柔顺）的女子。这位女生有男友某，扬言将不利于公超。公超惧，借得手枪一支以自卫。一日偕子离外出试枪，途中有犬猖狺，乃发一枪而犬毙。犬主索赔，不得已只得补偿之。女生旋亦返国嫁一贵族。

公超属于"富可敌国贫无立锥"的类型。他的叔父叶恭绰先生收藏甚富，包括其祖外公赵之谦的法书在内。抗战期间这一批收藏存于一家银行仓库，家人某勾结伪组织特务人员图谋染指，时公超在昆明教书，奉乃叔父电召赴港转沪寻谋处置之道，不幸遭敌伪陷害入狱，后来取得和解方得开释。据悉这部分收藏现在海外。而公超离开学校教席亦自此始。

公超自美大使卸任归来后，意态萧索。我请他在师大英语研究所开现代英诗一课，他碍于情面俯允所请。但是他宦游多年，实已志不在此，教一学期而去。自此以后他在政界浮沉，我在学校尸位，道不同遂晤面少，遇于公开集会中一面，匆匆存问数语而已。

忆周老师

这是七十年前的事了。那年我十一岁，我的父亲领着我哥哥和我进入京师公立第三小学。校址在北京东城南小街新鲜胡同东头路南，差不多就是城墙根儿了，相当僻静。门房肃客入校长办公室。校长赫杏村先生，旗人，矮矮胖胖的，声如洪钟，和蔼之中带着严肃。他略为测验我哥哥和我的程度，把我们编入高小一年级，什么别的手续都没有，令我们明天就去上学。

全班学生二十八人，最大的一个约二十岁左右，用红头绳扎一根不长不短的小辫，挺然翘然，像是一根小红萝卜，名叫什么祥；次大的一个姓瑞，也有十八九岁。我算是比较年纪小的。这一群学生强半来自贫苦人家，生活习惯相当粗野，满口的话时常不干不净。我父亲说："没有办法，孩子大了，不能长久养在温室里面，必须进入社会去接触公共生活，希望能遇到好的老师教导他们。"我父亲对赫校长印象很好，说他是能办事的人。

我们的班主任是周老师，名士菜，字香如，山西人。大约有三十岁左右，可是他身裁很高，面色白皙，上嘴唇留了一横排的胡子，样子显得很老成。他有时也笑，露出整洁的两排牙齿，但是很快的就把嘴闭拢，笑容收敛，眉头微蹙，我们在他面前不由的不肃然起敬。教我们的老师不只他一位。教博物的有保定府口音浓重的李老师,曾经试验氢二氧为水,做到第三次就成功了,简直是变戏法一般。教音乐的是一位时老师,按风琴用沙哑的嗓音要我们跟着唱《春之花》。教体操的是锡老师,他是蒙古人,我们背后叫他"锡鞑子",他教我们持木枪练兵操,有时也让我们踢足球,假如我们能把足球吹得鼓鼓的而不漏气。教英语的是王德、程朴洵两位老师,课本是《华英初阶》,里面的名句"Is he of us？"中译为"彼乃我辈中人否？"毕生不能忘。还有一位患严重的口吃的教手工的老师,教我们插豆、塑泥、剪纸……姓名都不记得了。主要的课程,如国文、作文、写字、历史、地理、修身,都是周老师担任的。

周老师很重视写字,教我们写九宫格,写白折子,每天都要呈缴。也要我们临帖,像柳公权的玄秘塔,欧阳询的九成宫,颜真卿的争座位,都是他许可的。他要求的是横平竖直,他着重的是骨格间架。可是他也很热心教我们学习草书,范本是草书千字文。他最厌恶的是潦草,凡是敷衍塞责的,笔不酣,墨不饱的,涂抹污染的,都要受申斥。他写字示范的方法是夜晚收集黑板槽里的粉笔末,和水成浆,用毛笔蘸着写字在黑板上,翌日字干,黑白分明,而且笔意毕现。他写的字永远是中规中矩,一丝不苟,我们戏称之为周老师体。

周老师教历史有他一套方法,除了历史教科书之外他还自编补充教材,我现在想他大概是根据吴承权《纲鉴易知录》一类的书,选择历史上重要而有趣的事件加以简要的叙述。例如什么"淝水之战""赤壁鏖兵""土木之变"……一类的大事,都做了简要的说明,并且于上历史课的前一夜晚写在黑板上,密密杂杂的写满可以拉上拉下的两块黑板。

　　我不知道他花了多少工夫写黑板。他教我们利用上课之前和之后的闲工夫抄写下来，每月呈缴笔记判分。这样一来，学生们在上下课之间的闲暇便很少有工夫打斗嬉笑了。周老师的信仰大概是"业精于勤而荒于嬉"。不管怎样，我国历史上的一些大事在学生心里留下了深刻的印痕。

　　周老师教我们地理也很认真。讲到某一省，他必定挂起一幅他自己画的整张"粉连史"的地图，又要我们每人根据坊间出版的地图各画一张呈缴评判。我记得班上有一位姓延的同学画得最好，不但幅大，而且精细，还淡淡的敷上色彩，我不如他。可是由于这样的训练，全国本部十八省的位置，我们有了清晰的印象。直到如今我还能在一张白纸上勾画出十八省的位置而大致不错。

　　在周老师心目中，学生的操行比学业更重要。他要我们整洁端庄。谁的衣履污脏，谁的课本笔记本破损折角，谁忘了带纸笔，谁迟了缴作业，他都要管。打斗吵闹，更是他所不能容忍的事。讲台抽屉里藏有一个竹板，西谚"省了板子，毁了孩子"，但是周老师从来没动用过板子，他面色一沉下来，眉头一皱，学生立刻就屏息惶恐。周老师永远是一袭长袍，冬天则棉袍之外再加罩袍，穿大毛窝，有时候头戴大风帽，刷洗干净，一尘不染。他走起路来，昂首挺胸，目不斜视。他个子高腿长，我们戏引算学课本"五尺为一步，两步为一丈"一语形容他跨大步是两步一丈。他也要我们俭朴。有一位岳姓同学家境比较宽绰，下雨天雇坐人力车到校，正好在门口遇到周老师，乃大不谓然，径向家长指责。我们是不分季节永远步行上学，有时穿着家里自制的涂桐油的加铁钉的雨鞋，淌着稀里哗啦的泥泞，撑着伞，背着书包，提着墨盒墨水瓶，那份褴褛就别提了。但是周老师说，就是要这样的劳其筋骨。他自己也是从没有坐过车到校，我不能想象他坐在人力车上是什么样子。

　　周老师教了我们三年，送我们毕业。那一年，京师学务局局长德彦要评鉴各校教学成绩，集合几十所小学应届毕业生会考，名之曰观摩会，凡三百余人参加。考试结果第三小学有三名在前七名之列，我哥哥和我和班长栾常禧。赫校长和周老师在炎热的一天约我们到致美斋吃了一顿中饭，表示奖励。

　　我至今感念周老师，他不仅教我用功读书，还教我如何做人。他临别对全班学生分别赠言。他对我的嘉许是"缜密"二字。其实我是一个疏放的人，离缜密的功夫差得很远。也许周老师是要我朝着这个方向努力吧。

一九八二.四.十二

怀 念 陈 慧

前几天在华副师大文学周的某一期里看到邱燮友先生的一篇文章，提到陈慧，我读了心里很难过，因为陈慧已在十多年前自杀了。

陈慧本名陈幼睿，广东梅县人，在海外流浪，以侨生名义入师范大学国文系，毕业后又入国文研究所，取得硕士学位。在报刊上他不时的有新诗发表，有些首写得颇有情致。某一天他写信来要求和我谈谈。到时候他来到安东街我家，这是我第一次和他会面，谈的是有关诗的问题，以及他个人的事。他身裁修长，清癯消瘦的脸苍白得可怕，头发蓬松，两只大眼睛呆滞的向前望着，一望而知他是一个抑郁寡欢的青年。年轻的学生们常有一些具有才气而性格奇特的畸人，不知为什么我对他们有缘，往往一见如故，就成为朋友。陈慧要算是其中一个。从他的言谈里我知道他有深沉的乡愁，萦念他的家乡，而且孝思不匮，特别想念他的老母。他说话迟缓，近于木讷，脸上常带笑容，而那笑不是欢笑。我的客厅磨石子地，没有地毯，打蜡之后很亮很滑，我告他不必脱鞋，我没有拖鞋供应。他坚持要脱，露出了前后洞穿得脏破的袜子。他也许自觉甚窘，不断的把两脚往沙发底下伸，同时不停的搓着手。每次来都是这样。

他的硕士论文我记得是《〈世说新语〉的研究》，《世说新语》正好是我所爱读的一部书，里面问题很多，文字方面难解之处亦复不少，因此我们也得互相切磋之益。但是他并不重视他的论文，因为他不是属于学院派的那个类型，对于考据校勘的工作不大感兴趣，认为是枯燥无味，他喜欢欣赏玩味《世说新语》所涵有的那些隽永的哲理和晶莹的辞句。论文写好之后曾拿来给我看，厚厚的一大本，确实代表了他所投下的大量的工夫。他自己并不觉得满意，也不曾企图把它发表。

他对于学校里某些老师颇有微词，以为他们坚持有志于学的生员必须履行旧日拜师的礼节，乃是不合理的事，诸如三跪九叩、点蜡烛、摆香案、宴宾客等等。他尤其不满意的是，对于不肯这样拜师的人加以歧视，对于肯行礼如仪的人也并不传授薪火，最多只是拿出几本递相传授的曾经批点过的古书手稿之类予以展示。陈慧很倔强，不肯磕头拜师，据他说这是他毕业之后不获留校作助教讲师的根由。我屡次向他解说，磕头拜师是旧日传统礼仪，其基本动机是尊师重道，无可厚非，虽然在学校读书已有师生之分，无需于今之世再度补行旧日拜师之礼，而且叠床架屋，转滋纷扰。不过开设门庭究竟是师徒两厢情愿之事，也并不悖尊师重道之旨，大可不必耿耿于怀。我的解释显然不能使他释怀，他的忧郁有增无减。

他的恋爱经验更添加了他的苦楚。他偶然在公车上邂逅一位女郎，一头秀发披肩，他讶为天人。攀谈之下，原是同学，从此往来遂多，而女殊无意。他坠入苦恼的深渊不克自拔。暑假开始，他要去狮头山小住，一面避暑，一面以小说体裁撰写其失恋经过，以摅发他心中的烦闷。他邀我同行，我愧难以应。他独自到了狮头山上，住进最高峰的一个尼姑庵里。他来信说，他独居一大室，空空洞洞，冷冷清清，经声梵呗，发人深省，一夕室内剥啄之声甚剧，察视并无人踪，月黑高风，疑为鬼物为祟，惊骇欲绝，天明时才发现乃一野猫到处跳踉。庵中茹素，但鲜笋风味极佳，频函促我前去同享，我婉谢之。山居这一段期间可能是他最快乐的时间。下山归来挟小说稿示我：衰然巨帙，凡数十万言。但仆仆奔走，出版家不可得，这对他又是一项打击。

他的恋爱一波未平一波又起。据他告诉我这一回不是浪漫的爱，是脚踏实地的步步为营。对方是一位南洋女侨生，毕业后将返回马来亚侨居地，于是他也想追踪南去。几经洽求，终于得到婆罗洲汶莱的一所侨校的邀聘。他十分高兴的偕同他的女友来我家辞行，我祝福他们一帆风顺。他抵达汶莱之后，兴致很高，择期专赴近在咫尺的吉隆坡，用意是拜访女友家长，期能同意他们的婚事。万没想到晤谈之后竟遭否决。好事难谐，废然而退。这是他再度的失败。他觉得在损伤之外又加上了侮辱。他没有理由再在汶莱勾留，决心要到美国去发展。不幸的又在签证上发生了波折，美国领事拒绝签证，他和领事发生了剧烈的争吵，最后还是签证了，他气忿的到了纽约。这一段经过他有长函向我报告，借唠叨的叙述发泄他的积郁，我偶然也复他一信安慰他一番。

他在纽约茫茫人海，举目无亲，原意入大学研究所，继续研读中国文学，但美国大学之讲授中国文学，其对象为美国人士，需操英语，他的条件不具备，因此被拒。穷途无聊，乃入中国餐馆打工，生活可以维持，情绪则非常低落。他买了几件小小礼物，托人带给我，并附长信，谓流落外邦，伤心至极，孤独惶恐，走投无路，愿我为他指点迷津。我看他满纸辛酸，而语意杂乱，征营慑悸之情跃然纸上，恐将近于精神崩溃。我乃驰书正颜相告，"为君之计，既不能入学读书，又无适当职业可得，曷不早归？"以后遂无音讯。

约半年后，以跳楼自杀闻。只是听人传说，尚未敢信，一九七〇年四月我偕眷旅游纽约，遇师大同学陈达遵先生，经他证实确有此事，而且他和陈慧相当熟识。

莎士比亚的《仲夏夜之梦》第五幕第一景有这样一段：

情人与疯子都是头脑滚热，想入非非，所以能窥见冷静的理智所永不能明察的东西。疯子、情人、诗人，都完全是用想象造成的：一个人若看见比地狱所能容的更多的鬼，那便是疯子；情人，也全是一样的狂妄，在一个吉普赛女人脸上可以看出海伦的美貌：诗人的眼睛，在灵感的热狂中只消一翻，便可从天堂看到人世，从人世看到天堂……

疯子、情人、诗人，三位一体，如果时运不济，命途迍邅，其结果怎能不酿成悲剧？陈慧天性厚道，而又多愁善感，有诗人的禀赋。但是他的身世仪表地位又不足以使他驰骋情场得心应手，同时性格又不够稳定，容易激动。终于走上绝途，时哉命也！

我手边没有存留他的信笺诗作，现在提笔写他，他的音容，尤其是他的那两只茫然的大眼睛，恍然如在目前。

　　　　　　　　　　　　　一九八二.六.七，西雅图

关 于 老 舍

最近我到美国去，无意中看到我的女儿文蔷收藏的一个小册，其中有一页是老舍的题字。这是四十多年前的事了，当时老舍和我都住在四川北碚。老舍先是住在林语堂先生所有的一栋小洋房的楼上靠近楼梯的一小间房屋，房间很小，一床一桌，才可容身。他独自一人，以写作自遣。有一次我问他写小说进度如何，他说每天写上七百字，不多写。他身体不大好，患胃下垂，走路微微有些佝偻着腰，脸上显着苍老。他写作的态度十分谨严，一天七百字不是随便写出来的。他后来自己说："什么字都要想好久。"他的楼下住着老向一家，但是他们彼此往来并不太繁。老舍为人和蔼可亲，平易近人，但是内心却很孤独。

后来老舍搬离了那个地方，搬到马路边的一排平房中的一间，我记得那一排平房中赵清阁住过其中的另一间，李辰冬夫妇也住过另一间。这个地方离我的雅舍很近，所以我和老舍见面的机会较多。有一天我带着文蔷去看他，文蔷那时候就读沙坪坝南开中学初中，还是十来岁的小孩子。请人签名题字是年轻学生们的习气。老舍欣然提笔，为她写下"身体强学问好才是最好的公民"十三个字。虽然是泛泛的鼓励后进的话，但也可以看出老舍之朴实无华的亲切的态度。他深知"身体强"的重要性。

在这个时候，老舍得了急性盲肠炎。当时罹盲肠炎的人很多，在朋友中我首开纪录。由于当时缺乏消炎药剂，我两度剖腹，几濒于危，住院一个多月才抬回雅舍休养。老舍步我后尘，开刀也不顺利，据赵清阁传来消息，打开腹腔之后遍寻盲肠不得，足足花了个把钟头，才在腹腔左边找到，普通盲肠都在右边，老舍由于胃下垂之故，盲肠换了位置。行手术后，他的身体益发虚弱了。

抗战初，老舍和我一样，只身出走到后方，家眷由济南送到北平。他写信给朋友说："妻小没办法出来，我得向他们告别，我是家长，现在得把他们交给命运。"后来我曾问其夫人近况，他故作镇定地说："她的情况很好，现服务于一所民众图书馆——就是中央公园里那个'五色土'的后面的那座大楼。"事实上，抗战到了末期的时候北平居民生活非常困苦，几近无以为生的地步。不久，老舍的夫人胡絜青女士来到了后方，在北碚住了不久便和老舍搬走，好像是搬到重庆附近什么乡下去了。他离去不久有一封信给我，附近作律诗六首（见附录）。诗写得不错，可以从而窥见他的心情，他自叹中年喜静，无钱买酒，半老无官，文章为命，一派江湖流浪人的写照！

老舍之死，好久是一个谜，现在不是谜了。他死得惨，他的父亲也死得惨。胡絜青说：

八国联军攻入北京城的时候，他父亲死在南长街的一家粮店里。是舅勇家的二哥回来报的信，这个二哥也是旗兵……他败下阵来，路过那家粮店，进去找点水喝，正巧遇见了老舍的父亲。

攻打正阳门的八国联军的烧夷弹把父亲身上的火药打燃，全身被烧肿，他自己爬到那个粮店等死。二哥看见他的时候，他已不能说话，遍身焦黑，只把一双因脚肿而脱下的布袜子交给了二哥。后来父亲的小小衣冠冢中埋葬的就是那双袜子。这时老舍不足两岁。

这段悲惨的家史是天然的小说题材，在老舍的一生中，不管走到哪里，它都一次又一次地回到他的记忆里，勾起他的无限辛酸和义愤。

历史不能重演，然而，历史又往往那么酷似。老舍的父亲牺牲在帝国主义的炮火之下，老舍本人竟惨死在"文艺黑线专政"论的毒箭之下；老舍的父亲孤单而受尽苦痛地死在一间小粮店里，老舍本人也同样孤单而受尽苦痛地死在一个小湖的岸边；老舍的父亲的墓冢中没有遗骨，只有一双布袜子，老舍本人的骨灰盒中也同样没有骨灰，只有一副眼镜和一支钢笔……（《正红旗下》代序）

像老舍这样的一个人，一向是平正通达、与世无争，他的思想倾向一向是个人主义者、自由主义者，他的写作一向是属于写实主义，而且是深表同情于贫苦的大众。何况他也因格于形势而写出不少的歌功颂德的文章，然而，不应该发生的事居然发生了。我没有话说，我想起了胡适先生引述《豆棚闲话》所载明末流贼时民间的一首《边调歌儿》：

> 老天爷，你年纪大，
> 耳又聋来眼又花。
> 你看不见人，听不见话。

杀人放火的享尽荣华，

吃素看经的活活饿杀！

老天爷，你不会做天，你塌了罢！

你不会做天，你塌了罢！

　　老舍最后一部小说是《正红旗下》。一九八〇年六月北京人民文学出版社出版，一四二页，九万七千字。

　　这部小说作于一九六一年底和一九六二年。据胡絜青的代序说，这部小说的遭遇很惨，经过也很曲折。小说以写满人为主，而且是清朝末年的满人，并且是以义和团那个时代的骚动为背景。所以在体裁上当然与所谓"现代体裁"不同。老舍所以敢动笔写这一部早就想写的小说，是因为他以为他已获得允许可以"在一定的大前提之下自由选择体裁"。

　　《正红旗下》原稿一百六十四页成了无法见天日的违禁品，"被藏在澡盆里、锅炉里、煤堆里，由这家转到那家，由城里转到郊区，仿佛被追捕的可怜的小鹿"。我们现在读这部《正红旗下》，真看不出对任何人有违碍之处。也许这部小说是忠于历史、忠于人性、忠于艺术的写实作品，总之是这部长篇小说刚刚开了一个头，介绍了故事中儿个人物，刚刚要写到义和团事变，刚刚要写到他父亲的惨死，便停笔了，而且残稿一直没有能发表，直到老舍死后好久才得出版。

　　这部小说没有写完是一憾事。在作风上这部自传性质的小说和以往作品不同，态度较严肃，不再在口语文字方面的诙谐取巧。毫无隐避的这是自传性质的一部小说，不过究竟是小说，不是自传。人物是真的，背景是真的，故事穿插有真有假。从这部小说中我们可以明了老舍的身世。

　　老舍生于光绪二十四年腊月二十三日（西历1899年2月3日），正是糖瓜儿祭灶那一天。他本名舒庆春，旗人有名无姓，指名为姓，晚近多冠以汉姓，所以老舍到底原来是何姓氏，是不是姓舒，现无可考。对于老舍最有研究的胡金铨先生在他的《老舍和他的作品》一书中也说："舒字可能是排行……我们就暂定他姓舒。"我近阅崇彝著《道咸以来朝野杂记》（页四七），据说"满洲八大姓"之一是"舒穆鲁氏"，绎姓舒。可能老舍姓舒，绎自舒穆鲁，并不是名字之上冠以汉姓。这是我的猜测，无关宏旨。

　　老舍的出生地点，在《正红旗下》附录有详细的说明，是很有趣的。他出生"在一个顶小顶小的胡同里……一个很不体面的小院"，在西城护国寺附近的小杨家胡同（以前名为小羊圈，后嫌其不雅而改今名）。现在这小院的门牌是八号。这个"不见经传"的地方，在老舍笔下实际上已被描写过许多次，他告诉过我们：

　　"我们住的小胡同里，连轿车也进不来，一向不见经传"（《吐了一口气》），最窄处不过一米，最宽处不过一米半左右，唯因其不见经传，至今没有被拆掉，没有被铲平。"那里的住户都是赤贫的劳动人民，最贵重的东西不过是张大妈的结婚戒指（也许是白铜的），或李二嫂的一根银头簪。""在我还是个孩子的时候，我们的小胡同里……夏天佐饭的'菜'往往是盐拌小葱，冬天是腌白菜帮子，放点辣椒油。还有比我们更苦的，他们经常以酸豆汁度日。它是最便宜的东西，一两个铜板可以买很多。把所能找到的一点粮或菜叶子掺在里面，熬成稀粥，全家分而食之。从旧社会过来的卖苦力的朋友们都能证明，我说的一点不假！"（《勤俭持家》）在《正红旗下》里，特别是附录里，老舍诞生地的实在情形描写得更是详尽。我强调这个破落的大杂院，是要说明老舍出身是何等的清苦。老舍出生到长大，一直就是在这样一个穷苦的环境里打转，照理说他的所谓"成份"应该算是很好，应该算是很"普罗"的了，然而他还不能免于文艺政策的歪风之一厄！

老舍是旗人。旗人就是满洲人。清太祖时，士卒分编为八旗，以黄、白、红、蓝四旗为左翼，镶黄、镶白、镶红、镶蓝为右翼，是为满洲八旗。太宗时添设蒙古八旗、汉军八旗，扩大编制，攻占全国。满、蒙、汉旗兵共约二十八万人，拱卫京师，并分驻国内重要地区。最初旗人都是旗兵，后来繁衍日众，旗人不必是兵。但是朝廷优遇旗人，每口按月发放饷银。从此旗人成为特权阶级，养尊处优，生活安逸。清朝并不像元朝那样的歧视汉人，元人以蒙古人为优先，色目人次之，汉人又次之，南人最下。满清比较开明，虽然满人、汉人之间显然仍有轩轾。尤其是旗人领饷一事，造成民间不平的现象，养成旗人懒惰的恶习，最为失策。满洲人本是优秀的民族，八旗兵本是勇悍的战士，但是到清朝晚年，大部分旗人已经不能维持其优越的生活水准，不待辛亥革命全面停发饷银，旗人早已沦为穷困的阶级了。老舍笔下的北京贫民，正是当时典型的旗人。

在清朝晚年，北京的旗人、汉人已经在生活习惯上大体互相影响，有融为一体之势。民族间的创痕经过几百年时间的冲淡，已经不复成为严重的课题。不过旗人与汉人之间究竟还有一些不同的地方。例如：旗人礼貌特别周到，繁文缛节也特别多，旗礼比汉礼要多很多讲究。旗人说话也特别委婉含蓄，声调和缓而爽朗，不时的带着一点诙谐打趣的味道。在生活享受的艺术上，旗人也是高人一等，不分贫富，常能在最简陋的条件下获致最大的享受。诸如此类，不胜枚举。道地的北京人能很快的辨识谁是旗人谁是汉人。可见汉满之间的分别尚未尽泯，满人的民族意识还是存在的。老舍对于旗人，尤其是赤贫的旗人，就很关切。他这一部《正红旗下》便是以全副力量描写他自己的身世，也同时描写那一时代的旗人生活的状态。可惜的是他没写完。

一九六四年夏天老舍在河北密云县坛营大队住了约三个月。为什么老舍要到那地方去？是"劳动改造"？是"下放"？是自费旅游？是官方招待？我们不知道。老舍有一篇散文题名《下乡简记》，记他的坛营之旅，开头一段是这样的：

地点：密云县机关公社的坛营大队。坛营位于密云县城外东西，约五里。原因：为什么要到坛营去？因为这里有不少满汉旗人。在辛亥以前，满蒙旗人当兵吃粮为主要出路，往往是一人当兵，全家都吃那一份钱粮，生活很困难，赶到辛亥革命以后，旗兵钱粮停发，生活可就更困难了。旗兵只会骑马射箭，不会种地，没有手艺，钱粮一停，马上挨饿。他们的子弟呢，只有少数念过书，又不善于劳动，只有做一些小生意，往往连自己也养不活。原来，清朝皇帝对旗人的要求，就是只准报效朝廷，不许自谋生计，这就难怪他们不善于劳动了。辛亥革命呢，又有点笼统的仇视满人。这么一来，整整齐齐的坛营就慢慢的变成"叫化子营"了！有的人实在当无可当，卖无可卖，便拆毁了营房，卖了木料；有的甚至于卖儿卖女！拆、典、当、卖，死、走、逃、亡，悲惨万状。这里原有满蒙旗人二千户，是乾隆四十五年由北京调拨来的，担任皇帝到承德去避暑或狩猎的中途保护工作。到解放时，只剩下二百多户，都极穷困。因此，我要去看，他们今天是怎样活着呢。

老舍出生地小杨家胡同在北京城里，辇毂之下，在义和团时代即已堕落成那个样子，由北京调拨到密云县的坫营大队，情形还好得了么？似乎不能怪辛亥革命之仇视满人。一大群人任事不做平白领饷，无论如何是说不过去的。清朝最初也不是完全不重视八旗的教养，《清会典》："八旗都统，满洲八人，蒙古八人，汉军八人……掌八旗之政令，稽其户口，经其教养，序其官爵，简其军赋……"二十四位都统，还有四十八位副都统，在"经其教养"方面究竟作了些什么事？据《清会典》事例："雍正七年议准，满洲蒙古，每参领下各设学舍一所，十二岁以上幼丁均准入学"，是为"八旗义学"。又"顺治元年定，八旗各择官房一所，建为学舍，以教八旗子弟"，是为"八旗官学"。此外，八旗有公产，"不下数十万亩，详查八旗闲散人内，有正身情愿下乡种地者，上地给予一百亩，中地给予一百五十亩，下地给予二百亩，令携家口居乡耕种。初耕之年，量给牛种房屋之资"。又"雍正二年覆准，以二百余顷作为井田，将无产业之满洲蒙古汉军，共一百户，前往耕种，每户授田百亩，凡八百亩为私田，百亩为公田……设立村庄，盖土房四百间，给予种地人口粮耕牛籽种农具，以便耕种，并于八旗废官内拣选二人前往管理"。凡此种种法令设施，早年对于旗人福利之关切不可谓漫不经心，此后苟能本此精神认真办理，旗兵驻扎之地的后人应该不至于沦落为"叫化子营"。此则吾人读《正红旗下》之后，于表示同情之余，又不能不有的一番感慨。

老舍写《正红旗下》的真正主题，据胡絜青的说明，乃是"要告诉读者：清朝是怎样由'心儿里'烂掉的，满人是怎样向两极分化的，人民是怎样向反动派造反的，中国是一个何等可爱的由多民族组成的统一的大有希望的国家……"这一个伟大的主题，由于这部小说才写了一个开端便停止了，我们无法看到老舍怎样的去发挥。

老舍夫人胡絜青是一位画家，曾拜在齐白石门下，大笔纵横，饶有气魄，最近曾在香港展出她的作品，我看到她的精印的画册。

附印在文左她写的四个大字："健康是福"，我们不难从这四个字揣想她的心情，一个人能健康的活着便是幸福，这是人生起码的条件，然而也是很难得的理想啊！

我又在这里印出老舍夫妇的一张照片，照片背面有胡絜青的题字，是一九六四年冬在老舍书桌旁所照。

附录

实秋兄：

北碚别后，想已康复健饭；天暑，千万珍重！在碚，友众酒香，返乡顿觉寂苦——此间唯鼠跳蛙鸣，略有声色耳！工作之余，以旧诗遣闷，已获数律。笔墨游戏，不计工拙，录呈乞政，或足当"清补"剂也。祝吉！

弟舍启

业雅先生祈代候！

久许文藻冰心兄登山奉访，
懒散至今，犹未践诺，诗以致歉
中年喜到故人家，挥汗频频索好茶！
且共儿童争饼饵，暂忘兵火贵桑麻；

酒多即醉临窗睡，诗短偏邀逐句夸！
欲去还留伤小别，门前指点月钩斜！

端午大雨，组湘兄邀饮

端午偏逢风雨狂，村童仍着旧衣裳。
相邀情重携蓑笠，敢为泥深恋草堂！
有客同心当骨肉，无钱买酒卖文章！
前年此会鱼三尺，不似今朝豆味香！

节日大雨，小江（组湘男孩）
着新鞋来往，即跌泥中

小江脚短泥三尺，初试新鞋来去忙；
迎客门前叱小犬，学农室内种高粱；
偷尝糖果伴观壁，偶发文思乱画墙；
可惜阶苔着雨滑，仰天颠倒满身浆！

村　　居

茅屋风来夏似秋，日长竹影引清幽。
山前林木层层隐，雨后溪沟处处流。
偶得新诗书细字，每赊村酒润闲愁；
中年喜静非全懒，坐待鹊声午夜收！

半老无官诚快事，文库为命酒为魂！
深情每祝花长好，浅醉唯知诗至尊。
送雨风来吟柳岸，借书人去掩柴门。
庄生蝴蝶原游戏，茅屋孤灯照梦痕！

中　年

中年无望返青春，且作江湖流浪人！

贪求亏心眉不锁，钱多买酒友相亲；

文惊俗子千铢贵，诗写闲情半日新；

若能太平鱼米贱，乾坤为宅竹为邻！

读书苦？读书乐？

从开蒙说起

读书苦？读书乐？一言难尽。

从前读书自识字起。开蒙时首先是念字号，方块纸上写大字，一天读三五个，慢慢增加到十来个，先是由父母手写，后来书局也有印制成盒的，背面还往往有画图，名曰看图识字。小孩子淘气，谁肯沉下心来一遍一遍的认识那几个单字？若不是靠父母的抚慰，甚至糖果的奖诱，我想孩子开始识字时不会有多大的乐趣。

光是认字还不够，需要练习写字，于是以描红模子开始，"上大人，孔乙己，化三千……"，再不就是"一去二三里，烟村四五家，亭台六七座，八九十枝花"，或是"王子去求仙，丹成上九天，洞中才一日，世上几千年"。手搦毛笔管，硬是不听使唤，若不是先由父母把着小手写，多半就会描出一串串的大黑猪。事实上，没有一次写字不曾打翻墨盒砚台弄得满手乌黑，狼藉不堪。稍后写小楷，白折子乌丝栏，写上三五行就觉得很吃力。大致说来，写字还算是愉快的事。

进过私塾或从"人、手、足、刀、尺"读过初小教科书的人，对于体罚一事大概不觉陌生。念背打三部曲，是我们传统的教学法。一目十行而能牢记于心，那是天才的行径。普通智商的儿童，非打是很难背诵如流的。英国十八世纪的约翰孙博士就赞成体罚，他说那是最直截了当的教学法，颇合于我们所谓"扑作教刑"之意。私塾老师大概都爱抽旱烟，一二尺长的旱烟袋总是随时不离手的，那烟袋锅子最可怕，白铜制，如果孩子背书疙疙瘩瘩的上气不接下气，当心那烟袋锅子敲在脑袋壳上，砰的一声就是一个大包。谁疼谁知道。小学教室讲台桌子抽屉里通常藏有戒尺一条，古所谓榎楚，也就是竹板一块，打在手掌上其声清脆，感觉是又热又辣又麻又疼。早年的孩子没尝过打手板的滋味的大概不太多。如今体罚悬为禁例，偶一为之便会成为新闻。现代的孩子比较有福了。

从前的孩子认字，全凭记忆，记不住便要硬打进去。如今的孩子读书，开端第一册是先学注音符号，这是一大改革。本来是，先有语言，后有文字。我们的文字不是拼音的，虽然其中一部分是形声字，究竟无法看字即能读出声音，或是发音即能写出文字。注音符号（比反切高明多了）是帮助把语言文字合而为一的一种工具，对于儿童读书实在是无比的方便。我们中国的文字不是没有严密的体系，所谓六书即是一套提纲挈领的理论，虽然号称"小学"，小学生谁能理解其中的道理？《说文解字》五百四十个部首就会使得人晕头转向。章太炎编了一个《部首歌》："一、上、三、示、王、玉、珏……"煞费苦心，谁能背得上来？陈独秀编了一部《小学识字读本》（台湾印行改名为《文字新论》），是文字学方面一部杰出的大作，但是显然不是适合小学识字的读本。我们中国的语言文字，说难不难，说易不易，高本汉说过这样一段话：

北京语实在是一种最可怜的方言，总共只有四百二十个音缀；普通的语词不下有四千个，这四千多个的语词，统须支配于四百二十个音缀当中。同音语词的增进，使听受者受了极大的困难，于此也可以想见了……（见《中国语与中国文》）

这是外国人对外国人所说的话，我们中国儿童国语娴熟，四声准确，并不觉得北京语"可怜"。我们的困难不在语言，在语言与文字之间的不易沟通。所以读书从注音符号开始，这方法是绝对正确的。

《三字经》《百家姓》《千字文》是旧式的启蒙的教材。《百家姓》有其实用价值，对初学并不相宜，且置勿论。《三字经》《千字文》都编得不错，内容丰富妥当，而且文字简练，应该是很好的教材，所以直到今日还有人怀念这两部匠心独运的著作，但是对于儿童并不相宜。孩子懂得什么"人之初，性本善"，"天地玄黄，宇宙洪荒"？民国初年，我在北平陶氏学堂读过一个时期的小学，记得国文一课是由老师领头高吟"击鼓其镗，踊跃用兵，土国城漕，我独南行……"，全班一遍遍的循声朗诵，老师喉咙干了，就指派一个学生（班长之类）代表他领头高吟。朗诵一个小时，下课。好多首诗经作品就是这样的注入我的记忆，可是过了五六十年之后自己摸索才略知那几首诗的大意。小时候多少时间都浪费掉了。教我读《诗经》的那位老师的姓名已不记得，他那副不讨人敬爱的音容道貌至今不能忘！

新式的语文教科书顾及儿童心理及生活环境，读起来自然较有趣味。民初的国文教科书，"一人二手，开门见山，山高日小，水落石出……""一老人，入市中，买鱼两尾，步行回家……"这一类课文还多少带有一点文言的味道。后来仿效西人的作风，就有了"小猫叫，小狗跳……"一类的句子，为某些人所诟病。其实孩子喜欢小动物，由此而入读书识字之门，亦未可厚非。抗战初期我曾负责主编一套中小学教科书，深知其中艰苦，大概越是初级的越是难于编写，因为牵涉到儿童心理与教学方法。现在台湾使用的国立编译馆编印的中小学教科书，无论在内容上或印刷上较前都日益进步，学生面对这样的教科书至少应该不至于望而生畏。

纪律与兴趣

高中与大学一二年级是读书求学的一个很重要阶段。现在所谓"读书"，和从前所谓"读圣贤书"意义不同，所读之书范围较广，学有各门各科，书有各种各类。但是国、英、算是基本学科，这三门不读好，以后荆棘丛生，一无是处。而这三门课，全无速成之方，必须按部就班，耐着性子苦熬。读书是一种纪律，谈不到什么兴趣。

梁启超先生是我所敬仰的一位学者，他的一篇《学问与兴趣》广受大众欢迎，很多人读书全凭兴趣，无形中受了此文的影响。我也是他所影响到的一个。我在清华读书，窃自比附于"少小爱文辞"之列，对于数学不屑一顾，以为性情不近，自甘暴弃，勉强及格而已。留学国外，学校当局强迫我补修立体几何及三角二课。我这才知道发愤补修。可巧我所遇到的数学老师，是真正循循善诱的一个人，他讲解一条定律一项原理，不厌其详，远譬近喻的要学生彻底理解而后已。因此我在这两门课中居然培养出兴趣，得到优异的成绩，蒙准免予参加期终考试。我举这一个例，为的说明一件事，吾人读书上课，无所谓性情近与不近，无所谓有无兴趣。读书上课就是纪律，越是自己不喜欢的学科，越要加倍鞭策自己努力钻研。克制自己欲望的这一套功夫，要从小时候开始锻炼。读书求学，自有一条正路可循，由不得自己任性。梁启超先生所倡导趣味之说，是对有志研究学问的人士说教，不是对读书求学的青年致词。

一般人称大学为最高学府，易令人滋生误解，大学只是又一个读书求学的阶段，直到毕业之日才可称之为做学问的"开始"。大学仍然是一个准备阶段，大学所讲授的仍然是基本知识。所以大学生在读书方面没有多少选择的自由，凡是课程规定的以及教师指定的读物是必须读的。青年人常有反抗的心理，越是规定必须读的，越是不愿去读，宁愿自己去海阔天空的穷搜冥讨。到头来是枉费精力自己吃亏，五四时代而不知所从。张之洞的《书目答问》不足以餍所望。有一天几个同学和我以《清华周刊》记者的名义进城去就教于北大的胡适之先生，胡先生慨允为我们开一个最低的国学必读书目，后来就发表在《清华周刊》上。内容非常充实，名为最低，实则庞大得惊人。梁启超先生看到了，凭他渊博的学识开了一个更详尽的书目。没有人能按图索骥的去读，能约略翻阅一遍认识其中较重要的人名书名就很不错了。吴稚晖先生看到这两个书目，气得发出一切线装书都丢进茅坑里去的名言！现在想想，我们当时惹出来的这个书目风波，倒也不是什么坏事，只是好高骛远不切实际罢了。我们的举动表示我们不肯枯守学校规定的读书纪律，而对于更广泛更自由的读书的要求开始展露了天真的兴趣。

书到用时方恨少

我到三十岁左右开始以教书为业的时候，发现自己学识不足，读书太少，应该确有把握的题目东一个窟窿西一个缺口，自己没有全部搞通，如何可以教人？既已荒疏于前，只好恶补于后，而恶补亦非易易。我忘记是谁写的一副对联："书有未曾经我读，事无不可对人言！"很有意思，下句好像是左宗棠的，上句不知是谁的。这副对联表面上语气很谦逊，细味之则自视甚高。以上句而论，天下之书浩如烟海，当然无法遍读，而居然发现自己尚有未曾读过之书，则其已经读过之书必已不在少数，这口气何等狂傲！我爱这句话，不是因为我也感染了几分狂傲，而是因为我确实知道自己的谫陋，许多该读而未读的书太多，故此时时记挂着这句名言，勉励自己用功。

我自三十岁才知道自动的读书恶补。恶补之道首要的是先开列书目，何者宜优先研读，何者宜稍加参阅，版本问题也是非常重要。此时我因兼任一个大学的图书馆长，一切均在草创，经费甚为充足，除了国文系以外各系申请购书并不踊跃，我乃利用机会在英国文学图书方面广事购储。标准版本的重要典籍以及参考用书乃大致齐全。有了书并不等于问题解决，要逐步一本一本的看。我哪里有充分时间读书？我当时最羡慕英国诗人米尔顿，他在大学卒业之后听从他父亲的安排到郝尔顿乡下别墅下帷读书五年之久，大有董仲舒三年不窥园之概，然后他才出而问世。我的父亲也曾经对我有过类似的愿望，愿我苦读几年书，但是格于环境，事与愿违。我一面教书，一面恶补有关的图书，真所谓是困而后学。例如莎士比亚剧本，我当时熟悉的不超过三分之一，例如米尔顿，我只读过前六卷。这重大的触失，以后才得慢慢弥补过来。至于国学方面更是多少年茫然不知如何下手。

读　书　乐

读书好像是苦事，小时嬉戏，谁爱读书？既读书，还要经过无数次的考试，面临威胁，担惊害怕。长大就业之后，不想奋发精进则已，否则仍然要继续读书。我从前认识一位银行家，镇日价筹画盈虚，但是他床头摆着一套英译《法朗士全集》，每晚翻阅几页，日久读毕全书，引以为乐。宦场中、商场中有不少可敬的人物，品位很高，嗜读不倦，可见到处都有读书种子，以读书为乐，并非全是只知道争权夺利之辈。我们中国自古就重视读书，据说秦始皇日读一百二十斤重的竹简公文才就寝。《鹤林玉露》载："唐张参为国子司业，手写九经，每言读书不如写书。高宗以万乘之尊，万畿之繁，乃亦亲洒宸翰，遍写九经，云章烂然，始终如一，自古帝王所未有也。"从前没有印刷的时候讲究抄书，抄书一遍比读书一遍还要受用。如今印刷发达，得书容易，又有缩印影印之术，无辗转抄写之烦，读书之乐乃大为增加。想想从前所谓"学富五车"，是指以牛车载竹简，仅等于今之十万字弱。纪元前一千年以羊皮纸抄写一部《圣经》需要三百只羊皮！那时候图书馆里的书是用铁链锁在桌上的！《听雨纪谈》有一段话：

苏文忠公作《李氏山房藏书记》曰："予犹及见老儒先生言其少时，《史记》《汉书》皆手自书，日夜诵读，唯恐不及。近岁，诸子百家，转相摹刻，学者之于书，多且易致其文辞学术当倍蓰昔人。而后学之士皆束书不观，游谈无根。"苏公此言切中今时学者之病，盖古人书籍既少，凡有藏者率皆手录。盖以其得之之难故，其读亦不苟。到唐世始有版刻，至宋而益盛，虽云便于学者，然以其得之之易，遂有蓄之而不读，或读之而不灭裂，则以有板刻之故。无怪乎今之不如古也。

其言虽似言之成理，但其结论今不如古则非事实。今日书多易得，有便于学子，读书之乐岂古人之所能想象。今之读书人所面临之一大问题乃图书之选择。开卷有益，实未必然，即有益之书其价值亦大有差别，罗斯金说得好："所有的书可分为两大类：风行一时的书与永久不朽的书。"我们的时间有限，读书当有选择。各人志趣不同，当读之书自然亦异，唯有一共同标准可适用于我们全体国人。凡是中国人皆应熟读我国之经典，如《诗》《书》《礼》，以及《论语》《孟子》，再如《春秋左氏传》《史记》《汉书》，以及《资治通鉴》或近人所著通史，这都是我国传统文化之所寄。如谓文字艰深，则多有今注今译之版本在。其他如子集之类，则各随所愿。

　　人生苦短，而应读之书太多。人生到了一个境界，读书不是为了应付外界需求，不是为人，是为己，是为了充实自己，使自己成为一个明白事理的人，使自己的生活充实而有意义。吾故曰：读书乐。我想起英国十八世纪诗人一句诗：

Stuff the head

With all such reading as was never read.

大意是："把从未读过的书籍，赶快塞进脑袋里去。"

秋室杂文

平 山 堂 记

　　我常以为，关于居住的经验，我的一份是很宏富的。最特别的，如王宝钏住过的那种"窑"，我都住过一次，其他就不必说了。然而不然。我住过平山堂之后，才知道天下之大无奇不有，我的以往的经验实在是渺不足道。

　　平山堂者，广州国立中山大学[1]城内教员宿舍也。我于三十七年十二月避乱南征，浮海十有六日，于三十八年一月一日抵广州，应中山大学聘，迁入平山堂。在迁入之前，得知可以获得"二房一厅"，私心庆幸不置。三日吉辰，携稚子及行李大小十一件乘"指挥车"往，到了一座巍巍大楼之下，车戛然止。行李卸下之后，登楼巡视，于黝黑之甬道中居然有管理员，于是道明来意，取得钥匙。所谓二房一厅者，乃屋一间，以半截薄板隔成三块，外面一块名曰厅，里面那两块名曰房。于浮海十有六日之后，得此大为满意，因房屋甚为稳定，全不似海上之颠簸，突兀广厦，寒士欢颜。

　　平山堂有石额，金曾澄题，盖构于二十余年前，虽壁垩斑

------

[1] 中山大学的前身。

驳，蛛网尘封，而四壁峭立，略无倾斜。楼上为教员宿舍，约住二十余家，楼下为附属小学，学生数百人，又驻有"内政部"警察大队数十名，又有司法官训练班教室及员生数十人，楼之另一翼为附属中学教员宿舍，盖亦有数十家。房屋本应充分利用，若平山堂者可谓毫无遗憾。

我们的房间有一特点，往往需两家共分一窗，而且两家之间的墙壁上下均有寸许之空隙，所以不但鸡犬之声相闻，而且炊烟袅袅随时可以飘荡而来。平山堂无厨房之设备，各家炊事均需于其二房一厅中自行解决之。我以一房划为厨房，生平豪华莫此为甚，购红泥小火炉一，置炭其中临窗而点燃之，若遇风向顺利之时，室内积烟亦不太多，仅使人双目流泪略感窒息而已。各家炊饭时间并不一致，有的人黎明即起升火煮粥，亦有人于夜十二时开始操动刀砧升火烧油哗啦一声炒鱿鱼。所以一天到晚平山堂里面烟烟煴煴。有几家在门外甬道烧饭，盘碗罗列，炉火熊熊，俨然是露营炊饭之状，行人经过，要随时小心不要踢翻人家的油瓶醋罐。

水势就下，所以很难怪楼上的那仅有的一个水管不出水。在需用水的时候，它不绝如缕，有时候扑簌如落泪，有时候只有咝咝的干响如助人之叹息。唯一水源畅通的时候是在午夜以后，有识之士就纷纷以铅铁桶轮流取水囤积，其声淙然，彻夜不绝。白昼用水则需下楼汲取。楼下有蓄水池，洗澡、洗衣、洗米即在池边举行，有时亦在池内举行之。但是我们的下水道是相当方便的，窗口即是下水道，随时可以听见哗的一声响。举目一望，即可看见各式各样的器皿在窗口一晃而逝。至于倒出来的东西，其内容是相当复杂的了。

老练的人参观一个地方，总要看看它的厕所是什么样子。

关于这一点我总是抱着"谢绝参观"的态度，所以也不便多所描写，我只能提供几点事实。的的确确，我们是有厕所的，而且有两处之多，都在楼下，而且至少有五百人以上集体使用，不分男女老幼。原来每一个小房间都有门的，现在门已多不知去向；原来是可以抽水的，现已不通水。据一位到过新疆的朋友告诉我，那地方大家都用公共厕所，男女不分，而且使用的人都是面朝里蹲下。朝里朝外倒没有关系，只是大家都要有一致的方向就好。可惜关于此点，平山堂没有规定，任何人都要考虑许久，才能因地制宜决定方向。

平山堂多奇趣。有时候东头发出惨叫声，连呼救命，大家蜂拥而出，原来是一位后母在鞭挞孩子。有时西头号啕大哭，如丧考妣，大家又蜂拥而出，原来是一位五十多岁的老太婆被儿媳逼迫而伤心。有时候，一声吆喝，如雷贯耳，原来是一位热心人报告发薪的消息，这一回是家家蜂拥而出，夺门而走，搭汽车，走四十分钟到学校，再搭汽车，四十分钟回到城内，跑兑金店换港纸——有一次我记得清清楚楚兑得港币三元二毫五仙。

别以为平山堂不是一个好去处，当时多少人羡慕我们住在这样一个好地方。平山堂旁边操场上，躺着三五百男男女女从山东流亡来的青年学生（我祝福他们，他们现在大概是在澎湖罢），有的在生病，有的满身溃泥。我的孩子眼泪汪汪的默默的拿了十元港纸买五十斤大米送给他们煮粥吃。那一夜，我相信平山堂上有许多人没有能合眼。平山堂前面进德会旁檐下躺着一二百人，内中有东北的学生、教授及眷属，撑起被单、毛毯而挡不住那斜风细雨的侵袭。

邻居的一位朋友题了一首咏平山堂的诗如下：

岁暮犹为客，荒斋举目非。

炊烟环室起，烛影一痕微。

蛮语穿尘壁，蚊雷绕翠帏。

干戈何日罢，携手醉言归？

　　盖纪实也。我于三十八年六月离平山堂到台湾。我于平山堂实有半年之缘。现在想想，再回去尝受平山堂的滋味，已不可得。将来归去，平山堂是否依然巍立亦不可知。半年来平山堂之种种，恐日久或忘，是为记。

早　起

　　曾文正公说："做人从早起起。"因为这是每人每日所做的第一件事。这一桩事若办不到，其余的也就可想。记得从前俞平伯先生有两行名诗："被窝暖暖的，人儿远远的……"在这"暖暖……远远……"的情形之下，毅然决然的从被窝里窜出来，尤其是在北方那样寒冷的天气，实在是不容易。唯以其不容易，所以那个举动被称为开始做人的第一件事。偎在被窝里不出来，那便是在做人的道上第一回败绩。

　　历史上若干嘉言懿行，也有不少是标榜早起的。例如，颜氏家训里便有"黎明即起"的句子。至少我们不会听说哪一个人为了早晨晏起而受到人的赞美。祖逖闻鸡起舞的故事是众所熟知的，但是我们不要忘了祖逖是志士，他所闻的鸡不是我们在天将破晓时听见的鸡啼，而是"中夜闻荒鸡鸣"。中夜起舞之后是否还回去再睡，史无明文，我想大概是不再回去睡了。黑茫茫的后半夜，舞完了之后还做什么，实在是不可想象的事。前清文武大臣上朝，也是半夜三更的进东华门，打着灯笼进去，不知是不是因为皇帝有特别喜欢起早的习惯。

　　西谚亦云："早出来的鸟能捉到虫儿吃。"似乎是晚出来的

鸟便没得虫儿吃了。我们人早起可有什么好处呢？我个人是从小
就喜欢早起的，可是也说不出有什么特别的好处，只是我个人的
习惯而已。我觉得这是一个好习惯，可是并不说有这好习惯的人
即是好人，因为这习惯虽好，究竟在做人的道理上还是比较的一
桩小事。所以像韩复榘在山东省做主席时强迫省府人员清晨五时
集合在大操场里跑步，我并不敢恭维。

我小时候上学，躺在炕上一睁眼看见窗户上最高的一格有了
太阳光，便要急得哭啼，我的母亲匆匆忙忙给我梳了小辫儿打发
我去上学。我们的学校就在我们的胡同里。往往出门之后不久又
眼泪扑簌的回来，母亲问道："怎么回来了？"我低着头嗫嗫的
回答："学校还没有开门哩！"这是五十多年前的事了。我现在
想想，还是不知道为什么要那样性急。到如今，凡是开会或宴会
之类，我还是很少迟到的。我觉得迟到是很可耻的一件事。但是
我的心胸之不够开展，容不得一点事，于此也就可见一斑。

有人晚上不睡，早晨不起。他说这是"焚膏油以继晷"。
我想，"焚膏油"则有之，日晷则在被窝里糟蹋不少。他说夜里
万籁俱寂，没有搅扰，最宜工作，这话也许是有道理的。我想晚
上早睡两个钟头，早上早起两个钟头，还是一样的，因为早晨也
是很宜于工作的。我记得我翻译《阿伯拉与哀绿绮思的情书》的
时候，就是趁太阳没出的时候搬竹椅在廊檐下动笔，等到太阳晒
满半个院子，人声嘈杂，我便收笔。这样在一个月内译成了那本
书，至今回忆起来还是愉快的。我在上海住几年，黎明即起，弄
堂里到处是哗喇哗喇的刷马桶的声音，满街的秽水四溢，到处看
得见横七竖八的露宿的人——这种苦恼是高枕而眠到日上三竿的
人所没有的。有些个城市，居然到九十点钟而街上还没有什么动
静，家家户户都门窗紧闭，行经其地如过废墟。我这时候只有暗

暗的祝福那些睡得香甜的人，我不知道他们昨夜做了什么事，以至今天这样晚还不能起来。

　　我如今年事稍长，好早起的习惯更不易抛弃。醒来听见鸟啭，一天都是快活的。走到街上，看见草上的露珠还没有干，砖缝里被蚯蚓倒出一堆一堆的沙土，男的女的担着新鲜肥美的菜蔬走进城来，马路上有戴草帽的老朽的女清道夫，还有无数的青年男女穿着熨平的布衣精神抖擞的携带着"便当"骑着脚踏车去上班——这时候我衷心充满了喜悦！这是一个活的世界，这是一个人的世界，这是生活！

　　就是学佛的人也讲究"早参""晚参"。要此心常常摄持。曾文正公说做人从早起起，也是着眼在那一转念之间，是否能振作精神，让此心做得主宰。其实早起晚起本身倒没有什么了不得的利弊，如是而已。

骆　　驼

　　台北没有什么好去处。我从前常喜欢到动物园走动走动，其中两个地方对我有诱惑。一个是一家茶馆，有高屋建瓴之势，凭窗远眺，一片釉绿的田畴，小川蜿蜒其间，颇可使人目旷神怡。另一值得看的便是那一双骆驼了。

　　有人喜欢看猴子，看那些乖巧伶俐的动物，略具人形，而生活究竟简陋，于是令人不由的生出优越之感，掏一把花生米掷进去。有人喜欢看狮子跳火圈，狗做算学，老虎翻筋斗，觉得有趣。我之看骆驼则是另外一种心情。骆驼扮演的是悲剧的角色。它的槛外是冷清清的，没有游人围绕，所谓槛也只是一根杉木横着拦在门口。地上是烂糟糟的泥。它卧在那里，老远一看，真像是大块的毛姜。逼近一看，可真吓人！一块块的毛都在脱落，斑驳的皮肤上隐隐的露着血迹。嘴张着，下巴垂着，有上气无下气的在喘。水汪汪的两只大眼睛好像是眼泪扑簌的盼望着能见亲族一面似的。腰间的肋骨历历可数，颈子又细又长，尾巴像是一条破扫帚。驼峰只剩下了干皮，像是一只麻袋搭在背上。骆驼为什么落到这悲惨地步呢？难道“沙漠之舟”的雄姿即不过如是么？

　　我心目中的骆驼不是这样的。儿时在家乡，一听见大铜铃玎玎珰珰就知道送煤的骆驼队来了，愧无管宁的修养，往往夺门出视。一根细绳穿系着好几只骆驼，有时是十只八只的，一顺的立在路边。满脸煤污的煤商一声吆喝，骆驼便乖乖的跪下来给人卸货，嘴角往往流着白沫，口里不住的嚼——反刍。有时还跟着一只小骆驼，几乎用跑步在后面追随着。面对着这样庞大而温驯的驮兽，我们不能不惊异的欣赏。

是亚热带的气候不适于骆驼居住。（非洲北部的国家有骆驼兵团，在沙漠中驰骋，以骁勇善战著名，不过那骆驼是单峰骆驼，不是我们所说的双峰骆驼。）动物园的那一双骆驼不久就不见了，标本室也没有空间容纳它们。我从此也不大常去动物园了。我尝想：公文书里罢黜一个人的时候常用"人地不宜"四字，总算是一个比较体面的下台的借口。这骆驼之黯然消逝，也许就是类似"人地不宜"之故罢？生长在北方大地之上的巨兽，如何能局促在这样的小小圈子里，如何能耐得住这炎方的郁蒸？它们当然要憔悴，要悒悒，要委顿以死。我想它们看着身上的毛一块块的脱落，真的要变成为"有板无毛"的状态，蕉风椰雨，晨夕对泣，心里多么凄凉！真不知是什么人恶作剧，把它们运到此间，使得它们尝受这一段酸辛，使得我们也兴起"人何以堪"的感叹！

其实，骆驼不仅是在这炎蒸之地难以生存，就是在北方大陆其命运也是在日趋于衰微。在运输事业机械化的时代，谁还肯牵着一串串的骆驼招摇过市？沙漠地带该是骆驼的用武之地了，但现在沙漠里听说也有了现代的交通工具。骆驼是驯兽，自己不复能在野外繁殖谋生。等到为人类服务的机会完全消灭的时候，我不知道它将如何繁衍下去。最悲惨的是，大家都讥笑它是兽类中最蠢的当中的一个；因为它只会消极的忍耐。给它背上驮五磅的重载，它会跪下来承受。它肯食用大多数哺乳动物所拒绝食用的荆棘苦草，它肯饮用带盐味的脏水。它奔走三天三夜可以不喝水，并不是因为它的肚子里储藏着水，是因为它在体内由于脂肪氧化而制造出水。它的驼峰据说是美味，我虽未尝过，可是想想熊掌的味道，大概也不过尔尔。像这样的动物若是从地面上消逝，可能不至于引起多少人惋惜。尤其是在如今这个世界，大家所最欢喜豢养的乃是善伺人意的哈巴狗，像骆驼这样的"任重而道远"的家伙，恐怕只好由它一声不响的从这世界舞台上退下去罢！

晒 书 记

　　《世说新语》："郝隆七月七日，出日中仰卧。人问其故，曰：'我晒书。'"

　　我曾想，这位郝先生直挺挺的躺在七月的骄阳之下，晒得混身滚烫，两眼冒金星，所为何来？他当然不是在作日光浴，书上没有说他脱光了身子。他本不是刘伶那样的裸体主义者。我想他是故作惊人之状，好引起"人问其故"，他好说出他的那一句惊人之语"我晒书"。如果旁人视若无睹，见怪不怪，这位郝先生也只好站起来拍拍衣服上的灰尘而去。郝先生的意思只是要向侪辈夸示他的肚里全是书。书既装在肚里，其实就不必晒。

　　不过我还是很羡慕郝先生之能把书藏在肚里，至少没有晒书的麻烦。我很爱书，但不一定是爱读书。数十年来，书也收藏了一点，可是并没有能尽量的收藏到肚里去。到如今，腹笥还是很俭。所以读到《世说新语》这一则，便有一点惭愧。

　　先严在世的时候，每次出门回来必定买回一包包的书籍。他喜欢研究的主要是小学，旁及于金石之学，积年累月，收集渐多。我少时无形中亦感染了这个嗜好，见有合意的书即欲购来而后快。限于资力学力，当然谈不到什么藏书的规模。不过汗牛充栋的情形却是体会到了，搬书要爬梯子，晒一次书要出许多汗，只是出汗的是人，不是牛。每晒一次书，全家老小都累得气咻咻然，真是天翻地覆的一件大事。见有衣鱼蛀蚀，先严必定蹙额太息，感慨的说："有书不读，叫蠹鱼去吃也罢。"刻了一颗小印，曰"饱蠹楼"，藏书所以饱蠹而已。我心里很难过，家有藏书而用以饱蠹，子女不肖，贻先人羞。

　　丧乱以来，所有的藏书都弃置在家乡，起先还叮嘱家人要按时晒书，后来音信断绝也就无法顾到了。仓皇南下之日，我只带了一箱书籍，辗转播迁，历尽艰苦。曾穷三年之力搜购杜诗六十余种版本，闲体积过大亦留在大陆。从此不敢再作藏书之想。此间炎热，好像蠹鱼繁殖特快，随身带来的一些书籍竟被蛀蚀得体无完肤，情况之烈前所未有。日前放晴，运到阶前展晒，不禁想起从前在家乡晒书，往事历历，如在目前。南渡诸贤，新亭对泣，联想当时确有不得不然的道理在。我正在佝偻着背一册册的拂拭，有客适适然来，看见阶上阶下五色缤纷的群籍杂陈，再看到书上蛀蚀透背的惨状，对我发出轻微的嘲笑道："读书人竟放任蠹虫猖狂乃尔！"我回答说："书有未曾经我读，还需拿出曝晒，正有愧于郝隆；但是造物小儿对于人的身心之蛀蚀，年复一年，日益加深，使人意气消沉，使人形销骨毁，其惨烈恐有甚于蠹鱼之蛀书本者。人生贵适意，蠹鱼求一饱，两俱相忘，何必戚戚？"客嘿然退。乃收拾残卷，抱入室内，而内心激动，久久不平。想起饱蠹楼前趋庭之日，自惭老大，深愧未学，忧思百结，不得了脱。夜深人静，爰濡笔为之记。

送　礼

　　原始民族出猎，有所获，必定把猎物割裂，加以燔熏，分赠族人。在送者方面，我想一定是满面春光，没有任何偷偷摸摸躲躲闪闪的神情。出狩大吉，当然需要大家共享其乐。在受者方面，我想也一定是春光满面，不要什么拈谦辞让的手续。叨在族谊，却之不恭。双方光明磊落，而且是自然之全。倒是人类文明进步之后，弊端丛生，然后才有"礼尚往来，来而往非礼也"这样的理论出现。这理论究竟不错，旨在安定社会，防止纠纷。但是近代社会过于复杂，有时因送礼而形成很尴尬的局面。

　　寒斋萧索，与人少有往还，逢年过节，但见红红绿绿大包小笼衮衮过门而不入，所谓厚赆遥颁之事实在是很难得的。有一年，端阳前数日，忽然有人把礼物送上门来，附着一张名片，上写"菲仪四色，务求赏收"。送礼人问清这是"梁寓"之后，便不由分说跨上铁马绝尘而去。我午睡方醒，待要追问来人，其人早已杳不可寻。细查名片上的姓名，则夙不相识。检视内容，皆是食品，并无夹层隐藏任何违碍之物。心想也许是门生故旧，恤老怜贫，但是再想现已进入原子时代，这类事毋乃"时代错误"？再说，既承馈贻，曷小进门小憩，班荆道故？左思右想，

不得要领，送警报案，似是小题大作。转送劳军，又好像是慷他
人之慨。无功受禄，又恐伤廉。结果是原封不动，庋藏高阁，希
望其人能惠然返来，物归原主。事隔数日，一部分食物已经霉
腐，暴殄天物，可惜之至！从此我逢人便问可有谁认识此公？终
归人海茫茫，渺无踪迹。

　　转瞬到了中秋，节约之声又复盈耳，此公于家人外出之际又
送来一份礼物，分量较前次加了一番。八角形的月饼直径在一尺
以上，堆在桌上灿烂夺目。我当时的心情，犹如在门内发现了一
具弃婴。弃婴犹可找个去处，这一大堆食品可怎样安排？过去有
人送过我几匣月饼，打开一看，黑压压一片，万头攒动，全是蚂
蚁；也有人送过自制的精品年糕，里面除了核仁、瓜子之外，还
有无数条白胖的肉蛆，活泼乱跳。这直径一尺开外的大月饼，其
结局还不是同样的喂蚂蚁、肉蛆！但是我开始恐惧了，此公一再
宠锡有加，猪喂肥了没有不宰的，难道他屡施小惠，存心有一天
要我感恩图报驰驱效死吗？惶悚之余，我全家戒严了，以后无论
什么人前来送礼，一定要暂加扣留，验明正身，问清底细，否则
决不放行。王密夜怀金十斤送给杨震，说："暮夜无知者。"杨
震回答说："天知，神知，我知，子知，何谓无知？"我则连四
知都说不上，子是谁，我不知道，我是谁，恐怕你也不清楚。这
样胡里胡涂下去，天神也要不容许了。

　　不久，年关届临，此公又施施然来。这一回，说好说歹，把
他延进玄关。我仔细打量他一下，一人多高，貌似忠厚，衣履俱
全，而打躬作揖，礼貌特别周到，他带来的礼物比上次又多了，
成几何级数的进展。"官不打送礼的"，我非官，焉敢打人，我
只是诘问：

　　"我不认识你，你屡次三番的送东西来，是何用意？"

他的嘴唇有点发抖，勉强把脸上的筋肉作弄成为一个笑容，说：

"一点小意思，不成敬意。你帮了我这样多忙！"

"我帮了你什么忙？你知道我是谁吗？"

"你不是梁先生吗？"

我不能不承认说："是呀。"

"那就对啦！我们行里的事，要不是梁先生在局里替我们做主，那是不得了的。"

"什么局？"

"××局。"

"哎呀！我从来没有在××局做过事。你大概搞错了吧？"

"没有错，没有错，梁先生是住在这一条街上，虽然我不知道他的门牌号数。"

我于是告诉他，一条街上很可能有两个以上的姓梁的人。我们姓梁的，自周平王之子封南梁以来，迄今二千七百多年，历代繁衍，一条街上有一个以上的姓梁的也不是不可能的事。前两次的礼物事实上已经收下，抱歉之极，这一次无论如何也不敢当，敬请原物带回，并且以后也不敢再劳驾了。

此人闻悉，登时变色，"怔营惶怖，靡知厝身"，急忙携起礼物仓皇狼狈而去，连呼："对不起，对不起！"其怪遂绝。

拜　年

　　拜年不知始自何时。明田汝成《熙朝乐事》："正月元旦，夙兴盥漱，啖黍糕，谓年年糕；家长少毕拜，姻友投笺互拜，谓拜年。"拜年不会始自明时，不过也不会早，如果早已相习成风，也就不值得特为一记了。尤其是务农人家，到了岁除之时，比较清闲，一年辛苦，透一口气，这时节酒也酿好了，腊肉也腌透了，家祭蒸尝之余，长少毕拜，所谓"新岁为人情所重"，大概是自古已然的了。不过演变到姻友投笺互拜，那就是另一回事了。

　　回忆幼时，过年是很令人心跳的事。平素轻易得不到的享乐与放纵，在这短短几天都能集中实现。但是美中不足、最煞风景的莫过于拜年一事。自己辈份低，见了任何人都只有磕头的份。而纯洁的孩提，心里实在纳闷，为什么要在人家面前匍匐到"头着地"的地步。那时节拜年是以向亲友长辈拜年为限，这份差事为人子弟的是无法推脱的。我只好硬着头皮穿上马褂、缎靴，跨上轿车，按照单子登门去拜年。有些人家"挡驾"，我认为这最知趣；有些人家迎你升堂入室，受你一拜，然后给你一盏甜茶，扯几句淡话，礼毕而退；有些人家把你让到正大厅，内中阒无一人，任你跪在红毡子上朝上磕头，活见鬼！如是者总要跑上三两天。见人就磕头，原是处世妙方，可惜那时不甚了了。

后来年纪渐长，长我一辈两辈的人都很合理的凋谢了，于是每逢过年便不复为拜年一事所苦。自己吃过的苦，也无意再加在自己的儿子身上去。阳春雪霁，携妻室儿女去挤厂甸，冻得手脚发僵，买些琉璃喇叭大糖葫芦，比起奉命拜年到处做磕头虫，岂不有趣得多？

几十年来我已不知拜年为何物。初到台湾时，大家都是惊魂甫定，谈不到年，更谈不到拜年。最近几年来，情形渐渐不对了，大家忽的一窝蜂拜起年来了。天天见面的朋友们也相拜年，下属给长官拜年，邻居给邻居拜年。初一那天，我居住的陋巷真正的途为之塞，交通断绝一二小时。每个人咧着大嘴，拱拱手，说声"恭喜发财"，也不知喜从何处来，财从何处发，如痴如狂，满大街小巷的行尸走肉。一位天主教的神父，见了我也拱起手说"恭喜发财"，出家人尚且如此，在家人复有何说？大家好像是完全忘记了现在是战时，完全忘记了现在《戒严法》《总动员法》都还有效，竟欢喜忘形，创造出这种形式的拜年把戏。我说这是创造，因为这不合古法，也不合西法，而且也不合情理，完全是胡闹。

胡闹而成了风气，想改正便不容易。有一位不肯随波逐流的人，元旦之晨犹拥被高卧，但是禁不住家人催促，只好强勉出门，未能免俗。心里忽然一动，与其游朱门，不如趋蓬户，别人锦上添花，我偏雪中送炭，于是他不去拜上司，反而去拜下属。于是进陋巷，款柴扉，来应门的是一个三尺童子，大概从来没见有这样的人来拜年过，小孩子亦受宠若惊，回头就跑，正好触到一块绊脚石，跌了一跤，脑袋撞在石阶上，鲜血直喷。拜年者和被拜年者慌作一团，送医院急救，一场血光之灾结束了一场拜年的闹剧，可见顺逆之势不可强勉，要拜年还是到很多人都去拜年的地方去拜。

拜年者使得人家门庭若市，对于主人也构成威胁。我看见有人在门前张贴告示："全家出游，恭贺新禧！"有时亦不能收吓阻之效，有些客人便闯进去，则室内高朋满座，香烟缭绕，一桌子的糖果、一地的瓜子皮。使得投笺拜年者反倒显着生分了。在这种场合，剥两只干桂圆，喝几口茶水，也就可以起身，不必一定要像以物出物的楔子，等待下一批客人来把你生顶出去。拜年虽非普通日子访客可比，究竟仍以给人留下吃饭睡觉的时间为宜。

有人向我说："你别自以为众醉独醒，大家的见识是差不多的，谁愿意把两腿弄得清酸，整天价在街上狼奔豕窜？还不是闷得发慌？到了新正，荒斋之内举目皆非，想想家乡不堪闻问，瞻望将来则有的说有望，有的说无望，有的心里无望而嘴巴里却说有望。望，望，望，我们望了十多年了，以后不知还要再望多么久。人是血肉做的，一生有几个十多年？过年放假，家中闲坐，闷得发慌，会要得病的，所以这才追随大家之后，街上跑跑，串串门子，不为无益之事，何以遣有涯之生？谁还真个要给谁拜年？拜年？想得好！兴奋之后便是麻痹，难得大家兴奋一下。"

这样说来，拜年岂不是成了一种"苦闷的象征"？

门　铃

　　居住的地方不该砌起围墙。既然砌了墙，不该留一个出入的门口。既然留了门口，不该安上一个门铃。因为门铃带来许多烦恼。

　　门铃非奢侈品，前后左右的邻居皆有之，而且巧得很，所装门铃大概都是属于一个类型，发出哑哑的、沙沙的声音。一声铃响，就是心惊，以为有什么人的高轩莅止，需要仔细的倾耳辨别，究竟是人家的铃响，还是自己的铃响。一方面怕开门太迟慢待佳宾，一方面怕一场误会徒劳往返，然而必须等待第二声甚至第三声铃响，才能确实分辨出来，往往因此而惹得来人不耐烦，面有愠色。于是我把门铃拆去，换装了一个声音与众不同的铃。铃一响，就去开门，真正的是如响斯应。

　　实际上不能如响斯应。寒舍虽非深宅大院，但是没有应门三尺之僮，必须自理门户，由起居之处走到门口也还有一点空间，空间即时间，有时还要脱鞋换鞋，倒屣是不可能的，所以其间要有一点耽搁。新的门铃响声相当洪亮，不但主人不会充耳不闻，客人自己也听得清清楚楚。很少客人愿意在门外多停留几秒钟，总是希望主人用超音速的步伐前来应门。尤其是送信的人，常常是迫不及待，按起门铃如鸣警报，一声比一声急。有时候沿门求乞的人，也充分的利用这一设备，而且是理直气壮地大模大样的按铃。卖广柑的，修理棕绷竹椅的，打滴滴涕的，推销酱油的，推销牛奶的，传教的洋人及准洋人，都有权利按铃，而且常是在最令人感觉不方便的时候来使劲的按铃。铃声无论怎样悦耳，总是给人以不悦快的预兆时为多，铃是为人按的，不拘什么人都可以按，主人有应声开门的义务，没有不去开门的权力。开门之后，一个鸠首鹄面的人手里拿着烂糟糟的一本捐册，缘起写得十分凄惨，有"舍弟江南死，家兄塞北亡"的意味，外加还有什么证明文件之类。遇到这种场面，除了敬谨捐献之外，夫复何良？然而这不是最伤脑筋的事，尤有甚于此者。多半是在午睡方酣之际，一声铃响，令人怵然以惊，赶紧披衣起身施施然出。开门四望，阒无一人，只觉阴风扑面，令人打一个冷战。一条夹着尾巴的野狗斜着眼睛瞟我一下匆匆过去，一个不信鬼的人遇见这样情形也要觉得心头栗栗。这种怪事时常发生，久之我才知道这乃是一些小朋友们的户外游戏之一种，"打了就跑"。你在四向张望的时候，他也许是藏在一个墙角正在窃窃冷笑。

　　有些人大概是有奇怪的收藏癖，喜欢收集各式各样的电铃的盖子，否则为什么门口的电铃上的盖子常常不翼而飞呢？这种盖子是没有什么其他的用场的，不值得窃取，只能像集邮一般的满足一种收藏的癖好。但是这癖好却建筑在别人的烦恼上。没有把你的大门摘走，已是取不伤廉，还怨的是什么？感谢工业的伟大的进步，有一种电铃没有凸出的圆盖了，钉在墙上平糊糊的只露出滑小溜丢的一个小尖头在外面供你按，但不能一把抓。

　　按照我国固有文明，拉铃和电铃一样有用，而烦恼较少。《江南余载》有这样一条："陈雍家置大铃，署其旁曰：'无钱雇仆，客至请挽之。'"今之拉铃，即其遗风。这样的拉铃简单朴素，既无虞被人采集而去，亦不至被视为户外游戏的用具。而且，既非电化器材，不怕停电。从前我家里的门铃就是这样的，记得是在我的祖父去世的那年，出殡时狮子"松活"的头下系着的几个大铜铃，扎在一起累累然挂在房檐下，作为门铃用。挽拉起来，哗啷哗啷的乱响，声势浩大。自从改装了电铃，就一直烦恼，直到于今。

这一切烦恼皆是城市生活环境使然。如果是野堂山居，必定门可罗雀，偶然有长者车辙，隔着柴扉即可望见颜色。"门前剥啄定佳客，檐外屡颜皆好山"，那是什么情景？

散　步

　　《琅嬛记》云："古之老人，饭后必散步。"好像是散步限于饭后，仅是老人行之，而且盛于古时。现代的我，年纪不大，清晨起来盥洗完毕便提起手杖出门去散步。这好像是不合古法，但我已行之有年，而且同好甚多，不只我一人。

　　清晨走到空旷处，看东方既白，远山如黛，空气里没有太多的尘埃炊烟混杂在内，可以放心的尽量的深呼吸，这便是一天中难得的享受。据估计，"目前一般都市的空气中，灰尘和烟煤的每周降量，平均每平方公里约为五吨，在人烟稠密或工厂林立的地区，有的竟达二十吨之多"。养鱼的都知道要经常为鱼换水，关在城市里的人真是如在火宅，难道还不在每天清早从软暖习气中挣脱出来，服几口"清凉散"？

　　散步的去处不一定要是山明水秀之区，如果风景宜人，固然觉得心旷神怡，就是荒村陋巷，也自有它的情趣。一切只要随缘。我从前沿着淡水河边，走到萤桥，现在顺着一条马路，走到土桥，天天如是，仍然觉得目不暇给。朝露未干时，有蚯蚓、大蜗牛在路边蠕动，没有人伤害它们，在这时候这些小小的生物可以和我们和平共处。也常见有被辗毙的田鸡、野鼠横尸路上，令人怵目惊心，想到生死无常。河边蹲踞着三三两两浣衣女，态度并不轻闲，她们的背上兜着垂头瞌睡的小孩子。田畦间伫立着几个庄稼汉，大概是刚拔完萝卜摘过菜。是农家苦还是农家乐，不大好说。就是从巷弄里面穿行，无意中听到人家里的喁喁絮语，有时也能令人忍俊不住。

六朝人喜欢服五石散，服下去之后五内如焚，浑身发热，必须散步以资宣泄。到唐朝时犹有这种风气。元稹诗"行药步墙阴"，陆龟蒙诗"更拟结茅临水次，偶因行药到村前"，所谓"行药"，就是服药后的散步。这种散步，我想是不舒服的。肚里面有丹砂、雄黄、白矾之类的东西作怪，必须脚步加快，步出一身大汗，方得畅快。我所谓的散步不这样的紧张，遇到天寒风大。可以缩颈急行，否则亦不妨迈方步，缓缓向行。培根有言："散步利胃。"我的胃口已经太好，不可再利，所以我从不跄跄的趱路。六朝人所谓"风神萧散，望之如神仙中人"，一定不是在行药时的写照。

散步时总得携带一根手杖，手里才觉得不闲得慌。山水画里的人物，凡是跋山涉水的总免不了要有一根邛杖，否则好像是摆不稳当似的。王维诗"策杖村日斜"，村东日出时也是一样的需要策杖。一杖在手，无需舞动，拖曳就可以了。我的一根手杖，因为在地面摩擦的关系，已较当初短了寸余。有杖有时亦可作为武器，聊备不时之需，因为在街上散步者不仅是人，还有狗。不是夹着尾巴的丧家之狗，也不是循循然汪汪叫的土生土长的狗，而是那种雄赳赳的横眉竖眼张口伸舌的巨獒，气咻咻的迎面而来，后面还跟着骑脚踏车的扈从。这时节我只得一面退避三舍，一面加力握紧我手里的竹杖。那狗脖子上挂着牌子，当然是纳过税的，还可能是系出名门，自然也有权利出来散步。还好，

此外尚未遇见过别的什么猛兽。唐慈藏大师"独静行禅，不避虎
兕"，我只有自惭定力不够。

　　散步不需要伴侣，东望西望没人管，快步慢步由你说，这
不但是自由，而且只有在这种时候才特别容易领略到"前不见古
人，后不见来者"那种"分段苦"的味道。天覆地载，孑然一
身。事实上，街道上不是绝对的阒无一人，策杖而行的不只我一
个，而且经常的有很熟的面孔准时准地的出现，还有三五成群的
小姑娘，老远的就送来木屐声。天长地久，面孔都熟广，但是谁
也不理谁。在外国的小都市，你清早出门，一路上打扫台阶的老
太婆总要对你搭讪一两句话，要是在郊外山上，任何人都要彼此
脱帽招呼。他们不嫌多事。我有时候发现，一个形容枯槁的老者
忽然不见他在街道散步了，第二天也不见，第三天也不见，我真
不敢猜想他是到哪里去了。

　　太阳一出山，把人影照得好长，这时候就该往回走。再晚
一点，便要看到穿蓝条睡衣睡裤的女人们在街上或是河沟里倒垃
圾，或者是捧出红泥小火炉炉边呼呼的扇起来，弄得烟气腾腾。
尤其是，风驰电掣的现代交通工具也要像是猛虎出柙一般的露面
了，行人总以回避为宜。所以，散步一定要在清晨，白居易诗：
"晚来天气好，散步中门前。"要知道白居易住的地方是伊阙，
是香山，和我们住的地方不一样。

紧张与松弛

《世说新语》有这样一段：

> 过江诸人，每至美日，辄相邀新亭，藉卉饮宴。周侯中坐而
> 叹曰："风景不殊，正自有山河之异！"皆相视流泪。唯王丞相
> 愀然变色曰："当共戮力王室，克复神州，何至作楚囚相对？"

我每读到这一段，辄有所感。

晋室东渡，乃是历史上一大变局。随着政府迁到建邺的人很
多，其中包括许多王公巨卿与名门缙绅，洛阳十室九空，中原田
地无主。那种狼狈情形，我们可以想见。国破家亡之事，自古多
有，而大规模的迁徙流动，在历史上究竟次数不多。那种丧乱流
离的苦痛经验，我们由大陆来台的人乃于无意中得知，对于当年
东渡诸公自然格外同情。有人善撰名词，说我们这时代叫作"大
时代"。大在哪里，我还不大清楚；我只知道，我们有家归不得
而已！我想那个"大"字应该不包含什么幸运的或任何值得骄傲
的成分在内。若说我们这个时代是个"末世"，我也不服，我们
中华民国还不到半个世纪，尚未见其盛德，何来叔季之世？不过

若硬说这是什么芝草见圣人出的时代，我觉得冤枉！

　　一个人处在动荡的境遇里，精神苦闷，最要紧的是保持心理健康，其方法之一是有时候要松弛。一味紧张是不行的。"西门豹性急，常佩韦以自缓；董安于性缓，常佩韦以自急。"身上带一根弦或一根皮绳，以收缓急调剂之功，法子虽笨，意思是对的。个人修养如此，担负国家大事亦然。过江诸人，包括当时的丞相王导在内，天气晴和的日子，相率到城南（今南京汉西门外）劳劳山上的新亭去皮克匿克一番，我觉得也无伤大雅。案牍劳形，偶尔宴游，亦可收调剂身心之效。犹之美国政要，周末度假，打高尔夫、钓鱼，未可厚非。江左诸公，虽在国难方殷之际，有此闲情逸致，亦不可视为丧心病狂。不过，如果游山喝道，那就大煞风景，至若广事铺张，点缀升平，那就近于无耻，不足为训了。

　　心中悲苦而强作欢颜，并不是一件容易事。提得起，放得下，那才是大丈夫。当年新亭之会，在座的那位周先生，并非等闲之辈，他就是周颛，字伯仁，官至尚书仆射，"有风流才气，少知名，正体嶷然，侪辈不敢媟也"。他虽然在浏览风景，而还是有他的心事在，所以才忽然兴叹，说出"风景不殊，正自有山河之异"的话。这句话说得真挚蕴藉，道出了伤心人的怀抱。那些相对唏嘘的人，也都是有心人也。"丈夫有泪不轻弹"，新亭泣泪不是轻洒的。他们是在怀念故国，他们不愿偏安，他们无意长久在那里做寓公。我们上阿里山，游日月潭，登赤嵌楼，经太鲁阁，谁又能不在心旷神怡之际悲从中来呢？

　　王丞相的壮语是针对他们的哭泣而发的。如果他们不流泪，王丞相也不至于正颜厉色的说"戮力王室，克复神州"的冠冕堂皇的话。"戮力王室，克复神州"与在新亭藉卉饮宴并不冲突，在饮宴时哭泣倒是对于"戮力王室，克复神州"的事业毫无裨益的。

最近游狮头山，在峰回路转之处，见有巨幅标语"拥护领袖，反攻大陆"。这八个字本身在此时此地早已是家喻户晓的天经地义，可是在风景幽胜的地方突然出现还是够令人怵目惊心的。对于朝山进香的客人们，这标语有什么效力呢？对于已经司空见惯广的成群结队的学生们，这标语有什么效力呢？对于想偷一日之闲来寻求一点松弛之趣的游人们，这标语又有什么效力呢？同时，为之怵目惊心，也打消了不少寻幽探胜的兴致，其效力也许可以说等于是王丞相的一声吆喝"戮力王室克复神州"罢？不过这里有一点分别，王丞相的吆喝是对付那一群相对流泪的楚囚，而我们只是斗筲小民，在苦闷中偶然出到郊外想吸一门新鲜空气罢了。

工作时工作，游戏时游戏，这乃是健全身心之道。因此在工作时要认真，不懈怠，不偷油，有奖赏的鼓励，有惩罚的制裁，再加上一些标语的刺激也无妨事。游戏时也要认真，不欺骗，不随便，各随所好，各得其趣，这时节便不需要再把任何大道理插入其间。工作与游戏要分开，这一点道理好像在我们的传统文化里是没有的。小孩子的游戏，都要以陈列俎豆为能事，否则孟母不惜三迁。每饭不忘君的杜甫泊西南，仍然"每依北斗望京华"。严肃是我们的文化的一个标识。所谓严肃，即是四维八德那一套大道理。殊不知人生除了这严肃的一面之外，还有轻松的一面，除了工作还要有游戏。任何想以一套大道理贯彻整个人生的企图，均是对人生并非完全有益的，抑且是不易成功的。

苦难的熬煎已使我们够紧张的了。有时候我们需要松弛一下，就让我们整个松弛一下，使神经获得休息以便迎接更多的苦难。

悲愤的心情不可没有，但只是悲愤也没有什么用。化悲愤为力量的不二法门即是在工作时认真努力。

气壮山河的话不是不可说，不要说多了变成口头禅。

谈话的艺术

一个人在谈话中可以采取三种不同的方式，一是独白，一是静听，一是互话。

谈话不是演说，更不是训话，所以一个人不可以霸占所有的时间，不可以长篇大论的絮聒不休，旁若无人。有些人大概是口部筋肉特别发达，一开口便不能自休，绝不容许别人插嘴，话如连珠，音容并茂。他讲一件事能从盘古开天地讲起，慢慢的进入本题，亦能枝节横生，终于忘记本题是什么。这样霸道的谈话者，如果他言谈之中确有内容，所谓"吐佳言如锯木屑，霏霏不绝"，亦不难觅取听众。在英国文人中，约翰逊博士是一个著名的例子。在咖啡店里，他一开口，鼠都不敢叫。那个结结巴巴的高尔斯密一插嘴便触霉头。Sir Oracle在说话，谁敢出声？约翰逊之所以被称为当时文艺界的独裁者，良有以也。学问、风趣不及约翰逊者，必定是比较的语言无味，如果喋喋不已，如何令人耐得！

有人也许是以为嘴只管吃饭而不作别用，对人乃钳口结舌，一言不发。这样的人也是谈话中所不可或缺的，因为谈话，和演戏一样，是需要听众的，这样的人正是理想的听众。欧洲中古时代的一个严肃的教派Carthusian monks以不说话为苦修精进的法门之一，整年的不说一句话，实在不易。那究竟是方外人，另当别论，我们平常人中却也有人真能寡言。他效法金人之三缄其口，他的背上应有铭曰："今之慎言人也。"你对他讲话，他洗耳恭听，你问他一句话，他能用最经济的辞句把你打发掉。如果你恰好也是"毋多言，多言多败"的信仰者，相对不交一言，那便只好共听壁上挂钟之滴答滴答了。钟会之与嵇康，则由打铁的叮当声来破除两人间之岑寂。这样的人现代也有，相对无言，莫逆于心，巴答巴答的抽完一包香烟，兴尽而散。无论如何，老于世故的人总是劝人多听少说，以耳代口，凡是不大开口的人总是令人莫测高深；口边若无遮拦，则容易令人一眼望到底。

　　谈话，和作文一样，有主题，有腹稿，有层次，有头尾，不可语无伦次。写文章肯用心的人就不太多，谈话而知道剪裁的就更少了。写文章讲究开门见山，起笔最要紧，要来得挺拔而突兀，或是非常爽朗，总之要引人入胜，不同凡响。谈话亦然。开口便谈天气好坏，当然亦不失为一种寒暄之道，究竟缺乏风趣。常见有客来访，宾主落座，客人徐徐开言："您没有出门啊？"主人除了重申"我没有出门"这一事实之外，没有法子再作其他的答话。谈公事，讲生意，只求其明白清楚，没有什么可说的。一般的谈话往往是属于"无题""偶成"之类，没有固定的题材，信手拈来，自有情致。情人们喁喁私语，总是有说不完的话题，谈到无可再谈，则"此时无声胜有声"了。老朋友们剪烛西窗，班荆道故，上下古今无不可谈，其间并无定则，只要对方不打哈欠。禅师们在谈吐间好逞机锋，不落迹象，那又是一种境界，不是我们凡夫俗子所能企望得到的。善谈和健谈不同，健谈者能使四座生春，但多少有点霸道，善谈者尽管舌灿莲花，但总还要给别人留些说话的机会。话的内容总不能不牵涉到人，而所谓人，则不是别人便是自己。谈论别人则东家长西家短全成了上好的资料，专门隐恶扬善则内容枯燥听来乏味，揭人阴私则又有伤口德，这其间颇费斟酌。英文gossip一字原义是"教父母"，尤指教母，引申而为任何中年以上之妇女，再引申而为闲谈，再引申而为飞短流长，而为长舌妇，可见这种毛病由来有自，"造谣学校"之缘起亦在于是，而且是中外皆然。不过现在时代进步，这种现象已与年纪无关。谈话而专谈自己当然不会伤人，并且缺德之事经自己宣扬之后往往变成为值得夸耀之事。不过这又显得"我执"太深，而且最关心自己的事的人，往往只是自己。英文的"我"字，是大写字母的"I"，有人已嫌其夸张，如果谈起话来每句话都用"我"字开头，不更显得自我本位了么？

　　在技巧上，谈话也有些个禁忌。"话到口边留半句"，只是劝人慎言，却有人认真施行，真个的只说半句，其余半句要由你去揣摩，好像文法习题中的造句，半句话要由你去填充。有时候是光说前半句，要你猜后半句；有时候是光说后半句，要你想前半句。一段谈话中若是破碎的句子太多，在听的方面不加整理是难以理解的。费时费事，莫此为甚。我看在谈话时最好还是注意文法，多用完整的句子为宜。另一极端是，唯恐听者印象不深，每一句话重复一遍，这办法对于听者的忍耐力实在要求过奢。谈话的腔调与嗓音因人而异，有的如破锣，有的如公鸡，有的行腔使气有板有眼，有的回肠荡气如怨如诉，有的于每一句尾加上一串格格的笑，有的于说完一段话之后像鲸鱼一般喷一口大气，这一切都无关宏旨，要紧的是说话的声音之大小需要一点控制。一开口便血脉偾张，声振屋瓦，不久便要力竭声嘶，气急败坏，似可不必。另有一些人的谈话别有公式，把每句中的名词与动词一律用低音，甚至变成耳语，令听者颇为吃力。有些人唾腺特别发达，三言两句之后嘴角上便积有两摊如奶油状的泡沫，于发出重唇音的时候便不免星沫四溅，真像是痰唾珠玑。人与人相处，本来易生摩擦，谈话时也要保持距离，以策安全。

谈 学 者

在上一期的《文星》里看到居浩然先生的一篇文章，他把Scholarship一字译成为"学格"。这一个字是不容易翻译得十分恰当的，因为它含义不太简单。从字面上讲，这个字分两部分，scholar+ship，其重心还是在前一半，ship表示特征、性质、地位等。《韦氏字典》所下的定义是：character or qualities of a scholar; attainments in science or literature, formerly in classical literature; learning。这一定义好像是很简单明了，但是很值得令我们想一想。什么是学者的特征与性质呢？换言之，怎样才能是一个学者呢？居先生提出了三点，第一是诚实，第二是认真，第三是纪律。愿再补充申说一下。

学者以探求真理为目的，故不求急功近利。学者研究一个问题，往往是很小的而且很偏僻的问题，不惜以狮子搏兔的手段，小题大做，有时候像是迂腐可笑，有时候像是玩物丧志。这种研究可能发生很大的影响，或给人以重要的启示，但亦可能不生什么实际的效果。在学者自身看来，凡是探求真理的努力都是有价值的，题目不嫌其小，不嫌其偏，但求其能有所发现，纵然终于不能有所发现，其探讨的过程仍然是有价值的。学者的态度是

"无所为而为"的，是不计功利的。一个有志于学的人，我们只消看看他所研究的题目，就可以约略知道他是否有走上学问之途的希望。学者有时为了探讨真理，不惜牺牲其生命，不惜与权威抗，不为利诱自然是更不待言的了。

小题大做并不是一件容易事。要小题大做需先尽力发掘前人研究的成果与过程；需先对于此一小题所牵涉的其他各方面的材料作一广泛的探讨，然后方能正式着手。题小，然后才能精到。可是这精到仍是建在广博的基础之上。题目若是大，则纵然用功甚勤，仍常嫌肤泛，可供通俗阅览，不能作专门参考。高谈义理，固然也是学问，不过若无切实的学识做后盾，便要流于空疏。题小而要大做，才能透彻，才能深入，才能巨细靡遗。所以学问之道是艰辛的。

学者有学者的尊严。他不屑于拾人涕唾，有所引证必注明出处，正文里不便述说则皆加脚注，最低限度引号是少不得的。凡是正式论文，必定脚注很多，这样可显示作者的功力与负责的态度。不注明出处，一方面是掠人之美，一方面是削弱了自己论证的力量。论文后面总是附有参考书目，从这书目也可窥见学者的素养。学者不发表正式论文则已，发表则必定全盘公布他的研究经过，没有一点夹带藏掖。

学者不肯强不知以为知。自己没有把握的材料，不但不可妄加议论，即使引述也往往失当，纰漏一出，识者齿冷。尝见文史作者引证最新科学资料，或国学大师引证外国文字，一知半解，引喻失当，自以为旁征博引，头头是道，实则暴露自己之无知与大胆，有失学者风度。

有了学者的态度，穷年累月的锲而不舍，自然有相当的造诣。但学者永远是虚心的，偶有所得，亦不敢沾沾自喜，更不肯大吹大擂的目空一切，作小家子气。剑拔弩张的、火辣辣的，不是学者的气息，学者是谦冲的、深藏若虚的。

学者风度，中外一理。不过以我们的学校制度以及设备环境而论，我们要继续不断的一批批的培养学者，似乎甚有困难。以文字训练来说，现代文、古文、外国文都极重要，缺一不可，这只是工具的训练，并不是学问本身，而我们的一般青年学子中能有几人粗备语言文字的根底？现在的大学很少有淘汰作用，一入大学，便注定可以毕业，敷衍松懈，在学问上无纪律之可言，上课钟点奇多，而每课都是稀松。到外国去留学的学生，一开学便叫苦连天，都说功课分量重，一星期上三门课便忙不过来。以此例彼，便可知我们的教育积弊之所在。我们的学者，绝大部分都是努力自修成功的，很少是学校机构培养出来的。这不是办法。国家不能等待着学者们自生自灭，国家需要有计划的培植青年学者，大量的生产，使之新陈代谢，日益精进。这不是一纸命令的事，也不是添设机构即可奏效，最要紧的莫过于稳定的生活与充足的设备。讲到学者的养成，所有的学术教育机构皆有责任。有人讥笑我们为文化沙漠，我们也大半自承学术气氛不足。须知现代的学者和从前不同，从前的人可以焚膏继晷、皓首穷经，那时候的学术领域比较狭窄，现代的人做学问不能抱残守缺，需要图书馆、实验室的良好设备来作辅助。我深感我们的高级学府培育人才，实际上是漫无目标，毕业出来的学生从事专门职业，则常嫌准备不足，继续研究做学问，则大部分根底也很差。这是很可虑的。

谈　时　间

　　希腊哲学家Diogenes经常睡在一只瓦缸里，有一天亚历山大皇帝走去看他，以皇帝的惯用的口吻问他："你对我有什么请求吗？"这位玩世不恭的哲人翻了翻白眼，答道："我请求你走开一点，不要遮住我的阳光。"

　　这个家喻户晓的小故事，究竟含义何在，恐怕见仁见智，各有不同的看法。我们通常总是觉得那位哲人视尊荣犹敝屣，富贵如浮云，虽然皇帝驾到，殊无异于等闲之辈，不但对他无所希冀，而且亦不必特别的假以颜色。可是约翰逊博士另有一种看法，他认为应该注意的是那阳光，阳光不是皇帝所能赐予的，所以请求他不要把他所不能赐予的夺了去。这个请求不能算奢，却是用意深刻。因此约翰逊博士由"光阴"悟到"时间"，时间也者，虽然也是极为宝贵，却也是常常被人劫夺的。

　　"人生不满百"，大致是不错的。当然，老而不死的人，不是没有，不过期颐以上不是一般人所敢想望的。数十寒暑当中，睡眠去了很大一部分。苏东坡所谓"睡眠去其半"，稍嫌有点夸张，大约三分之一左右总是有的。童蒙一段时期，说它是天真未凿也好，说它是昏昧无知也好，反正是浑浑噩噩，不知不觉；及至寿登耄耋，老悖聋瞑，甚至"佳丽当前，未能缱绻"，比死人多一口气，也没有多少生趣可言。掐头去尾，人生所余无几。就是这短暂的一生，时间亦不见得能由我们自己支配。约翰逊博士所抱怨的那些不速之客，动辄登门拜访，不管你正在怎样忙碌，他觉得宾至如归，这种情形固然令人啼笑皆非，我觉得究竟不能算是怎样严重的"时间之贼"。他只是在我们的有限的资本上抽取一点捐税而已。我们的时间之大宗的消耗，怕还是要由我们自己负责。

有人说："时间即生命。"也有人说："时间即金钱。"二说均是，因为有人根本认为金钱即生命。不过细想一下，有命斯有财，命之不存，财于何有？要钱不要命者，固然实繁有徒，但是舍财不舍命，仍然是较聪明的办法。所以《淮南子》说："圣人不贵尺之璧而重寸之阴，时难得而易失也。"我们幼时，谁没有作过"惜阴说"之类的课艺？可是谁又能趁早体会到时间之"难得而易失"？我小的时候，家里请了一位教师，书房桌上有一座钟，我和我的姊姊常乘教师不注意的时候把时针往前拨快半个钟头，以便提早放学，后来被老师觉察了，他用朱笔在窗户纸上的太阳阴影划一痕记，作为放学的时刻，这才息了逃学的念头。

时光不断的在流转，任谁也不能攀住它停留片刻。"逝者如斯夫，不舍昼夜！"我们每天撕一张日历，日历越来越薄，快要撕完的时候便不免矍然以惊，惊的是又临岁晚。假使我们把几十册日历装为合订本，那便象征我们的全部的生命，我们一页一页的往下扯，该是什么样的滋味呢？"冬天一到，春天还会远吗？"可是你一共能看见几次冬尽春来呢？

不可挽住的就让它去罢！问题在，我们所能掌握的尚未逝去的时间，如何去打发它。梁任公先生最恶闻"消遣"二字，只有活得不耐烦的人才忍心的去"杀时间"。他认为一个人要做的事太多，时间根本不够用，哪里还有时间可供消遣？不过打发时间的方法，亦人各不同、士各有志。乾隆皇帝下江南，看见运河上舟楫往来，熙熙攘攘，顾问左右："他们都在忙些什么？"和珅侍卫在侧，脱口而出："无非'名利'二字。"这答案相当正确，我们不可以人废言。不过三代以下唯恐其不好名，大概"名利"二字当中还是利的成分大些。"人为财死，鸟为食亡。"时间即金钱之说仍属不诬。诗人渥资华斯有句：

尘世耗用我们的时间太多了，夙兴夜寐，赚钱挥霍，把我们的精力都浪费掉了。

所以有人宁可遁迹山林，享受那清风明月，"侣鱼虾而友麋鹿"，过那高蹈隐逸的生活。诗人济慈宁愿长时间的守着一株花，看那花苞徐徐展瓣，以为那是人间至乐；嵇康在大树底下扬槌打铁，"浊酒一杯，弹琴一曲"；刘伶"止则操卮执瓢，动则挈榼提壶"，一生中无思无虑其乐陶陶。这又是一种颇不寻常的方式。最彻底的超然的例子是《传灯录》所记载的："南泉和尚问陆亘曰：'大夫十二时中作么生？'陆云：'寸丝不挂！'""寸丝不挂"即是了无挂碍之谓，"原来无一物，何处染尘埃？"这境界高超极了，可以说是"以天地为一朝，万期为须臾"，根本不发生什么时间问题。

人，诚如波斯诗人莪谟伽耶玛所说，来不知从何处来，去不知向何处去，来时并非本愿，去时亦未征得同意，糊里糊涂的在世间逗留一段时间。在此期间内，我们是以心为形役呢？还是立德立功立言以求不朽呢？还是参究生死直超三界呢？这大主意需要自己拿。

谈 考 试

少年读书而要考试，中年做事而要谋生，老年悠闲而要衰病，这都是人生苦事。

考试已经是苦事，而大都是在炎热的夏天举行，苦上加苦。我清晨起身，常见三面邻家都开着灯弦歌不辍；我出门散步，河畔田埂上也常见有三三两两的孩子们手不释卷。这都是一些好学之士么？也不尽然。我想其中有很大一部分是在临阵磨枪。尝闻有"读书乐"之说，而在考试之前把若干知识填进脑壳的那一段苦修，怕没有什么乐趣可言。

其实考试只是一种测验的性质，和量身高体重的意思差不多，事前无需恐惧，临事更无需张皇。考的时候，把你知道的写出来，不知道的只好阙疑，如是而已。但是考试的后果太大了。万一名在孙山之外，那一份落第的滋味好生难受，其中有惭恧，有怨愤，有沮丧，有悔恨，见了人羞答答，而偏有人当面谈论这回事。这时节，人的笑脸都好像是含着讥讽，枝头鸟啭都好像是在嘲弄，很少人能不顿觉人生乏味。其后果犹不止于此，这可能是生活上一大关键，眼看着别人春风得意，自己从此走向下坡。考试的后果太重大，所以大家都把考试看得很认真。其实考试的成绩，老早的就由自己平时读书时所决定了。

　　人苦于不自知。有些人根本无需去受考试的煎熬，但存一种侥幸心理，希望时来运转，一试得售。上焉者临阵磨枪，苦苦准备，中焉者揣摩试题，从中取巧，下焉者关节舞弊，混水捞鱼。用心良苦而希望不大。现代考试方法相当公正，甚少侥幸可能。虽然也常闻有护航顶替之类的情形，究竟是少数的例外。如果自知仅有三五十斤的体重，根本就不必去攀到千斤大秤的钩子上去上吊。冒冒然去应试，只是凑热闹，劳民伤财，为别人做垫脚石而已。

　　对于身受考试之苦的人，我是很同情的。考试的项目多，时间久，一关一关的闯下来，身上的红血球不知要死去多少千万。从前科举考场里，听说还有人在夜里高喊："有恩的报恩，有怨的报怨！"那一股阴森恐怖的气氛是够怕人的。真有当场昏厥、疯狂、自杀的！现代的考场光明多了，不再是鬼影幢幢，可是考场如战场，还是够紧张的。我有一位同学，最怕考数学，一看题目纸，立刻脸上变色，浑身寒战，草草考完之后便佝偻着身子回到寝室去换裤子！其神经系统所受的打击是可以想象的！

　　受苦难的不只是考生。主持考试的人也是在受考验。先说命题，出这题目来难人，好像是最轻松不过，但亦不然。千目所视，千手所指，是不能掉以轻心的。我记得我的表弟在二十几年前投考一个北平的著名的医学院，国文题目是《卞壶不苟时好论》，全体交了白卷。考医学院的学生，谁又读过《晋书》呢？甚至可能还把"卞壶"读作"便壶"了呢。出题目的是谁，我不知道，他此后是否仍然心安理得的继续活下去，我亦不知道。大概出题目不能太僻，亦不能太泛。假使考留学生，作文题目是《我出国留学的计划》，固然人人都可以诌出一篇来，但很可能有人早预备好一篇成稿，这样便很难评分而不失公道。出题目而要恰如分际，不刁钻、不炫弄、不空泛、不含糊，实在很难。在考生挥汗应考之前，命题的先生早已汗流浃背好几次了。再说阅卷，那也可以说是一种灾难。真的，曾有人于接连十二天阅卷之后吐血而亡，这实在应该比照阵亡例议恤。阅卷百苦，尚有一乐，荒谬而可笑的试卷常常可以使人绝倒，四座传观，粲然皆笑，精神为之一振。我们不能不叹服，考生中真有富于想象力的奇才。最令人不愉快的卷子是字迹潦草的那一类，喻为涂鸦，还嫌太雅，简直是墨盒里的蜘蛛满纸爬！有人在宽宽的格子中写蝇头小字，也有人写一行字要占两行，有人全页涂抹，也有人曳白。像这种不规则的试卷，在饭前阅览，犹不过令人蹙眉，在饭后阅览，则不免令人恶心。

　　有人颇艳羡美国大学之不用入学考试。那种免试升学的办法是否适合我们的国情，是一个问题。据说考试是我们的国粹，我们中国人好像自古以来就是"考省不倦"的。考试而至于科举可谓登峰造极，三榜出身仍是唯一的正规的出路。至于今，考试仍为五权之一。考试在我们的生活当中已形成为不可少的一部分。英国的卡赖尔在他的《英雄与英雄崇拜》里曾特别指出，中国的考试制度，作为选拔人才的方法，实在太高明了。所谓政治学，其要义之一即是如何把优秀的分子选拔出来放在社会的上层。中国的考试方法，由他看来，是最聪明的方法。照例，外国人说我们的好话，听来特别顺耳，不妨引来自我陶醉一下。平心而论，考试就和选举一样，属于"必需的罪恶"一类，在想不出更好的办法之前，考试还是不可废的。我们现在所能做的，是如何改善考试的方法，要求其简化，要求其合理，不要令大家把考试看作为戕贼身心的酷刑！

　　听，考场上战鼓又响了，由远而近！

谈 友 谊

　　朋友居五伦之末，其实朋友是极重要的一伦。所谓友谊实即人与人之间的一种良好的关系，其中包括了解、欣赏、信任、容忍、牺牲……诸多美德。如果以友谊做基础，则其他的各种关系如父子、夫妇、兄弟之类均可圆满的建立起来。当然父子、兄弟是无可选择的永久关系，夫妇虽有选择余地，但一经结合便以不再仳离为原则，而朋友则是有聚有散可合可分的。不过，说穿了，父子、夫妇、兄弟都是朋友关系，不过形式性质稍有不同罢了。严格的讲，凡是充分具备一个好朋友的条件的人，他一定也是一个好父亲、好儿子、好丈夫、好妻子、好哥哥、好弟弟。反过来亦然。

　　我们的古圣先贤对于交友一端是甚为注重的。《论语》里面关于交友的话很多。在西方亦是如此。罗马的西塞罗有一篇著名的《论友谊》，法国的蒙田、英国的培根、美国的爱默生，都有论友谊的文章。我觉得近代的作家在这个题目上似乎不大肯费笔墨了。这是不是叔季之世友谊没落的征象呢？我不敢说。

　　古之所谓"刎颈交"，陈义过高，非常人所能企及。如Damon与Pythias、 David与Jonathan怕也只是传说中的美谈罢。就是把友谊的标准降低一些，真正能称得起朋友的还是很难得。试想一想，如有银钱经手的事，你信得过的朋友能有几人？在你蹭蹬失意或疾病患难之中还肯登门拜访乃至雪中送炭的朋友又有几人？你出门在外之际对于你的妻室弱媳肯加照顾而又不照顾得太多者又有几人？再退一步，平素投桃报李，莫逆于心，能维持长久于不坠者，又有几人？总角之交，如无特别利害关系以为维系，恐怕很难在若干年后不变成为路人。富兰克林说："有三个朋友是忠实可靠的——老妻、老狗与现款。"妙的是这三个朋友都不是朋友。倒是亚里士多德的一句话最干脆："我的朋友们啊！世界上根本没有朋友。"这些话近于愤世嫉俗，事实上世界里还是有朋友的，不过虽然无需打着灯笼去找，却是像沙里淘金而且还需要长时间的洗炼。一旦真铸成了友谊，便会金石同坚，永不退转。

大抵物以类聚，人以群分。臭味相投，方能永以为好。交朋友也讲究门当户对，纵不必像九品中正那么严格，也自然有个界线。"同学少年多不贱，五陵裘马自轻肥"，于"自轻肥"之余还能对着往日的旧游而不把眼睛移到眉毛上边去么？汉光武容许严子陵把他的大腿压在自己的肚子上，固然是雅量可风，但是严子陵之毅然决然的归隐于富春山，则尤为知趣。朱洪武写信给他的一位朋友说："朱元璋做了皇帝，朱元璋还是朱元璋……"话自管说得很漂亮，看看他后来之诛戮功臣，也就不免令人心悸。人的身心构造原是一样的，但是一入宦途，可能发生突变。孔子说："无友不如己者"，我想一来只是指品学而言，二来只是说不要结交比自己坏的，并没有说一定要我们去高攀。友谊需要两造，假如双方都想结交比自己好的，那便永远交不起来。

好像是王尔德说过，"一个男人与一个女人之间是不可能有友谊存在的"。就一般而论，这话是对的，因为男女之间如有深厚的友谊，那友谊容易变质，如果不是心心相印，那又算不得是友谊。过犹不及，那分际是难以把握的。忘年交倒是可能的。祢衡年未二十，孔融年已五十，便相交友，这样的例子史不绝书，但似乎是也以同性为限。并且以我所知，忘年交之形成固有赖于兴趣之相近与互相之器赏，但年长的一方面多少需要保持一点童心，年幼的一方面多少需要显着几分老成。老气横秋则令人望而生畏，轻薄儇佻则人且避之若浼。单身的人容易交朋友，因为他的情感无所寄托，漂泊流离之中最需要一个一倾积愫的对象，可是等到他有红袖添香、稚子候门的时候，心境便不同了。

"君子之交淡如水"，因为淡所以才能不腻，才能持久。"与朋友交，久而敬之"，敬也就是保持距离，也就是防止过分的亲昵。不过"狎而敬之"是很难的。最要注意的是，友谊不可透支，总要保留几分。Mark Twain说："神圣的友谊之情，其性质是如此的甜蜜、稳定、忠实、持久，可以终生不渝，如果不开口向你借钱。"这真是慨乎言之。朋友本有通财之谊，但这是何等微妙的一件事！世上最难忘的事是借出去的钱，一般认为最倒霉的事又莫过于还钱。一牵涉到钱，恩怨便很难清算得清楚，多少成长中的友谊都被这阿堵物所戕害！

规劝乃是朋友中间应有之义，但是谈何容易。名利场中，沆瀣一气，自己都难以明辨是非，哪有余力规劝别人？而在对方则又良药苦口忠言逆耳，谁又愿意让人批他的逆鳞？规劝不可当着第三者的面前行之，以免伤他的颜面，不可在他情绪不宁时行之，以免逢彼之怒。孔子说："忠告而善道之，不可则止。"我总以为劝善规过是友谊之消极的作用。友谊之乐是积极的。只有神仙与野兽才喜欢孤独，人是要朋友的。"假如一个人独自升天，看见宇宙的大观、群星的美丽，他并不能感到快乐，他必要找到一个人向他述说他所见的奇景，他才能快乐。"共享快乐，比共受患难，应该是更正常的友谊中的趣味。

学问与趣味

　　前辈的学者常以学问的趣味启迪后生，因为他们自己实在是得到了学问的趣味，故不惜现身说法，诱导后学，使他们在愉快的心情之下走进学问的大门。例如，梁任公先生就说过："我是个主张趣味主义的人，倘若用化学化分'梁启超'这件东西，把里头所含一种元素名叫'趣味'的抽出来，只怕所剩下的仅有个零了。"任公先生注重趣味，学问甚是淹博，而并不存有任何外在的动机，只是"无所为而为"，故能有他那样的成就。一个人在学问上果能感觉到趣味，有时真会像是着了魔一般，真能废寝忘食，真能不知老之将至，苦苦钻研，锲而不舍，在学问上焉能不有收获？不过我尝想，以任公先生而论，他后期的著述如《历史研究法》《先秦政治思想史》，以及有关墨子、佛学、陶渊明的作品，都可说是他的一点"趣味"在驱使着他；可是他在年轻的时候，从师受业，诵读典籍，那时节也全然是趣味么？作八股文，作试帖诗，莫非也是趣味么？我想未必。大概趣味云云，是指年长之后自动做学问之时而言，在年轻时候为学问打根底之际，恐怕不能过分重视趣味。学问没有根底，趣味也很难滋生。任公先生的学问之所以那样的博大精深、涉笔成趣、左右逢源，不能不说一大部分得力于他的学问根底之打得坚固。

　　我曾见许多年青的朋友，聪明用功，成绩优异，而语文程度不足以达意，甚至写一封信亦难得通顺，问其故，则曰其兴趣不在语文方面。又有一些位，执笔为文，斐然可诵，而视数理科目如仇雠，勉强才能及格，问其故，则亦曰其兴趣不在数理方面，而且他们觉得某些科目没有趣味，便撇在一边视如敝屣怡然自得，振振有词，略无愧色，好像这就是发扬趣味主义。殊不知天下没有没有趣味的学问，端视吾人如何发掘其趣味。如果在良师指导之下按部就班的循序而进，一步一步的发现新天地，当然乐在其中；如果浅尝辄止，甚至躐等躁进，当然味同嚼蜡，自讨没趣。一个有中上天资的人，对于普通的基本的文理科目，都同样的有学习的能力，绝不会本能的长于此而拙于彼。只有懒惰与任性，才能使一个人自甘暴弃的在"趣味"的掩护之下败退。

　　由小学到中学，所修习的无非是一些普通的基本知识。就是大学四年，所授课业也还是相当粗浅的学识。世人常称大学为"最高学府"，这名称易滋误解，好像过此以上即无学问可言。大学的研究所才是初步研究学问的所在，在这里做学问也只能算是粗涉藩篱，注重的是研究学问的方法与实习。学无止境，一生的时间都嫌太短，所以古人皓首穷经，头发白了还是在继续研究，不过在这样的研究中确是有浓厚的趣味。

　　在初学的阶段，由小学至大学，我们与其倡言趣味，不如偏重纪律。一个合理编列的课程表，犹如一个营养均衡的食谱，里面各个项目都是有益而必需的，不可偏废，不可再有选择。所谓选修科目也只是在某一项目范围内略有拣选余地而已。一个受过良好教育的人，犹如一个科班出身的戏剧演员，在坐科的时候他是要服从严格纪律的，唱工、做工、武把子都要认真学习，各种角色的戏都要完全谙通，学成之后才能各按其趣味而单独发展其所长。学问要有根底，根底要打得平正坚实，以后永远受用。初学阶段的科目之最重要的莫过于语文与数学。语文是阅读达意的工具，国文不通便很难表达自己，外国文不通便很难吸取外来的新知。数学是思想条理之最好的训练。其他科目也各有各的用处，其重要性很难强分轩轾。例如体育，从另一方面看也是重要得无以复加。总之，我们在求学时代，应该暂且把趣味放在一边，耐着性子接受教育的纪律，把自己锻炼成为坚实的材料。学问的趣味，留在将来慢慢享受一点也不迟。

说　　俭

　　俭是我们中国的一项传统的美德。老子说他有三宝，其中之一就是"俭"，"俭故能广"。《易·否》："君子以俭德辟难。"《书·太甲上》："慎乃俭德，唯怀永图。"《墨子·辞过》："俭节则昌，淫逸则亡。"都是说俭才能使人有远大的前途、长久的打算、安稳的生活。古训昭然，不需辞费。读书人尤其喜欢以俭约自持，纵然显达，亦不欲稍涉骄溢。极端的例如正考父为上卿，饘粥以糊口，公孙宏位在三公，犹为布被，历史上都传为美谈。大概读书知礼之人，富在内心，应不以处境不同而改易其操守。佛家说法，七情六欲都要斩尽杀绝，俭更不成其为问题。所以，无论从哪一种伦理学说来看，俭都是极重要的一宗美德，所谓"俭，德之共也"就是这个意思。不过，理想自理想，事实自事实，侈靡之风亦不自今日始。一千年前的司马温公在他著名的《训俭示康》一文里，对于当时的风俗奢侈即已深致不满。"走卒类士服，农夫蹑丝履"，他认为是怪事。士大夫随俗而靡，他更认为可异。可见美德自美德，能实践的人大概不多。也许正因为风俗奢侈，所以这一项美德才有不时的标出的必要。

　　在西洋，情形好像是稍有不同。柏拉图的"共和国"，列举"四大美德"（Cardinal Virtues），而俭不在其内。后来罗马天主教会补列三大美德，俭亦不包括在内。当然基督教主张生活节约，这是众所熟知的。有人问Thomas à Kempis《效法基督》的作者）："你是过来人，请问和平在什么地方？"他回答说："在贫穷，在退隐，在与上帝同在。"不过这只是为修道之士说法，其境界不是一般人所能企及的。西洋哲学的主要领域是它的形而上学部分，伦理学不是主要部分，这是和我们中国传统迥异其趣的。所以在西洋，俭的观念一向是很淡薄的。

西洋近代工业发达，人民生活水准亦因之而普遍提高。物质享受方面，以美国为最。美国是个年轻的国家，得天独厚，地大物博，人口稀少，秉承了欧洲近代文明的背景，而又特富开拓创造的精神，所以人民生活特别富饶，根本没有"饥荒心理"存在。美国人只要勤，并不要俭。有一分勤劳，即有一分收获；有一分收获，即有一分享受。美国的《独立宣言》明白道出其立国的目标之一是"追求幸福"，物质方面的享受当然是人生幸福中的一部分。"一箪食，一瓢饮"，在我们看是君子安贫乐道的表现，在美国人看是落伍的理想，至少是中古的禁欲派的行径。美国人不但要尽量享受，而且要尽量设法提前享受，分期付款制度的畅行，几乎使得人人经常的负上债务。

奢与俭本无明确界限，在某一时某一地并无亏于俭德之事，在另一时另一地即可构成奢侈行为。我们中国地大而物不博，人多而生产少，生活方式仍宜力持俭约。像美国人那样的生活方式，固可羡慕，但是不可立即模仿。英国讽刺文学家Swift说："砍掉双足，可以省去买鞋的麻烦。"我们盱衡国情，宁愿"削足适履"。现在国难方殷，我们处在戒严地区，上上下下更应该重视传统的俭德了。

谈　礼

礼不是一件可怕的东西，不会"吃人"。礼只是人的行为的规范。人人如果都自由行动，社会上的秩序必定要大乱。法律是维持秩序的一套方法，但是关于法律的力量不及的地方，为了使人能更像是一个人，使人的生活更像是人的生活，礼便应运而生。礼是一套法则，可能有官方制定的成分在内，亦可能有世代沿袭的成分在内，在基本精神上还是约定俗成的性质，行之既久，便成为大家公认共守的一套规则。一套礼法也不是一成不变的，事实上是随时在变，不过可能变得很慢，可能赶不上时代环境之变迁得那样快，因此至少在形式上可能有一部分变成不合时宜的东西。礼，除非是太不合理，总是比没有礼好。这道理有一点像"坏政府胜于无政府"。有些人以为礼是陈腐的有害的东西，这看法是不对的。

我们中国是礼仪之邦，一向是重礼法的。见于书本的古代的祭礼、丧礼、婚礼、上相见礼等等，那是一套。事实上社会上流行的又是一套。现行的一套即是古礼之逐渐的个别的修正，虽然各地情形不同，大体上尚有规模存在，等到中西文化接触之后便比较有紊乱的现象了。紊乱尽管紊乱，礼还是有的，制礼定乐之事也许不是当前急务，事实上吾人之生活中未曾一日无礼的活动。问题是我们是否认真的严肃的遵循着礼。孔门哲学以"克己复礼"为做人的大道理，意即为吾人行事应处处约束自己，使合于礼的规范。怎样才是非礼勿视、非礼勿言、非礼勿动，那是值得我们随时思考警惕的。读书人应该知道礼，但是有些人偏不讲礼，即所谓名士。六朝时这种名士最多，《世说新语》载阮籍的一句话最有趣："礼岂为我辈设也？"好像礼是专为俗人而设。又载这样的一段：

　　阮步兵丧母，裴令公往吊之。阮方醉，散发坐床，箕踞不哭。裴至，下席于地，哭唁毕，便去。或问裴曰："凡吊，主人哭，客乃为礼。阮既不哭，何为哭？"裴曰："阮方外之人，故不崇礼制。我辈俗中人，故以仪轨自居。"

时人叹为两得其中。

　　没有阮籍之才的人，还是以仪轨自居为宜。像阮步兵之流，我们可以欣赏，不可以模仿。

　　中西礼节不同。大部分在基本原则上并无二致，小部分因各有传统亦不必强同。以中国人而用西方的礼，有时候觉得颇不合适，如必欲行西方之礼，则应知其全部底蕴，不可徒效其皮毛，而乱加使用。例如，握手乃西方之礼，但后生小子在长辈面前不可首先遽然伸手，因为长幼尊卑之序终不可废，中西一理。再例如，祭祖先是我们家庭传统所不可或缺的礼，其间绝无迷信或偶像崇拜之可言，只是表示"慎终追远"的意思，亦合于我国所谓之孝道，虽然是西礼之所无，然义不可废。我个人觉得，凡是我国之传统，无论其具有何种意义，苟非荒谬残酷，均应不轻予废置。再例如，电话礼貌，在西方甚为重视，访客之礼、探病之礼，均有不成文之法则，吾人亦均应妥为仿行，不可忽视。

礼是形式，但形式背后有重大的意义。

听　戏

　　听戏，不是看戏。从前在北平，大家都说听戏，不大说看戏。这一字之差，关系甚大。我们的旧戏究竟是以歌唱为主，所谓载歌载舞，那舞实在是比较的没有什么可看的。我从小就喜欢听戏，常看见有人坐在戏园子的边厢下面，靠着柱子，闭着眼睛，凝神危坐，微微的摇晃着脑袋，手在轻轻的敲着板眼，聚精会神的欣赏那台上的歌唱。遇到一声韵味十足的唱，便像是搔着了痒处一般，从丹田里吼出一声"好！"若是发现唱出了错，便毫不容情的来一声倒好。这是真正的听众，是他来维系戏剧的水准于不坠。当然，他的眼睛也不是老闭着，有时也要睁开的。

　　生长在北平的人几乎没有不爱听戏的。我自然亦非例外。我起初是很怕戏园子的，里面人太多太挤，座位太不舒服。记得清清楚楚，文明茶园是我常去的地方，全是窄窄的条凳、窄窄的条桌，而并不面对舞台，要看台上的动作便要扭转脖子扭转腰。尤其是在夏天，大家都打赤膊，而我从小就没有光脊梁的习惯，觉得大庭广众之中赤身露体怪难为情，而你一经落座就有热心招待的茶房前来接衣服，给一个半劈的木牌子。这时节，你环顾四周，全是一扇一扇的肉屏风，不由你不随着大家而肉袒。前后左右都是肉，白皙皙的、黄澄澄的、黑黝黝的，置身其间如入肉林。（那时候戏园里的客人全是男性，没有女性。）这虽颇富肉感，但决不能给人以愉快。戏一演便是四五个钟头，中间如果想要如厕，需要在肉林中挤出一条出路，挤出之后那条路便翁然而阖，回来时需要重新另挤出一条进路。所以常视如厕如畏途，其实不是畏途，只有畏，没有途。

对戏园的环境并无需作太多的抱怨。任何样的环境，在当时当地，必有其存在的理由。戏园本称茶园，原是喝茶聊天的地方，台上的戏原是附带着的娱乐节目。乱哄哄的高谈阔论是未可厚非的。那原是三教九流呼朋唤友消遣娱乐之所在。孩子们到了戏园可以足吃，花生、瓜子不必论，冰糖葫芦、酸梅汤、油糕、奶酪、豌豆黄……应有尽有。成年人的嘴也不闲着，条桌上摆着干鲜水果、蒸食点心之类。卖吃食的小贩大声吆喝，穿梭似的挤来挤去，又受欢迎又讨厌。打热毛巾的茶房从一个角落把一卷手巾掷到另一角落，我还没有看见过失手打了人家的头。特别爱好戏的一位朋友曾经表示，这是戏外之戏，那洒了花露水的手巾尽管是传染病的最有效的媒介，也还是不可或缺。

在这样的环境里听戏，岂不太苦？苦自管苦，却也乐在其中。放肆是我们中国固有的品德之一。在戏园里人人可以自由行动，吃，喝，谈话，吼叫，吸烟，吐痰，小儿哭啼，打喷嚏，打呵欠，揩脸，打赤膊，小规模的拌嘴、吵架、争座位，一概没有人干涉。在哪里可以找到这样安全的放肆的机会？看外国戏院观众之穿起大礼服肃静无哗，那简直是活受罪！我小时候进戏园，深感那是另一个世界，对于戏当然听不懂，只能欣赏丑戏武戏，打出手，递家伙，尤觉有趣。记得我最喜欢的是九阵风的戏如《百草山》《泗州城》之类，于是我也买了刀枪之类在家里和我哥哥大打出手，有一两招也居然练得不错。从三四张桌子上硬往下撺壳子的把戏，倒是没敢尝试。有一次模拟打棍出箱，范仲禹把鞋一甩落在头上的情景，我哥哥一时不慎，把一只大毛窝斜刺里踢在上房的玻璃上，哗啦一声，除了招致家里应有的责罚之外，还惊醒了我的萌芽中的戏瘾戏迷。后来年纪稍长，又复常常涉足戏园，正赶上一批优秀的演员在台上献技，如陈德琳、刘鸿升、龚云甫、德裙如，裘桂仙、梅兰芳、杨小楼、王长林、王凤卿、王瑶卿、余叔岩等等，我渐渐能欣赏唱戏的韵味了，觉得在那乱糟糟的环境之中熬上几个小时还是值得一付的代价，只要能听到一两段韵味十足的歌唱，便觉得那抑扬顿挫使人如醉如迷，使全身血液的流行都为之舒畅匀称。研究西洋音乐的朋友也许要说这是低级趣味。我没有话可以抗辩，我只能承认这就是我们人民的趣味，而且大家都很安于这种趣味。这样乱糟糟的环境，必须有相当良好的表演艺术才能控制住听众的注意力。前几出戏都照例的是无足观，等到好戏上场，名角一露面，场里立刻鸦雀无声，不知趣的"酪来酷"声会被嘘的。受半天罪，能听到一段回肠荡气的唱儿，就很值得。"余音绕梁，三口不绝"，确是真有那种感觉。

后来，不知怎么，老伶工一个个的凋谢了，换上来的是一批较年轻的角色，这时候有人喊要改良戏剧，好像艺术是可以改良似的。我只知道一种艺术形式过了若干年便老了，衰了，死了，另外滋生一个新芽，却没料到一种艺术于成熟衰老之后还可以改良。首先改良的是开放女禁，这并没有可反对的，可是一有女客之后，戏默面的涉有猥亵的地方便大大删除了，在某种配义上有人认为这好像是个损失。台面改变了，由凸出的三面的立体式的台变成了画框式的台了，新剧本出现了，新腔也编出来了，新的服装道具一齐来了。有一次看尚小云演天河配这位高头大马的演员穿着紧贴身的粉红色的内衣裤作裸体沐浴状，观众乐得直拍手，我说："完了，完了，观众也变了！"有什么样的观众就有什么样的戏。听戏的少了，看热闹的多了。

　　我很早就离开北平，与戏也就疏远了，但小时候还听过好戏，一提起老生心里就泛起余叔岩的影子，武生是杨小楼，老旦是龚云甫，青衣是王瑶卿、梅兰芳，小生是德珺如，刀马旦是九阵风，丑是王长林……有这种标准横亘在心里，便容易兴起"除却巫山不是云"之感。我常想，我们中国的戏剧就像毛笔字一样，提倡者自提倡，大势所趋，怕很难挽回昔日的光荣。时势异也！

放 风 筝

偶见街上小儿放风筝，拖着一根棉线满街跑，嬉戏为欢，状乃至乐。那所谓风筝，不过是竹篾架上糊一点纸，一尺见方，顶多底下缀着一些纸穗，其结果往往是绕挂在街旁的电线上。

常因此想起我小时候在北平放风筝的情形。我对放风筝有特殊的癖好，从孩提时起直到三四十岁，遇有机会从没有放弃过这一有趣的游戏。在北平，放风筝有一定的季节，大约总是在新年过后开春的时候为宜。这时节，风劲而稳。严冬时风很大，过于凶猛，春季过后则风又嫌微弱了。开春的时候，蔚蓝的天，风不断的吹，最好放风筝。

北平的风筝最考究。这是因为北平的有闲阶级的人多，如八旗子弟，凡属耳目声色之娱的事物都特别发展。我家住在东城，东四南大街，在内务部街与史家胡同之间有一个二郎庙，庙旁边有一爿风筝铺，铺主姓于，人称"风筝于"。他做的风筝在城里颇有小名。我家离他近，买风筝特别方便。他做的风筝，种类繁多，如肥沙雁、瘦沙雁、龙井鱼、蝴蝶、蜻蜓、鲇鱼、灯笼、白菜、蜈蚣、美人儿、八卦、蛤蟆以及其他形形色色。鱼的眼睛是活动的，放起来滴溜溜的转，尾巴拖得很长，临风波动。蝴蝶蜻蜓的翅膀也有软的，波动起来也很好看。风筝的架子是竹制的，上面绷起高丽纸面，讲究的要用绢绸，绘制很是精致，彩色缤纷。风筝于的出品，最精彩是"提线"拴得角度准确，放起来不"折筋斗"，平平稳稳。风筝小者三尺，大者一丈以上，通常在家里玩玩由三尺到七尺就很够。新年厂甸开放，风筝摊贩也很多，品质也还可以。

放风筝的线，小风筝用棉线即可，三尺以上就要用棉线数绺捻成的"小线"。小线也有粗细之分，视需要而定。考究的要用"老弦"：取其坚牢，而且分量较轻，放起来可以扭成直线，不似小线之动辄出一圆兜。线通常绕在竹制的可旋转的"线桃子"上。讲究的是硬木制的线桃子，旋转起来特别灵活迅速。用食指打一下，桃子即转十几转，自然的把线绕上去了。

有人放风筝，尤其是较大的风筝，常到城根或其他空旷的地方去，因为那里风大，一抖就起来了。尤其是那一种特制的巨型风筝，名为"拍子"，长方形的，方方正正没有一点花样，最大的没有超过九尺。北平的住宅都有个院子，放风筝时先测定风向，要有人带起一根大竹竿，竿顶置有铁叉头或铜叉头（即挂画所用的那种叉子），把风筝挑起，高高举起到房檐之上，等着风一来，一抖，风筝就飞上天去，竹竿就可以撤了，有时候风不够大，举竹竿的人还要爬上房去踞坐在房脊上面。有时候，费了不少手脚，而风姨不至，只好废然作罢，不过这种扫兴的机会并不太多。

风筝和飞机一样，在起飞的时候和着陆的时候最易失事。电线和树都是最碍事的，须善为躲避。风筝一上天，就没有事，有时候进入罡风境界，直不需用手牵着，大可以把线拴在屋柱上面，自己进屋休息，甚至拴一夜，明天再去收回。春寒料峭，在院子里久了会冻得涕泗交流，线弦有时也会把手指勒得青疼，甚至出血，是需要到屋里去休息取暖的。

　　风筝之"筝"字，原是一种乐器，似瑟而十三弦。所以顾名思义，风筝也是要有声响的。《询刍录》云："五代李邺于宫中作纸鸢，引线乘风为戏，后于鸢首，以竹为笛，使风入竹，声如筝鸣。"这记载是对的。不过我们在北平所放的风筝，倒不是"以竹为笛"，带响的风筝是两种，一种是带锣鼓的，一种是带弦弓的，二者兼备的当然也不是没有。所谓锣鼓，即是利用风车的原理捶打纸制的小鼓，清脆可听。弦弓的声音比较更为悦耳。有高骈《风筝》诗为证：

　　　　夜静弦声响碧空，宫商信任往来风。
　　　　依稀似曲才堪听，又被风吹别调中。

　　我以为放风筝是一件颇有情趣的事。人生在世上，局促在一个小圈圈里，大概没有不想偶然远走高飞一下的。出门旅行，游山逛水，是一个办法，然亦不可常得。放风筝时，手牵着一根线，看风筝冉冉上升，然后停在高空，这时节仿佛自己也跟着风筝飞起了，俯瞰尘寰，怡然自得。我想这也许是自己想飞而不可得，一种变相的自我满足罢。春天的午后，看着天空飘着别人家放起的风筝，虽然也觉得很好玩，究不若自己手里牵着线的较为亲切，那风筝就好像是载着自己的一片心情上了天。真是的，在把风筝收回来的时候，心里泛起一种异样的感觉，好像是游罢归来，虽然不是扫兴，至少也是尽兴之后的那种疲惫状态，懒洋洋的，无话可说，从天上又回到了人间，从天上翱翔又回到匍匐地上。

　　放风筝还可以"送幡"（俗呼为"送饭儿"）。用铁丝圈套在风筝线上，圈上附一长纸条，在放线的时候铁丝圈和长纸条便被风吹着慢慢的滑上天去，纸幡在天空飞荡，直到抵达风筝脚下为止。在夜间还可以把一盏一盏的小红灯笼送上去，黑暗中不见风筝，只见红灯朵朵在天上游来游去。

　　放风筝有时也需要一点点技巧。最重要的是在放线松弛之间要控制得宜。风太劲，风筝陡然向高处跃起，左右摇晃，把线拉得绷紧，这时节一不小心风筝便会倒栽下去。栽下去不要慌，赶快把线一松，它立刻又会浮起，有时候风筝已落到视线所不能及的地方，依然可以把它挽救起来，凡事不宜操之过急，放松一步，往往可以化险为夷，放风筝亦一例也。技术差的人，看见风筝要栽筋斗，便急忙往回收，适足以加强其危险性，以至于不可收拾。风筝落在树梢上也不要紧，这时节也要把线放松，乘风势轻轻一扯便会升起，性急的人用力拉，便愈纠缠不清，直到把风筝扯碎为止。在风力弱的时候，风筝自然要下降，线成兜形，便要频频扯抖，尽量放线，然后再及时收回，一松一紧，风筝可以维持于不坠。

　　好斗是人的一种本能。放风筝时也可表现出战斗精神。发现邻近有风筝飘起，如果位置方向适宜，便可向它斗争。法子是设法把自己的风筝放在对方的线兜之下，然后猛然收线，风筝陡的直线上升，势必与对方的线兜交缠在一起，两只风筝都摇摇欲坠，双方都急于向回扯线，这时候就要看谁的线粗，谁的手快，谁的地势优了。优胜的一方面可以扯回自己的风筝，外加一只俘虏，可能还有一段的线。我在一季之中，时常可以俘获四五只风筝。把俘获的风筝放起，心里特别高兴，好像是在炫耀自己的胜利品，可是有时候战斗失利，自己的风筝被俘，过一两天看着自己的风筝在天空飘荡，那便又是一种滋味了。这种斗争并无伤于睦邻之道，这是一种游戏，不发生侵犯领空的问题，并且风筝也只好玩一季，没有人肯玩隔年的风筝。迷信说隔年的风筝不吉利，这也许是卖风筝的人造的谣言。

北平的街道

　　"无风三尺土，有雨一街泥"，这是北平街道的写照。也有人说，下雨时像大墨盒，刮风时像大香炉，亦形容尽致。像这样的地方，还值得去想念么？不知道为什么，我时常忆起北平街道的景象。

　　北平苦旱，街道又修得不够好，大风一起，迎面而来，又黑又黄的尘土兜头洒下，顺着脖梗子往下灌，牙缝里会积存沙土，喀吱喀吱的响，有时候还夹杂着小碎石子，打在脸上挺痛，迷眼睛更是常事，这滋味不好受。下雨的时候，大街上有时候积水没膝，有一回洋车打天秤，曾经淹死过人，小胡同里到处是大泥塘，走路得靠墙，还要留心泥水溅个满脸花。我小时候每天穿行大街小巷上学下学，深以为苦，长辈告诫我说，不可抱怨，从前的道路不是这样子，甬路高与檐齐，上面是深刻的车辙，那才令人视为畏途。这样退一步想，当然痛快一些。事实上，我也赶上了一部分的当年交通困难的盛况。我小时候坐轿车出前门是一桩盛事，走到棋盘街，照例是"插车"，壅塞难行，前呼后骂，等得心焦，常常要一小时以上才有松动的现象。最难堪的是这一带路上铺厚石板，年久磨损露出很宽很深的缝隙，真是豁牙露齿，骡车马车行走其间，车轮陷入缝隙，左一歪右一倒，就在这一步一倒之际脑袋上会碰出核桃大的包左右各一个。这种情形后来改良了，前门城洞由一个变四个，路也拓宽，石板也取消了，更不知是什么人作一大发明，"靠左边走"。

北平城是方方正正的坐北朝南，除了为象征"天塌西北地陷东南"缺了两个角之外没有什么不规则形状，因此街道也就显着横平竖直四平八稳。东四西四东单西单，四个牌楼把据四个中心点，巷弄栉比鳞次，历历可数。到了北平不容易迷途者以此。从前皇城未拆，从东城到西城需要绕过后门，现在打通了一条大路，经北海团城而金鳌玉𬟽，雕栏玉砌，风景如画，是北平城里最漂亮的道路。向晚驱车过桥，左右目不暇给。城外还有一条极有风致的路，便是由西直门通到海淀的那条马路，夹路是高可数丈的垂杨柳，一棵挨着一棵，夏秋之季，蝉鸣不已，柳丝飘拂，夕阳西下，景色幽绝。我小时读书清华园，每星期往返这条道上，前后八年，有时骑驴，有时乘车，这条路给我的印象太深了。

北平街道的名字，大部分都有风趣，宽的叫"宽街"，窄的叫"夹道"，斜的叫"斜街"，短的有"一尺大街"，方的有"棋盘街"，曲折的有"八道湾""九道湾"，新辟的叫"新开路"，狭隘的叫"小街子"，低下的叫"下洼子"，细长的叫"豆芽菜胡同"。有许多因历史沿革的关系意义已经失去，例如，"琉璃厂"已不再烧琉璃瓦而变成书业集中地，"肉市"已不卖肉，"米市胡同"已不卖米，"煤市街"已不卖煤，"鹁鸽市"已无鹁鸽，"缸瓦厂"已无缸瓦，"米粮库"已无粮库。更有些路名称稍嫌俚俗，其实俚俗也有俚俗的风味，不知哪位缙绅大人自命风雅，擅自改为雅驯一些的名字，例如，"豆腐巷"改为"多福巷"，"小脚胡同"改为"晓教胡同"，"劈柴胡同"
改为"辟才胡同"，"羊尾巴胡同"改为"羊宜宾胡同"，"裤
子胡同"改为"库资胡同"，"眼乐胡同"改为"演乐胡同"，
"王寡妇斜街"改为"王广福斜街"。民初警察厅有一位刘勃安
先生，写得一手好魏碑，搪瓷制的大街小巷的名牌全是此君之手
笔。幸而北平尚没有纪念富商显要以人名为路名的那种作风。北
平，不比十里洋场，人民的心理比较保守，沾染的洋习较少较
慢。东交民巷是特殊区域，里面的马路特别平，里面的路灯特别
亮，里面的楼房特别高，里面打扫得特别干净，但是望洋兴叹与
鬼为邻的北平人却能视若无睹，见怪不怪。北平人并不对这一块
自感优越的地方投以艳羡眼光，只有二毛子准洋鬼子才直眉瞪眼
的往里面钻。地道的北平人，提着笼子架着鸟，宁可到城根儿去
溜达，也不肯轻易踱进那一块瞧着令人生气的地方。

　　北平没有逛街之一说。一般说来，街上没有什么可逛的。一
般的铺子没有窗橱，因为殷实的商家都讲究"良贾深藏若虚"，
好东西不能摆在外面，而且买东西都讲究到一定的地方去，用不
着在街上浪荡。要散步么，到公园北海太庙景山去。如果在路上闲
逛，当心车撞，当心泥塘，当心踩一脚屎！要消磨时间么，上下
三六九等，各有去处，在街上溜馊腿最不是办法。当然，北平也有
北平的市景，闲来无事偶然到街头看看，热闹之中带着悠闲也满有
趣。有购书癖的人，到了琉璃厂，从厂东门到厂西门可以消磨整个
半天，单是那些匾额招牌就够欣赏许久，一家书铺挨着一家书铺，
掌柜的肃客进入后柜，翻看各种图书版本，那真是一种享受。

　　北平的市容，在进步，也在退步。进步的是物质建设，诸如
马路、行人道的拓宽与铺平，退步的是北平特有的情调与气氛逐
渐消失褪色了。天下一切事物没有不变的，北平岂能例外？

记梁任公先生的一次演讲

　　梁任公先生晚年不谈政治，专心学术。大约在一九二一年左右，清华学校请他作第一次的演讲，题目是《中国韵文里表现的情感》。我很幸运的有机会听到这一篇动人的演讲。那时候的青年学子，对梁任公先生怀着无限的景仰，倒不是因为他戊戌政变的主角，也不是因为他是云南起义的策划者，实在是因为他的学术文章对于青年确有启迪领导的作用。过去也有不少显宦以及叱咤风云的人物莅校讲话，但是他们没有能留下深刻的印象。

　　任公先生的这一篇讲演稿，后来收在《饮冰室文集》里。他的讲演是预先写好的，整整齐齐的写在宽大的宣纸制的稿纸上面，他的书法很是秀丽，用浓墨写在宣纸上，十分美观。但是读他这篇文章和听他这篇讲演，那趣味相差很多，犹之读剧本与看戏之迥乎不同。

　　我记得清清楚楚，在一个风和日丽的下午，高等科楼上大教堂里坐满了听众，随后走进了一位短小精悍秃头顶宽下巴的人物，穿祷肥大的长袍，步履稳健，风神潇洒，左右顾盼，光芒四射，这就是梁任公先生。

　　他走上讲台，打开他的讲稿，眼光向下面一扫，然后是他的极简短的开场白，一共只有两句，头一句是："启超没有什么学问——"眼睛向上一翻，轻轻点一下头："可是也有一点喽！"这样谦逊同时又这样自负的话是很难得听到的。他的广东官话是很够标准的，距离国语甚远，但是他的声音沉着而有力，有时又是洪亮而激亢，所以我们还是能听懂他的每一字，我们甚至想，如果他说标准国语，其效果可能反要差一些。我记得他开头讲一首古诗《箜篌引》：

> 公无渡河，公竟渡河！
> 渡河而死，其奈公何！

这四句十六字，经他一朗诵，再经他一解释，活画出一出悲剧，其中有起承转合，有情节，有背景，有人物，有情感。我在听先生这篇讲演后约二十余年，偶然获得机缘在茅津渡候船渡河，但见黄沙弥漫，黄流滚滚，景象苍茫，不禁哀从衷来，顿时忆起先生讲的这首古诗。

先生博闻强记，在笔写的讲稿之外，随时引证许多作品，大部分他都能背诵得出。有时候，他背诵到酣畅处，忽然记不起下文，他便用手指敲打他的秃头，敲几下之后，记忆力便又畅通，成本大套的背诵下去了。他敲头的时候，我们屏息以待，他记起来的时候，我们也跟着他欢喜。

先生的讲演，到紧张处，便成为表演。他真是手之舞之足之蹈之，有时掩面，有时顿足，有时狂笑，有时叹息。听他讲到他最喜爱的《桃花扇》，讲到"高皇帝，在九天，不管……"那一段，他悲从衷来，竟痛哭流涕而不能自已。他掏出手巾拭泪，听讲的人不知有几多也泪下沾巾了！又听他讲杜氏讲到"剑外忽传收蓟北，初闻涕泪满衣裳……"，先生又真是于涕泗交流之中张口大笑了。

这一篇讲演分三次讲完，每次讲过，先生大汗淋漓，状极愉快。听过这讲演的人，除了当时所受的感动之外，不少人从此对于中国文学发生了强烈的爱好。先生尝自谓"笔锋常带情感"，其实先生在言谈讲演之中所带的情感不知要更强烈多少倍！

有学问、有文采、有热心肠的学者，求之当世能有几人？于是我想起了从前的一段经历，笔而记之。

我的一位国文老师

　　我在十八九岁的时候，遇见一位国文先生，他给我的印象最深，使我受益也最多，我至今不能忘记他。

　　先生姓徐，名镜澄，我们给他取的绰号是"徐老虎"，因为他凶。他的相貌很古怪，他的脑袋的轮廓是有棱有角的，很容易成为漫画的对象。头很尖，秃秃的，亮亮的，脸型却是方方的，扁扁的，有些像《聊斋志异》绘图中的夜叉的模样。他的鼻子、眼睛、嘴好像是过分的集中在脸上很小的一块区域里。他戴一副墨晶眼镜，银丝小镜框，这两块黑色便成了他脸上最显著的特征。我常给他漫画，勾一个轮廓，中间点上两块椭圆形的黑块，便惟妙惟肖。他的身材高大，但是两肩总是耸得高高；鼻尖有一些红，像酒糟的，鼻孔里常川的藏着两筒清水鼻涕，不时的吸溜着，说一两句话就要用力的吸溜一声，有板有眼有节奏，也有时忘了吸溜，走了板眼，上唇上便亮晶晶的吊出两根玉箸，他用手背一抹。他常穿的是一件灰布长袍，好像是在给谁穿孝，袍子在整洁的阶段时我没有赶得上看见，余生也晚，我看见那袍子的时候即已油渍斑烂。他经常是仰着头，迈着八字步，两眼望青天，嘴撇得瓢儿似的。我很难得看见他笑，如果笑起来，是狞笑，样子更凶。

我的学校很特殊的。上午的课全是用英语讲授，下午的课全是国语讲授。上午的课很严，三日一问，五日一考，不用功便要被淘汰，下午的课稀松，成绩与毕业无关。所以每到下午上国文之类的课程，学生们便不踊跃，课堂上常是稀稀拉拉的不大上座，但教员用拿毛笔的姿势举着铅笔点名的时候，学生却个个都到了，因为一个学生不只答一声到。真到了的学生，一部分从事午睡，微发鼾声，一部分看小说如《官场现形记》《玉梨魂》之类，一部分写"父母亲大人膝下"式的家书，一部分干脆瞪着大眼发呆，神游八表。有时候逗先生开顽笑。国文先生呢，大部分都是年高有德的，不是榜眼，就是探花，再不就是举人。他们授课也不过是奉行故事，乐得敷敷衍衍。在这种糟糕的情形之下，徐老先生之所以凶，老是绷着脸，老是开口就骂人，我想大概是由于正当防卫吧。

有一天，先生大概是多喝了两盅，摇摇摆摆的进了课堂。这一堂是作文，他老先生拿起粉笔在黑板上写了两个字，题目尚未写完，当然照例要吸溜一下鼻涕。就在这吸溜之际，一位性急的同学发问了："这题目怎样讲呀？"老先生转过身来，冷笑两声，勃然大怒："题目还没有写完，写完了当然还要讲，没写完你为什么就要问？……"滔滔不绝的吼叫起来，大家都为之愕然。这时候我可按捺不住了。我一向是个上午捣乱下午安分的学生，我觉得现在受了无理的侮辱，我便挺身份辩了几句。这一下我可惹了祸，老先生把他的怒火都泼在我的头上了。他在讲台上来回踱着，吸溜一下鼻涕，骂我一句，足足骂了我一个钟头，其中警句甚多，我至今还记得这样的一句：

"×××！你是什么东西？我一眼把你望到底！"这一句颇

为同学们所传诵。谁和我有点争论遇到纠缠不清的时候，都会引用这一句"你是什么东西？我把你一眼望到底！"当时我看形势不妙，也就没有再多说，让下课铃结束了先生的怒骂。

但是从这一次起，徐先生算是认识我了。酒醒之后，他给我批改作文特别详尽。批改之不足，还特别的当面加以解释。我这一个"一眼望到底"的学生，居然成为一个受益最多的学生了。

徐先生自己选辑教材，有古文，有白话，油印分发给大家。《林琴南致蔡孑民书》是他讲得最为眉飞色舞的一篇。此外如吴敬恒的《上下古今谈》、梁启超的《欧游心影录》，以及张东荪的《时事新报》社论，他也选了不少。这样新旧兼收的教材，在当时还是很难得的开通的榜样。我对于国文的兴趣因此而提高了不少。徐先生讲国文之前，先要介绍作者，而且介绍得很亲切，例如他讲张东荪的文字时，便说："张东荪这个人，我倒和他一桌吃过饭……"这样的话是相当的可以使学生们吃惊的。吃惊的是，我们的国文先生也许不是一个平凡的人吧，否则怎样会能够和张东荪一桌上吃过饭！

徐先生于介绍作者之后，朗诵全文一遍。这一遍朗诵可很有意思。他打着江北的官腔，咬牙切齿的大声读一遍，不论是古文或白话，一字不苟的吟咏一番，好像是演员在背台词，他把文字里的蕴藏着的意义好像都给宣泄出来了。他念得有腔有调，有板有眼，有情感有气势，有抑扬顿挫，我们听了之后，好像是已经理会到原文的意义的一半了。好文章掷地作金石声，那也许是过分夸张，但必须可以琅琅上口，那却是真的。

徐先生之最独到的地方是改作文。普通的批语"清通""尚可""气盛言宜"，他是不用的。他最擅长的是用大墨杠子大勾大抹，一行一行的抹，整页整页的勾；洋洋千余言的文章，经他勾抹之后，所余无几了。我初次经此打击，很灰心，很觉得气短，我掏心挖肝的好容易诌出来的句子，轻轻的被他几杠子就给抹了。但是他郑重的给我解释一会，他说："你拿了去细细的体味，你的原文是软爬爬的，冗长，懈啦光唧的，我给你勾掉了一大半，你再读读看，原来的意思并没有失，但是笔笔都立起来了，虎虎有生气了。"我仔细一揣摩，果然。他的大墨杠子打得是地方，把虚泡囊肿的地方全削去了，剩下的全是筋骨。在这删削之间见出他的功夫。如果我以后写文章还能不多说废话，还能有一点点硬朗挺拔之气，还知道一点"割爱"的道理，就不能不归功于我这位老师的教诲。

徐先生教我许多作文的技巧。他告诉我，"作文忌用过多的虚字"，该转的地方，硬转，该接的地方，硬接，文章便显着朴拙而有力。他告诉我，文章的起笔最难，要突兀矫健，要开门见山，要一针见血，才能引人入胜，不必兜圈子，不必说套语。他又告诉我，说理说至难解难分处，来一个譬喻，则一切纠缠不清的论难都迎刃而解了，何等经济，何等手腕！诸如此类的心得，他传授我不少，我至今受用。

我离开先生已将近五十年了，未曾与先生一通音讯，不知他云游何处，听说他已早归道山了。同学们偶尔还谈起"徐老虎"，我于回忆他的音容之余，不禁的还怀着怅惘敬慕之意。

跃马中条记

　　中条山在山西南部，因为山形是狭长的一条，东接太行，西望华岳，故名中条。在抗战时期，一度成为黄河以北的我军的一个孤立的基地。民国廿九年冬，国民参政会组华北视察团，我得机会参加，曾往中条一行，至今记忆犹新。

　　在西安遇李兴中将军，他才从中条回来，我们向他打听路途。他告诉我们，从茅津渡过河，上岸就骑马，"九沟十八坡"，来回至少五天。这一讲，把我们一行六个人都吓得一怔。我们六个人中间，裁汰老弱，勉强只有三个敢于一试。这三个是：邓飞黄先生、卢前先生和我。邓先生字子航，湖南桂东人，曾在西北军里任过文职，短小精悍，能吃苦耐劳；对于骑马夙有经验。卢先生字冀野，金陵人，精词曲，号"江南才子"，身躯肥胖，善诙谐，有风致。我自己少时骑过驴，马则从未尝试过。

　　我们三个由军方派人领导，到了茅津渡。黄河岸上风景是奇特的：黄土，黄水，黄天，一片黄色。没有树，没有草。有的是呼啸而过的一阵阵的大风，大风过处，黄沙弥漫。横在眼前的黄流，汹涌澎湃，拍在岸上，其声凄厉，而且四顾阒无一人，如入蛮荒。我不禁想起古诗："公无渡河，公竟渡河！渡河而死，其奈公何！"那悲剧的背景大概就是这样的了。

不知从什么地方忽然一只长方形的木船摇到了我们面前，船上六七人一声不响，各自努力控制那只船。那一根橹大概有几丈长，在急流里很难停稳在岸边。只有船老大一人高声的喊叫，指挥船夫，那喊叫的声音在这寂寞的荒野里显得格外凄凉。我们一行三个人带着侍从上了船，随后就看见小小的一个队伍，担着筐子挑子，也赶来上船。筐子里是鸡鸭菜蔬等。听那担挑的士兵说："也不知中央来了什么人，总司令要请客！"原来中条山要请客，须要到黄河南岸去采办原料的。我们心里极度不安。船开之后，摇荡甚剧。因为水流甚急，绕了一个大弧形才驶到对岸，甚是惊险。

对岸有队伍迎候。每人拣了一匹马骑上。马很矮小，我们都一跃而上。卢冀野的肥胖身躯放在马上，上重下轻，摇摇欲坠，经两个人扶持着才算坐稳，然后一人牵马一人随侍，缓缓前进。行不数步，喊停，原来冀野提议，照相。合照，分照，照了好几张。冀野单独照的一张，事后放大加印，题上"冀野马上之雄姿"数字，分赠友朋。

夕阳西下，前面是一片枣树林，而林里是一片一片的水沼。马须要蹚着水走，随着步行的人员只好绕道而行。马一走到水里，便低下颈子要饮水。冀野本来上重下轻，马一低头，他便向前倒栽，抱着颈狂叫，其声尖、锐、急、促，是马所从来没有听见过的，于是马惊，狂奔，把冀野摔在水沼边上，倒地呻吟。一匹马惊，所有的马全都惊。我这时只听见无数的马蹄声，耳边呼呼的风声，我夹紧马镫，拉紧马缰，一马当先，如风驰电掣。子航忽然也赶到我身边，他知道我没有骑过马，大喊："不要怕，放松缰绳！"横在前面有无数的枣树枝，枝上全是刺，一面要设法不滚鞍下马，一面还要俯身躲避枣树枝。前面有道大沟，马纵身一跃，把我抛在半空中，我感觉做了一次撑竿跳，以后就什么都不知道了。醒来时，身旁围了许多人，我勉强起来，由人扶着一步步的走到郭原的师司令部。到晚间，大家都到齐，吃过晚饭睡觉，没有一根骨头不酸痛。

第二天早起，开始骑马上山。师长特别关照，给冀野找到一匹与他身材成正比例的骡子。没想到，比例固然对了，而距离地面也更高了。才走进一个山隘，但见冀野两腿发抖，汗如雨下，一步一叫，面色如土。我们下马休息，席地商议，决定派人送冀野返回，渡河至洛。我与子航继续前进。

上得中条山，果然是"九沟十八坡"，骑在马上走上坡路非常吃力，下坡便不能骑马，须要步行，牵着马尾。沿途很多跌死的马弃置在道旁。左方下望，看到敌人盘踞的运城机场。黄昏时候，在一个山峰上休息。朔风刺骨而汗流浃背。我卧在地上，看到地上一根根矗立的草根，颜色焦黄，大风吹过，草根稍微有些摇动，发出尖锐的呼啸声。所谓"疾风劲草"于今见之。途中见乡民庆祝新年，敲锣打鼓，竖两面"五色国旗"，真是"不知有汉，遑论魏晋"！在月色皎洁的夜晚，一群疲惫的人到达了望原孙蔚如将军的司令部。孙将军极殷勤的派了三乘临时扎制的抬轿来迎，列仪仗队，使我们很是感激。是晚畅叙，得知中条山的形势布置以及部队的困难。重武器不准过河，所以他们不能发挥大威力，只能做一点牵制敌人的工作。

第三天休息一天，翌日踏上归途，另取捷径，经砥柱山，所谓"中流砥柱"者是。又是一个黄沙蔽空的日子，天空、陆地、水流，一片黄色。水流特急，据说此地即是所谓"龙门"，砥柱山矗立在水中央。只是三五个峰巅浮在水面上，遥望好像是随着波涛动荡一般。踏上南岸不远便是会兴镇，有火车直达洛阳。

几天骑马的成绩是髀肉磨损，血迹模糊。

冀野虽然没有到达山上，那幅马上雄姿的照片以后却高悬在他的书斋里了。子航被关在竹幕里，冀野则不堪折磨，已归道山。回忆往事，不胜怅惘。

"但恨不见替人！"

　　杜甫的祖父杜审言疾革时，宋之问等前去探病。杜审言说："甚为造物小儿相苦。然吾在，久压公等，今且死，固大慰，但恨不见替人！"胡适之先生作《白话文学史》写到杜甫的身世时，也提到杜审言这一段故事，认为他是一个有风趣的人。他的这两句话固然颇有风趣，其实也是十分矜诞，因为就我们所能读到的杜审言的诗作而言，我们看不出他有什么理由把宋之问等久压在下。不过"但恨不见替人"这一句话，不管出自谁口，确是很耐人寻味的。昨夜晚，初闻胡先生逝世噩耗，友朋相顾愕然，有人问我有何感想，我未假思索的说："死者已矣，但恨不见替人！"胡先生不是一个恃才傲物的人，相反的，他是一个最肯鼓励后进的人；他乐观，他相信处处都慢慢的在进步。他本人不会有"恨不见替人"之感，倒是我们客观的看，他空出来的这个位子短期不易有人能填补上去。

　　胡先生的位置之所以不易找到替人，是因为那位置的性质不简单。第一是他的学问。胡先生曾经屡次的谦虚的说，自己不知专攻的是哪一门学问，勉强的说可以算是研究历史的。实则他接触的范围极广，对中国的文化与西洋的文化都有真知灼见。现在学问趋向于专门，讲究一个部门的深入，像以往所谓学究天人的大儒，于学无所不通，已不可复求之于今日。苟能学贯中西，于思想学术盘根错节之处提纲挈要见其大者，即属难能可贵。第二是他的道德。胡先生的学术思想方面的地位太高了，一般人不易认识他在道德方面之可敬可爱。胡先生数十年来所提倡的"大胆的假设，小心的求证"，固已尽人皆知，但这只是一副对联的上联，下联是"认真的作事，严肃的作人"。凡是曾列胡先生门墙或曾同窗共事者，多多少少都能举出若干具体事实证明胡先生为人处世确实做到"视思明，听思聪，色思温，貌思恭，言思忠，事思敬，疑思问，忿思难，见得思义"的地步。以学问道德涵濡群生，求之当世能有几人？生死无常，事至可悲，但是学问道德并垂不朽，则又有何憾？我们于哀悼震憾之余，应该平心静气的想一想，胡先生所毕生倡导的民主自由的精神、科学怀疑的态度，现在是不是还是需要，我们自己在这一方向是不是也有一点点贡献？如果胡先生所倡导的精神态度，能够继续努力加以推进，则胡先生虽死犹生。千千万万的人，都可说是胡先生的替人了。

记张自忠将军

　　我与张自忠将军仅有一面之雅，但印象甚深，较之许多常常
谋面的人更难令我忘怀。读《传记文学》秦绍文先生的大文，勾
起我的回忆，仅为文补充以志景仰。

　　二十九年一月我奉命参加国民参政会之华北视察慰劳团，由
重庆出发经西安、洛阳、郑州、南阳、宜昌等地，访问了五个战
区七个集团军司令部，其中之一便是张自忠将军的防地。他的司
令部设在襄樊与当阳之间的一个小镇上，名快活铺。我们到达快
活铺的时候大概是在二月中，天气很冷，还降着涷涷的冰霰。我
们旅途劳顿，一下车便被招待到司令部。这司令部是一栋民房，
真正的茅茨土屋，一明一暗，外间放着一张长方形木桌，环列木
头板凳，像是会议室，别无长物，里间是寝室，内有一架大木板
床，床上放着薄薄的一条棉被，床前一张木桌，桌上放着一架电
话和两三叠镇尺压着的公文，四壁萧然，简单到令人不能相信其
中有人居住的程度。但是整洁干净，一尘不染。我们访问过多少
个司令部，无论是后方的或是临近前线的，没有一个在简单朴素
上能比得过这一个。孙蔚如将军在中条山上的司令部，也很简
单，但是也还有几把带靠背的椅子，孙仿鲁将军在唐河的司令部

也极朴素，但是他也还有设备相当齐全的浴室。至于那些雄霸一方的骄兵悍将就不必提了。

张将军的司令部固然简单，张将军本人却更简单。他有一个高高大大的身躯，不愧为北方之强；微胖，推光头，脸上刮得光净，颜色略带苍白，穿普通的灰布棉军服，没有任何官阶标识。他不健谈，更不善应酬，可是眉宇之间自有一股沉着坚毅之气，不是英才勃发，是温恭蕴藉的那一类型。他见了我们只是闲道家常，对于政治军事一字不提。他招待我们一餐永不能忘的饭食，四碗菜，一只火锅。四碗菜是以青菜豆腐为主，一只火锅是以豆腐青菜为主。其中也有肉片肉丸之类点缀其间。每人还加一只鸡蛋放在锅子里煮。虽然他直说简慢抱歉的话，我看得出这是他在司令部里最大的排场。这一顿饭吃得我们满头冒汗，宾主尽欢，自从我们出发视察以来，至此已将近尾声，名为慰劳将士，实则受将士慰劳，到处大嚼，直到了快活铺这才心安理得的享受了一餐在战地里应该享受的伙食。珍馐非我之所不欲，设非其时非其地，则顺着脊骨咽下去，不是滋味。

晚间很早的就被打发去睡觉了。我被引到附近一栋民房，一盏油灯照耀之下看不清楚什么，只见屋角有一大堆稻草，我知道那是我的睡铺。在前方，稻草堆就是最舒适的卧处，我是早有过经验的，既暖和又松软。我把随身带的铺盖打开，放在稻草堆上倒头便睡。一路辛劳，头一沾枕便呼呼入梦。俄而轰隆轰隆之声盈耳，惊慌中起来凭窗外视，月明星稀，一片死寂，上刺刀的卫兵在门外踱来踱去，态度很是安详，于是我又回到被窝里，但是断断续续的炮声使我无法再睡了。第二天早晨起来，参谋人员告诉我，这炮声是天天夜里都有的，敌人和我军只隔着一条河，到了黑夜敌人怕我们过河偷袭，所以不时的放炮吓吓我们，表示他们有备，实际上是他们自己壮胆。我军听惯了，根本不理会他们，他们没有胆量开过河来。那么，我们是不是有时也要过河去袭击敌人呢？据说是的，我们经常有部队过河作战，并且有后继部队随时准备出发支援，张将军也常亲自过河督师。这条河，就是襄河。

早晨天仍未晴，冰霰不停，朔风刺骨。司令部前有一广场，是扩大了的打谷场，就在那地方召集了千把名士兵，举行赠旗礼。我们奉上一面锦旗，七面的字样不是"我武惟扬"便是"国之干城"之类。我还奉命说了几句话。在露天讲话很难，没讲几句就力竭声嘶了。没有乐队，只有四把喇叭，简单而肃穆。行完礼，张将军率领部队肃立道边，送我们登车而去。

回到重庆，大家争来问讯，问我在前方有何见闻。平时足不出户，哪里知道前方的实况？真是一言难尽。军民疾苦，惨不忍言，大家只知道"前方吃紧后方紧吃"，其实亦不尽然，后方亦有不紧吃者，前方亦有紧吃者，大概高级将领之能刻苦自律如张自忠将军者实不可多觏。我尝认为，自奉俭朴的人方能成大事，讷涩寡言笑的人方能立大功。果然五月七日夜张自忠将军率部渡河解救友军，所向皆捷，不幸陷敌重围，于十六日壮烈殉国！大将陨落，举国震悼。

张将军灵榇由重庆运至北碚河干，余适寓北碚，亲见民众感情激动，群集江滨。遗榇厝于北碚附近小镇天生桥之梅花山。山以梅花名，并无梅花，仅一土丘蜿蜒公路之南侧。此为由青木关至北碚必经之在，行旅往还辄相顾指点："此张自忠将军忠骨长埋之处也。"

将军之生平与为人，余初不甚了了，唯七七事变前后余适在北平，对于二十九军诸将领甚为敬佩与同情，其谋国之忠与作战之勇，视任何侪辈皆无逊色，谓予不信，请看张自忠将军之事迹。

美 国 去 来

　　一个走马看花的人没有资格写游记或是发表什么观感，何况我这一次到美国，来去匆匆，有甚于走马看花者。小学生到郊外踏青，归来之后奉老师之命一定要写一篇《远足记》。我未出国之前，编者先生就约定要我回来之后写一点东西，所以不得不妄谈所见，敷衍成篇，以免于交白卷。

　　三十几年前我到美国去过一次，去做学生，用的是美国退还的庚子赔款。当时虽然年纪小，心里还是老大的不是滋味。这一回旧地重游，心情当然不同，我是"中华民国"的国民，可是有时候感觉到在"中华民国"四字之下还有打个括号加个"台湾"的字样之必要，这就使人很不舒服。在美国，我们经常被人称为来自台湾的人。事实上我们是来自台湾，人家给我们的称呼没有错，也不一定是含有恶意，我们也无需随时随地的像赴世运大会的代表团那样的抗议"正名"，可是心里颇不好受。在自己家里，可以关起门来做皇帝，出去走走，便可以使自己的头脑清醒一下，认识一下自己的真正面目。在地图的比例上，把台湾画得再大一些，也没有什么用处。夜郎王问汉使："汉与我孰大？"传为笑柄。所不同者是我们本非夜郎，而有时竟比夜郎王更为可晒！让海外的冷风一吹，其不矍然以惊者几希！

美国人的种族歧视是他们的最大的污点。从前我曾亲身领教过，至今不敢忘。这一次我发觉情形比从前进步很多。虽然小岩事件至今未决，虽然我们的总领事在漂亮的住宅区购买房屋而遭邻人反对，一般的情形较比从前好些。至今是有知识的白人之能记起他们的立国理想者为数渐多。由肤色而引起的差别和歧视，短期间是无法泯灭的，可喜的现象是有知识有教养的白人大概都肯谈这个问题，敢面对现实，愿意谋求补救之道。这就有希望。

美国的繁荣，尽人皆知，三十年来的进步，亦历历可数。最显而易见的是楼加高了，从前的摩天大厦比新苗生的建筑矮了半截。圆形的、八角形的、锥状的、喇叭状的、平顶的、波浪形屋檐的、玻璃墙壁的，形形色色的摩登建筑出人不意的显露在各种场合。马路加宽了，四线式的公路到处皆是，两层花瓣形的平交道使得车辆免于横冲直撞而各行其是，汽车多到无处停放的程度，到城区购物先要老远的就解决停车的问题，找到停车的地方要付费，逾时要罚钱。车的形状、颜色争奇斗妍，有尾鳍翘得高高的，有作硬甲壳虫状的，有的大得像一节火车，有的小得只有三个轮子，翠绿的、酱紫的、枣红的、淡青的……一串串的在眼前穿梭似的驶过。热闹尽管热闹，但是有秩序。美国人的"开车的礼貌"是很值得欣赏的，红绿灯的管制固不必说，没有红绿灯的地方只消竖起一面"停"的牌子，汽车便乖乖的停住，看清楚前后左右确是没有妨碍方才前进。车躲避行人，不是行人躲避车。美国的"市虎"好像是非常驯服的，不大吃人。此外如吃的、穿的、用的，在在都表示富足、新颖、豪华，到处都有可供欣赏的窗橱。那"超级市场"是可爱的，里面干净、凉快，任凭取购，方便无比（扒窃之事偶然也有，但是不多）。

　　繁荣不是从天上掉下来的，也不是一两人领导起来的，是在一个环境里，一个传统中，一种风气下，大家辛苦努力获得的。要保持并发扬这种繁荣，需要继续辛苦努力。美国得天独厚，可是他们的辛苦努力，男男女女，上上下下，认真做事，也是很感动人的。美国的繁荣是普遍的，每一种享受差不多是被所有的人所有的家庭所分享，并没有一个显明的特权阶级骑在人民的脖子上养尊处优。一个人努一分力，便赚一分钱，便有一分享受。因此每个人都在忙，忙着赚钱，忙着享受。一个人的成功与否，以赚钱多寡为衡量的标准，有一栋漂亮的房子、一辆漂亮的汽车、一件漂亮的皮大衣，便是成功的标志。忙是美国人的特征，因为时间即是金钱，甚至可以说时间即是生命。美国人也知道他们的生活太紧张，所以"度周末"是他们生活中不可少的一个节目。不过从我们"闲磕牙""摸八圈""一局消永昼"的民族来看，他们的度周末也还是够紧张的。我在海滨闲步，看见一辆汽车载着一家人去野餐，小孩满地打滚，掷棒球，女人忙着做饭，男人手持一根钢叉背着氧气筒扑通一声下海去捕鱼！夙兴夜寐，计较得失，如果与大自然完全绝缘，那种生活是太可怜了。美国人之喜爱旅行野餐，恰好多少补救了一星期孳孳为利的烦屑的生涯。

　　我们中国人对于勤俭起家的故事常常津津乐道。事实上美国人之在事业上成功而由于勤俭者亦颇不乏其例。但是就一般美国人讲，勤是公认的一项美德，俭则颇有问题。自奉而俭，在美国人看起来，好像是显得寒伧。"追求幸福"是美国《独立宣言》所标榜的一项生活目标。物质方面的享受是幸福的很大的一部分。享受要尽量的使之提前实现，苦痛要尽量的使之延缓，这是美国作风。所以，商业上的"分期付款制"乃应运而生。这种制度，不可小看它，实乃是美国生活方式的一大基石。分期付款即是欠账，美国人并不以欠账为可耻，只要他如期还账。在美国，几乎没有一样较为值钱的东不可以分期付款。买飞机票出国旅行，亦可分二十个月付款，其他无论矣。收入较少的人，不必先行省吃俭用的苦苦积累，即可提前享受种种便利。当然，这种制度之普遍通行亦有其客观条件在，诸如社会安宁，币值稳定，相当高的国民道德水准等等。

敏感的人看广美国的繁荣便不禁忆起古代的罗马。罗马鼎盛的时候，上层阶级真是席丰履厚，在历史上称之为骄奢淫逸，似是平心而论，尼罗皇帝才能举着啃嚼的鸡腿在美国是比较便宜的平民食物，罗马剧场中之风靡一时的赛车比起美国之足球、棒球比赛又当如何？罗马的公共浴池是出名的，比起美国式的家庭浴室设备又如何？在奢侈上美国老早超过了罗马。罗马的繁荣经不起北方人的一击，如摧枯拉朽一般的衰亡了。美国的文明能持久吗？其将来将若何？有心人居安思危，不能不发出这样的疑问。据我看，美国和罗马颇有不同。罗有显明的阶级存在，上层是贵族，下层是平民奴隶，而美国是民主的，并无明显的阶级，更无贫富悬殊的现象。美国的生活方式是普遍的，是标准化的，一个家庭和另一个家庭差不多，一个城市和另一个城市也差不多。美国文明是平均发展的，所以比较健全。共产主义所以不易在美国滋长者亦以此。据我看，美国之大患在于孤立主义，在地理上有两洋使她天然的成为孤立，美国生活方式之美满成功使她在心理上沾沾自喜，唯恐或失，于是养成一种持盈保泰的孤立主义。虽然美国有许多人摒弃孤立主义，事实上孤立主义的幽灵始终在他们心里作祟。泛美主义、美洲门罗主义，都是孤立主义者把围墙往外伸展一步，现在广建海外军事基地、围堵共产世界依然是扩大的孤立主义的措施。在经济开发落后的地区给以援助使之发展起来，乃是缓不济急的，于是仍不得不乞灵于建筑围墙的老办法。殊不知围墙是要被人冲破的，防不胜防。伊拉克是一个漏洞，叙利亚是一个漏洞，古巴是一个更大的漏洞。美国之大患不在国内，而在国外。国外的大敌不消灭，美国没有安全之可言。美国有强大的军力、庞大的经济力量、健全的社会组织，比罗马强得多，但是她是在等着挨打，等着被人破坏，等着被牵入战争旋涡后以核子武器而同归于尽！有钱的怕死，穿鞋的怕光脚的！奈何！奈何！

　　在美国草草巡游一番，感慨万千，一面惊叹其各方面之长足进展，一面又不禁为其前途深抱隐忧。但是最萦心的还是我们自己的祖国的前途。美国的休戚与我们息息相关，可是我们自己的国家才是我们自己安身立命之处。于是摒挡行装，赶快回来。忆起昔人一首小诗："花开蝶满枝，花谢蝶还稀。唯有旧巢燕，主人贫亦归。"

升 官 图

赵瓯北《陔馀丛考》有这样一段：

> 世俗局戏，有升官图，开列大小官位于纸上，以明琼掷之，计点数之多寡，以定升降。按房千里有骰子选格序云："以穴骰双双为戏，更投局上，以数多少为进身职官之差，丰贵而约贱，有为尉掾而止者，有贵为将相者，有连得美名而后不振者，有始甚微而倏然于上位者。大凡得失不系贤不肖，但卜其偶不偶耳。"此即升官图之所由本也。

这使我忆起儿时游戏的升官图，不过方法略有不同。门口打糖锣儿的就卖升官图，一张粗糙亮光的白纸，上面印满了由白丁、秀才、举人、进士以至太师、太傅、太保的各种官阶。玩的时候，三五人均可，围着升官图，不用"明琼"（骰子之别称），用一个木质的方形而尖端的"拈拈转儿"，这拈拈转儿上面有四字："德""才""功""赃"，一个字写在一面上，用手指用力一捻，就像陀螺似的旋转起来，倒下去之后看哪一个字在上面，德、才、功都有升迁，赃则贬抑。有时候学优则仕，青云直上，春风得意，加官进爵。有时候宦情惨淡，官程蹭蹬，可能"事官千日，失在一朝"，爬得高跌得重，虽贵为台辅，位至封疆，禁不住几个赃字，一连几个倒栽葱，官爵尽削，还为庶人。一个铜板就可以买一张升官图，可以玩个好半天。

民国建始，万象更新，不知哪一位现代主义者动脑筋到升官图上，给它换了新装，秀才、举人、进士换了小学生、中学生、大学生，尚书换了部长，巡抚换了督军，而最高当局为总统、副总统、国务总理。官名虽然改变，升官的道理与升官的途径则一仍旧贯，所以我们玩起来并不觉得有什么异样，而且反觉得有更多的真实之感，纵然是游戏，亦未与现实脱节。

我曾想，儿童玩具有两样东西要不得，一个是各型各式的扑满，一个是升官图。扑满教人储蓄，储蓄是良好习惯，不过这习惯是不是应该在孩提时代就开始，似不无疑问。"饥荒心理"以后有的是培养的机会。长大成人之后，把一串串钱挂在肋骨上的比比皆是。升官图好像是鼓励人"立志做大官"，也似乎不是很妥当的事。可是我现在不这样想了，尤其是升官图，是颇合现实的一种游戏，在无可奈何的环境中不失为利多弊少的玩意儿。

有人说："宦味同鸡肋。"这语未免矫情。凡是食之无味的东西，弃之均不可惜。被人誉为"三绝诗书画，一官归去来"的那位先生就弃官如敝屣，只因做官要看三件难看的东西：犯人的屁股、女尸的私处、上司的面孔。俗语说："一代为官，三辈子搌砖。"这话也未免过于偏激。自古以来，官清毡冷的事也是常有的。例如周紫芝《竹坡诗话》有一段记载："李京兆诸父中有一人，极廉介。一日有家问，即令灭官烛，取私烛阅书。阅毕，命秉官烛如初。"像这样的硁硁自守的人，他的子孙会跪在当街用砖头搌胸口吗？所以，官，无论如何，是可以成为一种清白的高尚职业，要在人好自为之耳，升官图可能鼓舞人们的做官的兴趣，有何不可？

升官图也可以说是有益世道人心，因为它指出了官场升黜的常轨。要升官，没有旁门左道，必须经由德行、才能、事功三方面的优良表现，而且一贪赃必定移付惩诫，赏罚分明，毫无宽假，这就叫作官常。升官图只是谨守官常，此外并无其他苞苴之类的捷径可寻。假如官场像升官图一样简单，那就真是太平盛世了。升官之阶，首重在德，而才功次之，尤有深意。《宋史》记寇准与丁谓的一段故事："初丁谓出准门，至参政，事准甚谨。尝会食中书，羹污准须，谓起徐拂之。准笑曰：'参政国之大臣，乃为官长拂须耶？'谓甚愧之。"为官长拂须，与贪赃不同，并不犯法，但是究竟有伤品德。恐怕官场现形有甚于为官长拂须者。在升官图上贵为太师之后再捻到德字，便是"荣归"，即荣誉退休之意，这也是很好的下场。否则这一场游戏没完没散，人生七十才开始，岂不把人急煞！不知道现在有没有新的更合时代潮流的升官图？

悼齐如山先生

精神矍铄谈笑风生

抗战期间，国立编译馆有一组人员从事评剧修订工作（后来由正中书局出版修订评剧选若干集），我那时适在北碚，遂兼主其事，在剧本里时遇到许多不易解决的问题，搔首踟蹰，不知如何落笔。同人都是爱好戏剧的朋友，其中有票友，也有戏剧学校毕业的，但是没有真正科班出身的，因此对评剧的传统的规矩与艺术颇感认识不足，常常谈到齐如山先生，如果能有机会向他请益，该有多好。

胜利后我到北平，因陈纪滢、王向辰两位先生之介得以拜识齐老先生，谈起来才知道齐老先生和先严在同文馆是同班同学，不过一是德文班一是英文班。齐老先生精神矍铄，谈笑风生，除了演剧的事情之外，他的兴趣旁及于小说及一切民间艺术，民间生活习惯以及风俗、沿革、掌故均能谈来头头是道、如数家珍。以知齐老先生是一个真知道生活艺术的人，对于人生有一份极深挚的爱，这种秉赋是很不寻常的。

年逾七十健壮如常

齐先生收藏甚富，包括剧本、道具、乐器、图书、行头等等。抗日军兴，他为保护这一批文献颇费了一番苦心，装了几百只大木箱存在一个比较安全的地方，胜利之后才取了出来。这时节"中国闻剧学会"恢复，先生的收藏便得到了一个展览的地方。我记得是在东城皇城根一所宫殿式的房子，原属于故宫，有三间大殿作为展览室，有一座亭子作为客厅。院里有汉白玉的平台和台阶，平台有十来块圆形的大头头，中间有个窟窿，据说是插灯笼用的。我看有一块妨碍走路，便想把它搬开，岂知分量甚重，我摇撼一下便不再尝试。齐老先生走过来就给搬开了，脸不红气不喘，使我甚为惭愧。还有一次在齐先生书斋里，齐先生表演"打飞脚"一个转身，一声拍脚声，干净利落，我们不由的喝彩。那时在座的有老伶工尚和玉先生，不觉技痒，起身打个飞脚。按说这是他的当行出色的拿手，不料拖泥带水、敧里歪斜的几乎跌倒，有人上前把他扶住。那时候齐先生已有七十多岁，而尚健康如此。

提倡国剧不遗余力

中国国剧学会以齐先生为理事长，陈纪滢、王向辰和我都是理事，此外还延请了若干老伶工参加，如王瑶卿、王凤卿、尚和五、侯喜瑞、萧长华、郝寿臣等，徐兰沅也在内。因为这个关系，我得有机会追随齐老先生之后遍访诸位伶工，听他们谈起内廷供奉以及当年的三庆四雾、梨园往事，真不禁令人发思古之幽情。由于我们的建议，后来在青年会开了一次国剧晚会，请老伶工十余位分别登台随意讲说他们的演剧的艺术。这些老人久已不与观众见面，故当时盛况空前。我们为国剧学会提出了许多工作计划，在齐先生领导之下，我们不时的研讨如何整理、研究、保藏、传授国剧的艺术。可惜不到三年的工夫，平津弃守，国剧学会如烟云散，齐先生的收藏也十之八九丢弃在那里了。

我在一九四八年冬离平赴粤，随后接到齐老先生自基隆来信，附有纪游小诗二首。我知道他老先生已到台湾，深自为他庆幸，也奉和了两首歪诗。一九四九年我到台湾，因为事忙，很少机会趋候问安，但是经常看到他的写作，年事已高而笔墨不辍，真是惭愧后生。最近先生所著《国剧艺术汇考》出版，承赐一册，并在电话中嘱我批评。我不敢有负长辈厚意，写读后一文交《中国一周》，不数日而先生遽归道山！

钻研学问既专且精

先生对于国剧之贡献已无需多赘。我觉得先生治学为人最足令人心折之处有二：一是专精的研究精神，一是悠闲的艺术生活。

我们无论研究哪一门学问，只要持之以恒，日积月累即有可观。这点道理虽是简单，实行却很困难。齐先生之于国剧是使用了他的毕生的精力，看他从年轻的时候热心戏剧起一直到倒在剧院里，真是始终如一的生死以之。他搜求的资料是第一手的，是从来没经人系统的整理过的，此中艰辛真是不足为外人道，而求学之乐亦正在于此。齐先生的这种专精的精神，是可以作我们的楷模的。

享受生活随遇而安

齐先生心胸开朗，了无执著，所以他能享受生活，把生活当作艺术来享受，所以他风神潇洒，望之如闲云野鹤。他并不是穷奢极侈的去享受耳目声色之娱，他是随遇而安的欣赏社会人生之形形色色。他有闲情逸致去研讨"三百六十行"，他不吝与贩夫走卒为伍，他肯尝试各样各种的地方的小吃。有一次他请我们几个人吃"豆腐脑"，在北平崇文门外有一家专卖豆腐脑的店铺，我这北平土著都不知道有这等的一个地方，果然吃得很满意。他的儿媳黄瑗珊女士精于烹调，有一部分可能是由于齐先生的指点。齐先生生活丰富，至老也不寂寞。他有浓烈的守旧的乡土观念，同时有极开通的自由的想法。看看他的家庭，看看他的生活方式，我们不能不钦佩他的风度。

　　老成凋谢，哲人其萎，怀想风范，不禁唏嘘！

生　日

　　生日年年有，而且人人有，所以不希罕。

　　谁也自己不会知道自己的生日是在哪一天。呱呱坠地之时，谁有闲情逸致去看日历？当时大概只是觉得空气凉、肚子饿，谁还管什么生辰八字？自己的生年月日，都是后来听人说的。

　　其实生日，一生中只能有一次。因为生命只有一条之故。一条命只能生一回死一回。过三百六十五天只能算是活了一周岁。这年头，活一周年当然不是容易事，尤其是已经活了好几十周岁之后，自己的把握越来越小，感觉到地心吸力越来越大，不知哪一天就要结束他在地面上的生活，所以要庆祝一下也是人情之常。古有上寿之礼，无庆生日之礼。因为生日本身无可庆。西人祝贺之词曰："愿君多过几个快乐的生日。"亦无非是祝寿之意。寿在哪一天祝都是一样。

　　我们生到世上，全非自愿。佛书以生为十二因缘之一，"从现世善恶之业，从世还于六道四生中受生，是名为生"。胡里胡涂的，神差鬼使的，我们被捉弄到这尘世中来。来的时候，不曾征求我们的同意，将来走的时候，亦不会征求我们的同意。我们是从哪里来的，我们不知道，我们最后到哪里去，我们也不知道。我们所知道的就是这生、老、病、死的一个断片。然而这世界上究竟有的是良辰美景赏心乐事，否则为甚么有人老是活不够，甚至要高呼"人生七十才开始"？

到了生日值得欢乐的只有一种人，那就是"万乘之主"。不需要颐指气使，自然有人来山呼万岁，自然有百官上表，自然有人来说什么"一人有庆，兆民赖之"，全不问那个"庆"字是怎么讲法。唐太宗谓长孙无忌曰："某月日是朕生日，世俗皆为欢乐，在朕翻为感伤。"做了皇帝还懂得感伤，实在是很难得，具见人性未泯，不愧为明主，虽然我们不太清楚他感伤的是哪一宗。是否踌躇满志之时，顿生今昔之感？在历史上，最后一个辉煌的千秋节该是清朝慈禧太后六十大庆在颐和园的那一番铺张，可怜"薄海欢腾"之中听到鼙鼓之声动地来了！

田舍翁过生日，唯一的节目是吃，真是实行"鸡猪鱼蒜，逢着则吃；生老病死，时至则行"的主张，什么都是假的，唯独吃在肚里是便宜。读莲池大师《戒杀》文，开篇就说："一曰生日不宜杀生。哀哀父母，生我劬劳，己身始诞之辰，乃父母垂亡之日也！是日也，正宜戒杀持斋，广行善事，庶使先亡考妣，早获超升，见在椿萱，增延福寿。何得顿忘母难，杀害生灵，上贻累于亲，下不利于己？"虽是蔼然仁者之言，但是不合时尚。祝贺生日的人很少吃下一块覆满蜡油的蛋糕而感到满意的，必须七荤八素的塞满肚皮然后才算礼成。过生日而想到父母，现代人很少有这样的联想力。

国庆日感言

辛亥革命时，我十岁。童子何知，但当时对于革命领袖心怀向往，对于腐败的清廷则深恶痛绝。翌年正月十二日，袁世凯嗾曹锟兵变，平津惨遭劫掠，此为余身受之第一次打击。厥后军阀战乱无已时，大局迄在动荡不安。北伐成功，统一告成，不旋踵而宁汉分裂，国共斗争。东北变起，华北阽危，终乃引起全面抗战。八年苦撑之后终获惨胜，民困未苏，而江山变色。数十年来在丧乱流离中度过，今且偷安海曲。际此国庆良辰，中心惨怛，何可言说！

国家事，人人有份，所谓"天下兴亡，匹夫有责"是也。这亦即是近代民主政治的基本观念。国家弄到如今这样的支离破碎，不可归罪于一人一派，凡属国民人人有责。"立志做大官"固然不足道，"立志做大事"恐怕亦不见得人人有此机会与能力。最好是人人在他本分上尽责，在他的岗位上努力，事无大小，位无贵贱，求其称职。人人都成为健全的分子，合起来即是一个健全的社会国家。与其奔走呼号，不如先退而自省，修齐治平，自有其一贯的道理在。

国庆日百感交集，不自淬励而放言高论，罪过罪过。

新 年 献 词

王安石有一首咏《元日》的诗：

　　　　爆竹声中一岁除，春风送暖入屠苏，
　　　　千门万户曈曈日，总把新桃换旧符。

从表面上看，这首诗是描写新年景象；但是细一想，这首诗也可能含有一点象征的意味。因为王安石是一位有抱负有魄力的政治家，同时也是一位文采非凡的作者，似乎不会浪费笔墨泛写一个极平凡的风俗习惯。他可能是幻想着他的新政，希望大家除旧布新刷新政治，像"新桃换旧符"一般的彻底革新。如果这揣想不错，这首诗就很有意味了。

王安石的功过得失，且不必论，他的励精图治、锐意革新的精神总是可佩服的。一般人的通病是因循苟且，惰性难除，过新年的时候懂得"新桃换旧符"，对于国家大事就只知道"率由旧章"，奉行故事，几张熟悉的面孔像走马灯似的出出进进。于是主张"用新人，行新政"的王安石就作了《元日》诗寄予感慨了。

　　其实，需要革新的不只是国家的政事，个人之进德修业也需要时时检讨改进。西洋人有所谓"新年决心"者，于元旦之时痛下决心，何者宜行，何者宜戒，罗列编排，笔之于书。很可能这些决心只是一时的热气，到头来全成具文，旧习未除，依然故我。但是只知道一心向上，即属难能可贵，比起我们在梁柱上贴"对我生财"或斗方"福"字的红纸以及庸俗鄙陋的春联，要有意义多了。一个人反身修德，应该天天行之不懈，无须特别等到元旦试笔。不过一年之计在于春，这倒也不失为一个适当的机缘。修身比任何事情都重要，《大学》说："自天子以至于庶人，壹是以修身为本。"没有人是例外。

　　别的民族一年当中只有一个新年，我们一年中有两个。对于劳苦的大众，这并无伤大雅，"岁时伏腊"，本来就嫌休憩太少，可叹的是那些高高在上的"肉食者"，那些四体不勤、五谷不分，寄生在社会上的人，他们岂只是有个新年，他们天天在过新年！对于这样的人，新年是多余的点缀。

　　岁首吉日，应该善颂善祷。如果颂祷真有灵验，我愿随大家之后拱手拜年，说尽一切吉利的话。

割　胆　记

"胆结石？没关系，小毛病，把胆割去就好啦！赶快到医院去。下午就开刀，三天就没事啦！"——这是我的一位好心的朋友听说我患胆结石之后对我所说的一番安慰兼带鼓励的话。假如这结石是生在别人的身上，我可以完全同意他的看法，可惜这结石是生在我的这只不争气的胆里，而我对于自己身上的任何零件都轻易不肯割爱。

一九六二年五月二十二日，我清晨照例外出散步，回来又帮着我的太太提了二十几桶水灌园浇花。也许劳累了些，随后就胃痛起来。这一痛，不似往常的普通胃痛，真正的是如剜如绞，在床上痛得翻筋斗，竖蜻蜓，呼天抢地，死去活来。医生来，说是胆结石症（Cholelithiasis），打过针后镇定了一会，随后又折腾起来。熬过了一夜，第二天我就进了医院——中心诊所。

除了胃痛之外，我还微微发热，这是胆囊炎（Cholecystitis）的征象。在这情形之下，如不急剧恶化，宜先由内科治疗，等到体温正常、健康复原之后再择吉开刀。X光照相显示，我的胆特别大，而且形状也特别，位置也异常。我的胆比平常人的大两三倍。通常是梨形，上小底大，我只是在越王勾践《卧薪尝胆图》

上看见过。我的胆则形如扁桃。胆的位置是在腹部右上端，而我的胆位置较高，高三根肋骨的样子。我这扁桃形的胆囊，左边一半堆满了石头，右边一半也堆满了石头，数目无法计算。做外科手术，最要紧的是要确知患部的位置，而那位置最好是能相当暴露在容易动手处理的地方。我的胆的部位不太好。别人横斜着挨一刀，我可能要竖着再加上一刀，才能摘取下来。

感谢内科医师们，我的治疗进行非常顺利，使紧急开刀成为不必需。七天后我出院了。医师嘱咐我，在体力恢复到最佳状态时，向外科报到。这是一个很令人为难的处境。如果在病发的那一天，立刻就予以宰割，没有话说，如今要我把身体养得好好的再去从容就义，那很不是滋味。这种外科手术叫作"间期手术"（interval operation），是比较最安全可靠的。但是对病人来讲，在精神上很紧张。

关心我的朋友们也开始紧张了。主张开刀派与主张不开刀派都言之成理，但是我没有法子能同时听从两面的主张。"去开刀罢，一劳永逸，若是不开也不一定就出乱子，可是有引起黄疸病的可能，也可能导致肝癌，而且开刀也很安全，有百分之九十几的把握。如果迁延到年纪再大些，开刀就不容易了……"这一套话很有道理。"要慎重些的好，能不开还是不开，年纪大的人要特别慎重，医师的话要听，但亦不可全听，专家的知识可贵，常识亦不可忽视……"这一套话也很中听。

这时节报纸上刊出西德新发明专治各种结石特效药的广告，不用开刀，吃下药去即可将结石融化，或使大者变小，小者排出体外。这种药实在太理想了！可是一细想这样神奇的药应该经由临床实验，应该由医学机构证明推荐，何必花费巨资在报纸上大登广告？良好的医师都不登广告，良好的药品似乎也无需大吹大攉。我不但未敢尝试，也未敢向医师提起这样的神药。

中医有所谓偏方，据说往往有奇效。四年前我发现有糖尿症，我明知道这病症是终身的，无法根治，但是好心的朋友们坚持要我喝玉蜀须煮的水，我喝了一百天，结果是病未好，不过也没有坏。这次我患胆石，从三个不同的来源来了三个偏方，核对之下内容完全一样，有一个特别注明为"叶天士秘方"。叶天士大名鼎鼎，无人不知，这秘方满天飞，算不得怎样秘了。处方如下：

白术二钱　白芍二钱　白扁豆二钱炒　黄蓍二钱炙　茯苓二钱甘草二钱 生姜五片 红枣二枚

就是不懂岐黄之术的人也可以看得出来这不是一服霸道的药。吃几服没有关系，有益无损，只怕叶天士未必肯承认是他的方子而已。

又有朋友老远的寄给我一包药草，说是山胞在高山采摘的专治结石的特效药，他的母亲为了随时行善，特地在庭园栽植了满满的一畦。像是菊花叶似的，味苦。神农尝百草，不知他尝过这草没有。不过据说多少人都服了见效，一块块的石头都消灭于无形，病霍然愈。

各种偏方，无论中西，都能给怕开刀的人以精神上的安慰，有时也能给病人以灵验的感觉。因为像胆石这样的病，即使不服任何药物，也会渐渐平伏下去，不过什么时候再来一次猛烈的袭击就不得而知。可能这一生永不再发，也可能一年半载之后又大发特发，甚至一发而不可收拾。所以拖延不是办法，或是冒险而开刀，或是不开刀而冒险，二者必取其一。我自内科治疗之后，体力复元很慢，一个月后体温始恢复正常，然后迁延复迁延，同时又等候着秋凉，而长夏又好像没有尽止似的燠热，秋凉偏是不来。这样的我熬过了五个月，身体上没有什么苦痛，精神上可受了折磨。胆里含着一包石头，就和肚里怀着鬼胎差不多，使得人心里七上八下的不得安宁。好容易挨到十月底，凉风起天末，中心诊所的张先林主任也从美国回来了，我于二十二日入院接受手术。

二十二日那一天，天高气爽，我携带一个包袱，由我的太太陪着，准时于上午八点到达医院报到，好像是犯人自行投案一般。没有敢惊动朋友们，因为开刀的事无论如何也不能算是喜事，而且刀尚未开，谁也不敢说一定会演变成为丧事，既不在红白喜事之列，自然也不必声张。可是事后好多朋友都怪我事前没有通知。五个月前的旧地重游，好多的面孔都是熟识的。我的心情是很坦然的，来者不怕，怕者不来，既来则安之。我担心的是我的太太，我怕她受不住这一份紧张。

我对开刀是有过颇不寻常的经验的。二十年前我在四川北碚割盲肠，紧急开刀。临时把外科主任请来，他在发疟疾，满头大汗。那时候，除了口服的Sulfanilamide之外还没有别的抗生素。手术室里蚊蝇乱舞，两位护士不住的挥动拍子防止蚊蝇在伤口下蛋。手术室里一灯如豆，而且手术正在进行时突然停电，幸亏在窗外伫立参观手术的一位朋友手里有一只二尺长的大型手电筒，借来使用了一阵。在这情形之下完成了手术。七天拆线，紧跟着发高热，白血球激增，呈昏迷现象。于是医师会诊，外科说是感染了内科病症，内科说是外科手术上出了毛病，结果是二度开刀，打开看看以释群疑。一看之下，谁也没说什么，不再缝口，塞进一卷纱布，天天洗脓，足足仰卧了一个多月，半年后人才复原。所以提起开刀，我知道是怎样的滋味。

　　但是我忽略了一个事实。二十年来，医学进步甚为可观，而且此时此地的人才与设备，也迥异往昔。事实证明，对于开刀前前后后之种种顾虑，全是多余的。二十二日这一天，忙着作各项检验，忙得没有工夫去胡思乱想。晚上服一颗安眠药，倒头便睡。翌日黎明，又服下一粒Morphine Atropin，不大工夫就觉得有一点飘飘然、忽忽然、软爬爬的、懒洋洋的，好像是近于"不思善，不思恶"那样的境界，心里不起一点杂念，但是并不是湛然寂静，是迷离恍惚的感觉。就在这心理状态下，于七点三十分被抬进手术室。想象中的手术前之紧张恐怖，根本来不及发生。

　　剖腹，痛事也。手术室中剖腹，则不知痛为何物。这当然有赖于麻醉剂。局部麻醉，半身麻醉，全身麻醉，我都尝受过，虽然谈不上痛苦，但是也很不简单。我记得把醚（ether）扣在鼻子上，一滴一滴的往上加，弄得腮帮嘴角都湿漉漉的，嘴里"一、二、三……"应声数着，我一直数到三十几才就范，事后发现手腕扣紧皮带处都因挣扎反抗而呈淤血状态。我这一回接受麻醉，情形完全不同。躺在冰凉、帮硬的手术台上，第一件事是把氧气管通到鼻子上，一阵清凉的新鲜空气喷射了出来，就好像是在飞机乘客座位旁边的通气设备一样。把氧气和麻醉剂同时使用是麻醉术一大进步，病人感觉至少有舒适之感。其次是打葡萄糖水，然后静脉注射一针，很快的就全身麻醉了，妙在不感觉麻醉药的刺激，很自然很轻松的不知不觉的丧失了知觉，比睡觉还更舒服。以后便是撬开牙关，把一根管子插入肺管，麻醉剂由这管子直接注入肺里去，在麻醉师控制之下可以知道确实注入了多少麻醉剂，参看病人心脏的反应而予以适当的调整。这其间有一项危险，不牢固的牙齿可能脱落而咽了下去；我就有两颗动摇的牙齿，多亏麻醉师王大夫（学仕）为我悉心处理，使我的牙齿一点也没受到影响。

　　手术是由张先林先生亲自实行的，由俞瑞璋、苑玉玺两位大夫协助。张先生的学识经验，那还用说？去年我的一位朋友患肾结石，也是张先生动的手术。他告诉我张先生的手不仅是快，而且巧，肉窟窿里面没有多少空间让手指周旋，但是他的几个手指在里面运用自如，单手就可以打个结子。我在八时正式开刀，十时抬回了病房。在我，这就如同睡了一觉，大梦初醒，根本不知过了多久，亦不知发生了什么事。猛然间听得耳边有人喊我，我醒了，只觉得腰腹之间麻木、凝滞，好像是帮硬的一根大木橛子横插在身体里面，可是不痛。照例麻醉过后往往不由自主的吐真言。我第一句话据说是："石头在哪里？石头在哪里？"由鼻孔里插进去抽取胃液的橡皮管子，像是一根通心粉，足足的抽了三十九小时才撤去，不是很好受的。

　　我的胆是已经割下来了，我的太太过去检观，粉红的颜色，皮厚有如猪肚，一层层的剖开，里面像石榴似的含着一大堆湿黏乌黑的石头。后来用水漂洗，露出淡赭色，上面有红蓝色斑点，石质并不太坚，一按就碎，大者如黄豆，小者如芝麻，大小共计一百三十三颗，装在玻璃瓶里供人参观。石块不算大，数目也不算多，多的可达数百块，而且颜色普通，没有鲜艳的色泽，也不清莹透彻，比起以戒、定、慧熏修而得的佛舍利，当然相差甚远。胆不是一个必备的器官，它的职务只是贮藏胆液并且使胆液浓缩，浓缩到八至十倍。里面既已充满石头，它的用处也就不大，割去也罢。高级动物大概都有胆，不过也有没有胆的，所以割去也无所谓。割去之后，立刻感觉到腹腔里不再东痛西痛。

　　朋友们来看我，我就把玻璃瓶送给他看。他们的反应不尽相同，有的说："啊哟，这么多石头，你看，早就该开刀，等了好几个月，多受了多少罪！"有的说："啊哟，这么多石头，当然非开刀不可，吃药是化不了的！"有的说："啊哟，这么多石头，可以留着种水仙花！"有的说："啊哟，这么多石头，外科医师真是了不起！"随后便是我或繁或简的叙述割胆的经过，垂问殷勤则多说几句，否则少说几句。

第二天早晨护士小姐催我起来走路。才坐起来便觉得头晕目眩，心悸气喘，勉强下床两个人搀扶着绕走了一周。但是第三天不需扶持了，第四天可以绕室数回，第五天可以外出如厕了。手术之后立即进行运动的办法，据说是由于我们中国伤兵在第二次世界大战中所表现的惊人的成效而确立的。我们的伤兵于手术之后不肯在床上僵卧，常常自由活动，结果恢复得特别快，这给了医术人员一个启示。不知这说法有无根据？

我在第九天早晨大摇大摆的提着包袱走出医院，回家静养。一出医院大门，只见一片阳光，照耀得你睁不开眼，不禁暗暗叫道："好漂亮的新鲜世界！"

了 生 死

　　信佛的人往往要出家。出家所为何来？据说是为了一大事因缘，那就是要"了生死"。在家修行，其终极目的也是为了要"了生死"。生死是一件事，有生即有死，有死方有生，"了"即是"了断"之意。生死流转，循还不已，是为轮回。人在轮回之中，纵不堕入恶趣，生、老、病、死四苦煎熬，亦无乐趣可言。所以信佛的人要了生死，超出轮回，证无生法忍。出家不过是一个手段，习静也不过是一个手段。

　　但是生死果然能够了断么？我常想，生不知所从来，死不知何处去，生非甘心，死非情愿，所谓人生只是生死之间短短的一橛。这种看法正是佛家所说"分段苦"。我们所能实际了解的也正是这样。波斯诗人峨谟伽耶姆的四行诗恰好说出了我们的感觉：

> Into this universe, and why not knowing,
>
> Nor whence, like water willy-nilly flowing;
>
> And out of it, as wind along the waste,
>
> I know not whither, willy-nilly blowing.

　　　不知为什么，亦不知来自何方，

　　　就来到这世界，像水之不自主的流；

　　　而且离了这世界，不知向哪里去，

　　　像风在原野，不自主的吹。

　　"我来如流水，去如风"，这是诗人对人生的体会。所谓生死，不了断亦自然了断，我们是无能为力的。我们来到这世界，并未经我们同意，我们离开这世界，也将不经我们同意。我们是被动的。

　　人死了之后是不是万事皆空呢？死了之后是不是还有生活呢？死了之后是不是还有轮回呢？我只能说不知道。使哈姆雷特踌躇不决的也正是这一段疑情。按照佛家的学说，"断灭相"决非正知解。一切的宗教都强调死后的生活，佛教则特别强调轮回。我看世间一切有情，是有一个新陈代谢的法则，是有遗传嬗递的迹象，人恐怕也不是例外，长江后浪推前浪，一代新人代旧人，如是而已。又看佛书记载轮回的故事，大抵荒诞不经，可供谈助，兼资劝世，是否真有其事殆不可考。如果轮回之说尚难证实，则所谓了生死之说也只是可望不可即的一个理想了。

　　我承认佛家了生死之说是一崇高理想。为了希望达到这个理想，佛教徒制定许多戒律，所谓根本五戒、沙弥十戒、比丘二百五十戒，这还都是所谓"事戒"，菩萨十重四十八轻戒之"性戒"尚不在内。这些戒律都是要我们在此生此世来身体力行的。能彻底实行戒律的人方有希望达到"外息诸缘，内心无喘"的境界。只有切实的克制情欲，方能逐渐的做到"情枯智讫"的功夫。所有的宗教无不强调克己的修养，斩断情根，裂破俗网，然后才能湛然寂静，明心见性。就是佛教所斥为外道的种种苦行，也无非是戒的意思，不过做得过分了些。中古基督教也有许多不近人情的苦修方法。凡是宗教，都是要人收敛内心，截除欲念。就是伦理的哲学家，也无不倡导多多少少的克己的苦行。折磨肉体，以解放心灵，这道理是可以理解的。但是以爱根为生死之源，而且自无始以来因积业而生死流转，非斩断爱根无以了生死，这一番道理便比较的难以实证了。此生此世持戒，此生此世受福，死后如何，来世如何，便渺茫难言了。我对于在家修行的和出家修行的人们有无上的敬意。由于他们的参禅看教、福慧双修，我不怀疑他们有在此生此世证无生法忍的可能，但是离开此生此世之后是否即能往生净土，我很怀疑。这净土，像其他的被人描写过的天堂一样，未必存在。如果它是存在，只是存在于我们的心里。

西方斯多亚派哲学家所谓个人的灵魂于死后重复融合到宇宙的灵魂里去，其种种信念也无非是要人于临死之际不生恐惧，那说法虽然简陋，却是不落言筌。蒙田说："学习哲学即是学习如何去死。"如果了生死即是了解生死之谜，从而获致大智大勇，心地光明，无所恐惧，我相信那是可以办到的。所以在我的心目中，宗教家乃是最富理想而又最重实践的哲学家。至于了断生死之说，则我自惭劣钝，目前只能存疑。

谈歌星华怡保及其他

　　这里刊出的一批信件，是梁实秋先生在过去七八年间写的。梁先生不仅散文自成一家，尺牍也极为精妙，每有来信，朋辈皆以先读为快。现选出他写给我的一部分来信，都是有趣味而不涉及个人私事的，以飨读者。

——王敬羲附

敬羲：

　　收到《奔潮山庄》，谢谢。我于十月二十三日入院割胆，割出大小石块一百三十三枚，色泽不如舍利子之鲜艳，总是道力不深之故。住院八日，回家休养，现尚未完全康复。腹心大患已除，希望此后健康转佳，有几年好日子过也。病榻上僵卧数日，感慨万千，所谓"生死事大，无常迅速"，不能不为之悚然！聂华苓之老母昨日病故，癌症缠身，苦痛经年，现得解脱。另封邮上《清华八年》小册，可供二十分钟之消遣否？《奔潮山庄》中所提起之《罗马兴亡史》是《罗马衰亡史》之误，原文是 *The Decline and Fall of the Roman Empire*，应改正。匆上即颂近安！

梁实秋拜启

一九六二. 十二. 十七

敬羲：

函悉。我患痔，卧病匝月，现尚未起床。写稿事实在无法应命矣。老病侵寻，其何能久？你送我的葡萄秧，已长大成树，结实累累，不幸被墙外顽童窥见，尽数偷去。杜工部园枣为邻妇扑食，乃成诗一首。我无此雅兴，喟叹而已，匆上即颂

暑安！

实秋拜启

一九六四. 六. 二十七枕上

敬羲：

前些天收到你寄来的两本书，还没有谢谢你呢。欢迎你到台湾来。光中、夏菁、华苓都在美国。听说华苓在美国有点什么问题，你来信又说她"心绪不佳"，我不太清楚，我只觉得她万里寻夫应该是件喜事罢了。林太乙女士来过，要我给《读者文摘》翻译。我不好拒绝，今天译完了一篇，大概刊在四月号。很难译，译得不好，如有人给我修改润色我最欢迎。我的稿子欢迎人改（当然原来对的不欢迎改错了）。在台湾能翻译的，我看以吴奚真为比较可靠。潘焕昆、李宜培都是好手。你和思果先生是中坚分子，成绩一定可观。见面再谈罢。

实秋拜上

一九六五. 二. 十五

敬羲：

　　你赴美后，先收到明信片一，近又收到十一月八日函。羁旅滋味如何？尤其是回到斗室之中，孤灯一盏，万种杂事涌上心头，此时胸怀最难排遣。台北生活，纸醉金迷，只限于某一阶层。例如区区，前至中国饭店探视足下，尚系首次涉足观光饭店大门之内。近李敖与萧先生邀往统一饭店听华怡保，区区避谢未敢应命。此等事不可开其端，一开端便会上瘾，不可收拾矣。（华怡保近在电视出现，仪态万千，非常成功，我观赏至半，突有客来访，未能听完，大煞风景……）光中夫人日内赴美，前来辞行，似较前丰腴。夏菁将乘船回国。但见朋辈来来往往，人生如是如是。秋凉，盼多珍重。

梁实秋拜启
一九六五.十一.十九

　　内人附候

敬羲：

　　"魔鬼之约"未践，害得我们苦等了两个月。在三缺一的情形下，我还是约了光中、夏菁来饮酒了。我已退休，趁着还带一口气的时候不走，更待何时？老年人不交棒，青年人等得发急，我如今总算把棒子丢下了。此后生活如何维持，我也不知道。你最近能来台一行，希望你带四瓶"亚漠生"（Amosan），因为内人使用颇为有效。有一先决条件，药价我要照付，你不得拒收，否则作罢。秋凉矣，大是快慰。匆复即祝近安！

梁实秋顿首
一九六六.十.二

敬羲：

　　两函均诵悉。香港风云紧急，我为你们捏一把汗。要回台湾来，须先启程来，谋事在后，不可待事谋定而后启程。俗语云："老天爷饿不死瞎麻雀。"《路加福音》（十二章六节）亦有类似一语："天主之前，无一雀被遗忘。"何况你非麻雀，而且不瞎！七月间能返台一行，甚佳；若举家返台，更佳。所附剪报，奖誉过甚。光中近有一诗，题为《梁实秋被骂》。毁誉之来，均不可料，呵呵！愚夫妇身体粗安，小女文蔷全家返台，热闹之至。暑热，珍重。

梁实秋拜启

一九六七. 六. 三

实秋杂文

文人对时代的责任

像闪电发光于雷声之先，梅花早于春天而开放，自古以来，文人都是走在时代的前端的。

文学非时代产儿

有人认为文学是时代的产儿，飞扬的时代，有飞扬的文学；颓废的时代，有颓废的文学。这种说法，听起来似乎是很有道理的，但实际上，由于论者误解了文学的本质，却不免予人以落空的感觉。

做了将近半世纪大学教授，新近刚决定抛弃粉笔生涯退隐著书的梁实秋先生，对于文学与时代的关系所持的见解是超然而中肯的。他说，我们固然可以认为文学是不能完全脱离现实而凭空虚构的，但现实却不是塑造文学的模型；同样的意义，文学可以成为引导时代的主流，却不能作为时代的垫脚石，或是被役于时代。

思想领导了时代

就以革命的事业来说罢，梁先生指出，不论古今中外，任何一次激使千万人流血与千万人牺牲的变局，无一不是由文人颖慧而刚劲的笔尖挑发起来的，法国的卢梭，俄国的托尔斯泰，满清末年的梁启超，他们都是借文学启迪的力量，将他们的思想，汇成了一股超越时代的洪流，而领导了时代。

文学是不能以揠苗助长的方式来促其发展的。梁先生说，一个社会，或一个时代，要想产生优美而感人的文学，最好谁都不要去管它，完全让它在独立自由、不受任何外来因素干扰的环境里萌芽滋长，只要到了一个相当的时期，在文学的田园里，自然就会开出灿烂的花朵，结起丰硕的果实；反之，如果采取预先定货的方式，硬行指定文人写作的范围，限制写作的形态，最后，必将使文人的思潮枯竭，文学的园地荒芜，知识分子闷得喘不过气来，社会失去了祥和。像在这样蒸笼般的环境里，要想产生完全合于人性并能启迪时代的文章，岂非奢望？

园里深山树不同

文人很少会有不爱自己的国家，梁先生说，写文章的人，自然也热切地希望着国家民族能够早日复兴，大家都能从颠沛流离的状态中恢复安居乐业的生活。只不过，在文学的领域里，我们最好还是让作者凭着他们理性的触觉，心平气和地去自由发展，不要把政治的因素在文学里面看得太重。他指出，公园里面的树木，长起来永远赶不上深山里的粗壮。

以当前文学发展的情势来看，梁实秋先生认为我们的戏剧实在显得太脆弱了。弱的原因，固然是戏剧创作比较困难，但戏剧所受到的限制较多，也是一个重要的因素。

文学和政治分开

日耳曼民族爱国的狂热是举世闻名的，但他们把文学和政治却分得极为清楚。这位研究莎翁名著达四十年之久的学者举例来说，二次大战期间，正当德国和英国打得难分难解的时候，德国的军中康乐队于驻军地带巡回演出的节目，有时候却是英人莎士比亚的剧本，而德国的士兵们看了之后，也从未发生思想不稳或感于敌人的伟大而丧失斗志等现象。这件事情，看来似乎很平常，但他们在艺术面前隔开政治的气魄，却予世人以深远的影响。

今天的美国，电视是最为普遍的。在电视剧里，他们虽然偶尔也会借科学的发明来宣扬国家的力量，但大体上，仍以纯粹娱乐性的内容为主。他们都不愿把冰冷的政治与国际变故向轻松的家庭强行推销，使人性受到分化。梁先生说，戏剧本身并不是社会教育的工具，我们用它来宣扬忠孝仁爱是可以的，但其真正的价值却不在此。否则，戏剧本身的意味就淡而且苦，不值一尝了。他指出，近些年来对于文人写作的自由，已经做到相当尊重了，但今后仍须扩而大之。这样，文人才能有更独立的意志，去领导时代，创造时代，对国家、社会尽毫无保留的责任。

文穷后工费斟酌

写作环境的好坏，对于一个文人是相当重要的。有人说，"文穷而后工"，这句话，在梁实秋先生看来，是有斟酌的余地的。他说，文穷而后工的"穷"字，实具有两种意义，一种是怀才不遇的穷，一种是衣食不继的穷。第一种穷，也就是孟子所谓"穷则独善其身"的穷。在中国，学而优则仕的哲学是一向被人深信不疑的。今天，虽然时代的潮流变了，但知识分子群中，仍有极大多数的人丢不开做官的抱负。一个满腹学问的人，做了官以后，阶级高的志在兼善天下，须日理万机；阶级低的，也须等因奉此，服千百人之务。于是，他们没有时间去写文章，所以，就根本谈不上工与不工的问题了。但如官运不好，一生不进仕途，或是因当道不聪及本身无行而丢掉了官，从此摆脱了"等因奉此""姑准所请"与"着交议处"等等缠累之后，一方面由于权威无处可使，顿萌"君子疾没世而名不称焉"之爱，一方面感于四周潮涌般的熟面孔突然消散，而耐不住精神落空后的苍凉，遂把精力和时间转向著述方面去，其结果，丰富的学识，加上对人情世态深沉的体验，"工"的文章便如江河决堤，洋洋洒洒地写出来了。像《离骚》，像元曲，像清代的小说，都是在这种穷的形态下产生的。

马克思与海明威

第二种穷是最现实的，也就是饥寒交迫的穷。梁先生说，穷，固然不是一种罪过，更不是一种耻辱，但我们却不必强调一个文人必须先没有饭吃，然后才能写出好的文章。他指出，在历史上，的确曾有人在三餐不继的环境里写出了不朽的文章，但比起家境优裕的文人在写作方面创立下来的成就，那就不值一谈了。他表示，凡是为生计所困的人，多少总会有点愤世嫉俗的，他们对于事理的观察，常常欠缺一种客观与平实的衡量。结果，写出来的文章便免不了有偏激与漠视常理的倾向。而丰衣足食的文人，他们的心境常是坦荡的，写起文章来也就容易显得平正而和谐。海明威的小说里，充满了乐观奋斗的故事，每一个人物，一举一动都能发挥出人性的极致，更不能说与他富有的生活无关。

穷是进步的大害

再说十七世纪英国的大诗人密尔顿（John Milton，1608—

1675）罢，他在文学方面的成就，便是完全因他富有的家境得来的。当他大学毕业的时候，眼看很多同窗好友都抛下了书本，到社会上为谋生而忙碌，而他，由于家里钱多，不需他做事养家，因此，在他父亲的鼓励下，他便住到乡间别墅里去，又埋头读了五年书，由此奠定了他一生创作的基础。梁实秋先生说，若是密尔顿出身清寒，大学毕业以后，也须和其他年青人一样丢下书本就业谋生，那他不仅在世界的文坛上取不到一席之地，就是在英国的文人群中，顶多也不过做一个无名的小卒。因此，梁先生指出，贫穷虽然不足斩断文学的生机，但却是社会进步的大害。为了培养更多的文学家，固须消灭贫穷，就是为了促进人类理性的生活，也须向贫穷宣战。我们宁可文章不工，也不要和贫穷为伴。

文学艺术与灵性

近百年来，中国人在东西文化对垒中，处境真是尴尬极了。一方面舍不得抛弃旧有传统，但对祖先的遗产却又不善保管与发扬；一方面震栗于西方精神与物质的文明，但接受起来的态度，又显得傲慢与暧昧。

那么，中西文化比较起来究竟谁最高明呢？这个问题在梁实秋先生看来，是不值一答的。他说，如果我们一定要对中西文化作一比较，他就只好说有些地方，中国的文化是优于西方的，而有些地方却又不如西方，其余的部分便是两者都好，根本不能相比。谁能肯定地说水比火强或是火比水强呢？尤其是在艺术与文学方面，这常与民族的灵性有关，我们更不能妄加评断，硬指中优于西，或西优于中。不过，梁先生说，大体看来，到了今天，中比西好的地方是越来越少了。

祖先真传忘光了

最显著的感觉，他说，便是每次走进博物馆的时候，心里总是充满了羞愧。因为他觉得我们的祖先的确是伟大的，他们留给后代的遗产如此之丰，而我们不肖，却压根儿把那些真传忘记光了。他记得有一次和一位工业界的朋友一同去故宫博物院参观，当他们走近殷商时代所铸的青铜器的橱窗前面的时候，他指着橱里的大鼎悄悄地问着他的朋友说："今天贵厂能够造出来这样的大鼎吗？"他的那位朋友回答的声音更低："我们不能。"说着，他似乎觉得不好意思，立即又补充一句："恐怕别家工厂也不能！"

梁实秋先生无限感慨地说，保存祖先的遗产，博物馆绝不是一个理想的地方，最重要，还是有赖于我们发扬光大。他指出，假使当年莱特兄弟所驾的飞艇被送进历史博物馆以后便被人遗忘。则我们今天的松山机场也许还是一片种满稻子的水田。事实如此，我们在宋代就已发明了火箭，但今天却从美国的甘乃迪角射向无极的太空！

道德处于退潮中

今天，我们的物质文明固然赶不上西方，就是精神文明也一样不能和人相比。梁实秋先生说，物质文明落在人后，如能避免别人失败的覆辙，接受别人成功的经验，追赶起来也许还不至于十分困难，但如精神文明比不上人家，要想轰轰烈烈地追上去，就不是一朝一夕的工夫所能做到的了。他指出，我们国民的道德水准，今天正处于退潮的状态，居家独处也好，待人接物也好，时时刻刻都在一种以私害公与损人利己的观念支配下进行思想与行为的活动，这种与道德的发扬背道而驰的现况，是有害于国家民族生存的根本的，亟应该提出加以具体的讨论。他说，救亡图存，固是当务之急，刻不容缓，但他却并不主张全盘西化，样样都学人家。也就是说，只要每一个国民都能懂得做人的基本道理，善尽义务，慎享权利，认清公私，明辨得失，朝野上下，兢兢业业地先从匡正人心做起，精神文明才能宏扬致远，民族才有前途。

胡适之并未忘本

谈到精神文明的式微，梁实秋先生对已逝世的胡适之先生的胆识是非常推崇的。他说，胡先生生前曾因写文章坦直指出民族的弱点，受了不少人的误解和责难，说他忘本，说他轻藐自己的同胞，甚至说他污蔑民族的文化。其实，这些评断都有偏见，都是背公道的。

他说，差不多是五年前的事了，有一次，他和胡先生两人一道去美国参加一项学术性的会议。胡先生应许多美国朋友之请，曾以中国文化为题，发表过一次公开演讲。他记得，胡先生所讲的内容，都是以中国的道德精神为本位的，他推崇中国文化与历史的心情，是极其实在而诚恳的。只不过在他看到中国文化传续到今天所显示出来的退化与堕落的现象，使他感到忧痛而有胆量承认，并敢于提出来讨论罢了。梁先生慨叹着说，文化道德虽然是无形的，但却一点不能虚饰，否则，自欺欺人，既对自己没有好处，也会贻人笑病。

文人不是消防车

有些人不太了解文学，他们常把文学看成为一种单纯的工具，或是视为国家的零件，误信可以利用文学来武装权势，或者可以借文学来达到政治上的目的。这在梁实秋先生看来，都是不切实际的。他说，诚然，文学是不能离开国家的，这就好像蓓蕾不能离开枝叶一样。只是，我们不能以功利的眼光来看文学，也不能把文学看成可以任意驱使的羔羊，文学的价值，在于深远的影响力，文学绝不是消防工具，可以用来救灭已经发生的火灾的。当抗日战争期间，吴稚晖先生曾有"文学无用论"之议，便是文学不能救急的意思。梁先生是同意稚老的看法的。他指出，文学报国是权宜的，是借用的，并非是文学本身的责任，而且也不可能产生立即而伟大的效果。他举例来说，假使有强盗侵入我们的住宅，危害到我们生命和财产的安全，为了自卫，我们是不会选择武器的，有了斧头，我们就会拿斧头，有了菜刀。我们就会拿菜刀。固然，强盗在我们的斧头或菜刀的抵抗下跑走了，但我们却不能说斧头和菜刀是为了对付坏人而用的。换句话说，拿斧头或菜刀来抵抗强盗也只是借用而已。所以文学之为用，是陶冶人心，以及对民族的灵性潜移默化，功效在于长久，是绝不能像我们喝咖啡用糖一样放进杯里就有甜味的。

不能脱离道德的轨迹

那么，文学与道德有没有关系呢？梁实秋先生毫不思索地说，文学和道德是并行不悖、相得益彰的，文学有了道德的因素在内，将显得更为柔润感人；道德借文学的传播，将更容易深植人心。

十九世纪后一半，颓废派（Decadents）的文学在欧洲曾风行一时，以法国蒲特雷（Baudelaire，Charles，1821—1867）、马拉尔麦（Mallarmē，Stēphane，1842—1898）及魏伦（Verlaine，

Paul，1844—1896）等为首的诗人和小说家，他们感情多变，耽于幻想，专以描写变态的、矫饰的及神经病一类的人物为能事；他们排斥一切的科学与宗教，企图以官感的能力，来揭发超乎时空自然的奥妙，流风所及，曾使人类的精神文明为之黯淡一时。三十多年前，创造社郁达夫之辈在上海也曾大力提倡堕落文学，一些"为赋新词强说愁"的幼稚文人，为了追求时髦，动辄以不道德的人与事相配搭，来作为写文章的题材，这对于抗战前的社会人心，曾经发生了极恶劣的影响。梁实秋先生一向是反对这种写作态度的，他说，在郁达夫贩卖堕落文学不遗余力的时候，他正好也在上海。为了驳斥这派邪说横流，他曾以《文人有行》为题，写过一篇文章来强调文学不能脱离道德的轨迹，否则，文学就会变成一种包有糖衣的毒药，使纯真的人性在甜蜜的感觉中死亡。

厨师不能喻文人

有些浅薄的人，常认为道德与文学是没有关连的，他们觉得一个文人只要文章写得好，其人格的高低与品德的好坏，是大可以不必过问的。他们为了混淆视听，曾强词夺理以厨子与做菜来比喻文人与写作。他们说，一个厨师做菜的好坏，与他在外面有无外遇是没有关系的，他的品德就是再差，只要会做菜，让食客们吃来津津有味就好了。他们也以宋朝末代的宗裔赵孟頫。和二十多年前的汪精卫为例，认为赵孟頫为宋室宗亲，对于大宋江山的捍卫，有异于常人的责任，讵料于宋亡后，他不思国破家灭，竟强颜事敌，官至显职；汪精卫为党国革命元老，本应千秋俎豆，受人崇祀，谁知他竟于国家存亡绝续之际，向敌人投降。在义理上，赵、汪两人都是有亏大节的，也都是无行的，但他们的文章与书法却都是精彩绝伦、脍炙人口的，这不都是顶好的间接与直接说明文章与道德无关的例子吗？

何必隐善而扬恶

这个例子到底举得对不对呢？在梁实秋先生看来，至少是不足为训的。他说，厨师做菜的好坏，仅倾向于单纯的经验与技巧，而所需要内在性灵的条件却并不十分重要，再说做出来的菜好与坏，对时空的影响也极其狭隘与微小；但写文章的人，如果没有好的品德与节操，必会误解是非，难辨善恶，昧小利而轻大义。这种思想和行为如果发生在一个普通人身上，顶多流入歧途，为人不齿，但如一个文人存有这种观念，并将之形诸于文字时，轻则诲淫诲盗、腐蚀人心，重则动摇国本、贻祸千古，自毋待言。

梁先生指出，赵孟頫和汪精卫的文章写得固然不错，但我们读起来却远不如诸葛武侯的《出师表》、岳武穆的《满江红》、文天祥的《正气歌》来得悲壮而感人。换句话说，假使他们两人都能善保大节的话，至少，我们今天读起他们的文章来，其韵味就不会这般萧索和寡味了。就以汪精卫来说吧，他的确是有过凌云壮志与为国家民族牺牲的勇气的。清末年，他在北京谋刺摄政王事败被捕时所作"慷慨歌燕市，从容作楚囚；引刀成一快，不负少年头"的这首诗，是多么气吞河岳啊！但我们今天读起来，对他的印象就觉得平淡无奇了。梁先生说，我们何必一定要拿这两个历史上的糊涂人来作例证，而要把那千千万万道德、文章冠于一世的人隐而不谈呢？

"文章写不好是没有关系的，要是人做不好可就不行了。"这是幽默大师林语堂先生的由衷之言，而梁实秋先生对这两句话也是看法一致的。

油尽灯残论旧诗

像鸟鱼花草一样，文学也是有机体的。只要是有机体的东西，就避免不了衰老与死亡。因此，梁实秋先生告诉我们说，文学家的笔最好能像探险家的脚一样，要经常不断地寻求新路走，既不能死守着昔日的范例，也不能迷恋于过去的光荣。所谓发扬国粹也者，由于"发扬"两个字含有光大与创新的双重意义，是可以讲得通的，但我们如果只说保存国粹或依旧有形态来塑造国粹，便有点显得不对劲。梁先生说，任何国粹，如果不能继续发扬，就会衰老死去。他以我国的旧诗词为例，解释着说，今天，我们在五言、七律上面不管下多大功力，都不可能赶过唐诗；在填词方面不管呕多少心血，也不可能赶上宋代，这并不是我们这一代的文才比不过唐宋，也不是功力深浅的问题，而是我们所表现于唐诗和宋词方面的技巧，已经显得油尽灯残、穷于变化了。

古人笔下翻斤斗

不过，梁先生说，我们今天以这样的态度来看唐诗和宋词，在观念上，并没有否定唐诗和宋词在文学领域里的地位和价值，只是说，我们不必泥古于唐诗和宋词的形式，在古人的笔尖上翻斤斗。换句话说，如果我们肯下工夫去研究唐诗和宋词，来吸取它们的精义，再融入我们自己现实环境的体验和超越时空的想象力，我们就可以推陈出新，创造出另一种形态的文学来，以代替萎谢与死亡了的旧文学。梁实秋先生指出，唐诗宋词，以至于传之已久的国剧，怕有一天都会被彻底淘汰的。这正如今天我们已经舍弃了"骑驴过小桥"而改乘汽车走大马路一样。

当然，我们这里所说的淘汰，在意义上并不等于中国文化的消蚀或陨灭，而是如我们在上面所说的，唐诗和宋词等旧式文学被淘汰以后，我们自会有比旧式文学更优美的新文学出现，国剧一旦成为绝唱以后，我们更必然会有愈切合时代需要和更能启发人类性灵的新戏剧产生，而且，这些"新"的曙光已经在我们的眼前闪耀多时了。

一代有一代的风格，一代有一代的抱负，这是谁也不能否认、谁也反对不了的。

虽新鲜无补大计

洪水猛兽威胁着我们的时候，我们有时还可以设法抵抗，以求自保；但文化的力量，一旦加到我们的身上，及其对我们所能发生的影响，却如雷霆万钧，谁也阻遏不了的。日本人想要逃避西洋文化潮流的冲击，闭关不成，觉悟自奋，遂有明治维新的盛世；中国人在同一时代想逃避西洋文化潮流的浸淹，因缺乏自觉，几乎沉入渊底。

有人说，我们的知识界在清末面对西洋文化洪流冲击时，是已经有了自觉表现的，像张之洞先生不就倡导"中学为体，西学为用"吗？但这种说法是不足为据的。梁先生指出，张之洞先生"中学为体，西学为用"之说，是生吞活剥的，是固执多于容忍的，他只想把外国机器上面的齿轮和引擎搬下来，硬行安装在我们的牛车上，想把别人犀利的舰炮拆下来，架立在我们的要塞和城堞上，所以，这顶多只能算是半自觉状态，一时固可予人以新鲜之感，但于大计却少有所补。正因为这个缘故，我们在近世科学方面的成就才悬于虚空，才远落在日本人之后。

梁实秋先生认为，我们对于外来的文化，除了应该虚心接纳外，并须把它和我们的文化融在一起。他指出，用我们文化的精神与西洋的科学技术相契合，不仅可以发挥实用上的效果，有时，还可能激发出另一种文化的火花，来燃亮人类精神与物质的文明。

五百年是太长了

谈到旧文学与至今仍在摸索阶段的新文学相比较，究竟谁高谁低，梁实秋先生说，这个问题就好像有人问到中西文化谁高谁低一样难于作确切而肯实的答复。他略经思考，又委婉地说："不是吗？旧的总是不合时宜的，我们与其在不合时宜的事物上费工夫，那就不如在新而有趣的事物上去找些心得了。"

他特别提到，有一次，他和胡适之先生在一起闲谈时，两人曾不约而同地想到赵瓯北的一首诗：

> 李杜诗篇万口传，至今已觉不新鲜。
>
> 江山代有才人出，各领风骚五百年。

这首说明文章也会陈腐，文人不宜老大的七言诗，是梁、胡二先生共同喜爱的。梁先生说，当他们谈起这首诗，他曾开胡适之先生的玩笑说："胡先生，我看五百年的时间似嫌过长，我们只要五十年就够了。"

"何必把它七折八扣呢？"

胡先生不解地笑着问："你有什么新的感触吗？"

"多少是有一点的，"他说，"比如'五四'前后吧，你所作的白话诗，是满叫座的，可是，要是拿来与今天一些年轻人所作的新诗来比，你就不如他们了。'五四'到今天，还不到五十年呢！"

"呵呵！"胡先生大笑起来，"你原来是指我而言的呀！其实啊，我是从来没有认为自己的白话诗作得不错的，我只不过想做一个时代的尖兵，开一番风气罢了。"

周梦蝶秋菊凌霜

最近十多年来，在台湾的文艺界，梁实秋先生认为新诗的创作，虽然分量不多，但进步的速度却是快得惊人的，尤其是有些新诗作者所表现的独立风格与清逸的情操，也足堪令人激赏。

他特别提到许多年轻的诗人，例如余光中先生所写的新诗，其境界之高与其词意之美，应不亚于流传多年的旧诗；他也提到在武昌街走廊底下摆书摊为业，终年安贫乐道的周梦蝶先生所写的新诗，犹如秋菊凌霜，也充分予人以清新脱俗之感。

不过，他也感觉到今日社会对于新诗多少还存有一些不谅解的态度，觉得新诗无韵无律、晦涩难读，是一种时代的邪门。梁先生认为这是不必的。他说，我们每一个人都应该有一种雅量，学着去欣赏别人的成就，因为世界上有许多伟大的科学家与伟大的文学家，差不多都是在摸索中发现新奇，在试探中写出他们千古不朽的文章的。尤其是文学和艺术作品，往往必须蕴存着相当深度，一篇文章或是一幅画，如果让人一看就明明白白，有时并不一定就是好的。

莎著愈久愈芳醇

谈到文学和艺术必须具有相当的深度，梁实秋先生遂把话题转到莎士比亚戏剧这一方面来。他说，他虽然是在偶然的情况下对莎翁名著发生兴趣的，但到今天，他已经在这方面下了整整四十年的工夫了。

四十年来，他深深地觉察到，虽然莎士比亚离开人间已有三百五十整年之久，虽然人类的生活方式已经改变了许多，但他给后世文学所留下来的影响，却如瓮中久储的花雕，愈久愈显得芳醇。

那么，莎翁给后世的影响到底在哪里呢？

梁实秋先生认为是可用"极致"两字来形容的。正因为"极致"的意义渊博深远，我们也就很难用文字或言语来予以完全的表达。不过，根据他个人四十年来研究的心得，他有两方面的感想。

第一，从莎翁名著中得来的启示。他觉得文学是不能流于褊狭或失之浅薄的。他说，文章只要够精深，用字的多少倒是没有多大关系的。不过，他又认为用字的多少，仅是指某一篇文章而言的，至于作品的分量仍是应该被我们所重视。这个道理很简单，因为文章写得多了，其流传面就会相对的增广。否则，要是只写一篇文章，不论其内容多么精彩，对社会也不可能发生多大的影响。

读名著应无偏舍

莎翁的作品在分量上是不是够多了呢？梁先生说，比起那些写有一千多本著作的作家，自然是不够多的；但是，能有三十七本如此成功的著作，也不算顶少的了。何况，在他三十七本戏剧里所塑造的人物及其所经历的故事，真可以说是人情之腻，无所不写，天地之大，无所不包。

有些人在研究或欣赏莎士比亚戏剧时，常爱加以选择，说什么喜欢这本，讨厌那本，结果，本本都是走马看花，很难作深度的领会。这种态度，是梁先生所不取的。他说，只要是莎翁的著作，不论好坏，每一页、每一字他都会细心研究，尤其是大多数人认为是坏的部分而不愿意浏览的，他更要费工夫去阅读。因为他觉得像这样一位旷世的剧作家，呕心沥血所写出来的戏剧，又怎能会坏到哪里去呢？再说，就算真正是坏的，其值得我们研究的地方，也许比好的还要更多。大多数的人都有个共同的缺点，就是喜欢向热闹的地方挤，殊不知真正有价值的东西，却常常隐蔽在少有人注意的地方。

难为莎翁找化身

经过了长时期的揣摩和分析，梁实秋先生对于莎士比亚的剧本第二点感想，便是觉得我们于研究一般文学作品时，或许可以从中找出作者的思想体系，借以认识他的意识和使命，但对莎士比亚来说，我们却像在汪洋大海里无法把握住浪花的变化一样难于归纳出他的思想体系。梁先生说，我们研究《红楼梦》时，便有人认为书中的贾宝玉便是作者曹雪芹的化身，这是从故事中的人物造型及其意识形态来与作者的身世背景相对照所获得的假设，但我们却不能用贾宝玉与曹雪芹的原则来为莎士比亚找化身。因为在他三十七本戏里所出现的人物，有武士，有懦夫，有英雄豪杰，有贩夫走卒，有挥金如土的，也有视钱如命的，而且每一个在故事中露面的人物，一言一动，都莫不是有他不可或缺与不可以第二人相替的分量。所以，我们根本就不能武断而轻率地指出哪一本戏里的哪一个角色就是莎士比亚，我们更不能凭个人的爱恶去假定莎士比亚就像哪一个角色。

事实上，戏的价值，顶多只能对具体的人生予以淡淡地刻画，而并不能用作宣传思想的工具，否则，就会像拿消防队救火的水龙头来浇花一样不切实际。所以，梁先生指出，我们大可以不必耗费精神和时间去研究莎士比亚像谁，或是谁像莎士比亚，这正如在逻辑学的观点上，我们不能说苹果像什么一样。

戏里人人有知音

前面已经说过，莎士比亚编戏与演戏的目的，只是为了赚钱，所以，他的戏剧既不是为效忠某一个阶级而写，也不是为某一个种族而写。在这种无拘无束、独立自由的环境里所写出来的剧本，自然让谁看起来都会在其中找到知音，也自然会与剧中的人和事，在感受上趋于一致，在心灵上发生共鸣。梁实秋先生特别指出《威尼斯商人》这一出戏，他说，《威尼斯商人》这出戏的剧情，本是叙述基督教徒压迫犹太人，并且以取笑和轻侮犹太人为乐事的喜剧，很多人看了都会觉得情趣横生，感到好笑；但是，当这出戏在德国上演时，犹太籍的德国大诗人海涅（Heine）看了却痛哭流涕，认为莎士比亚写出了犹太民族的悲哀，更写出了他的心声，为被压迫的民族出了一口怨气。他觉得《威尼斯商人》不仅不是喜剧，反而是引人堕落的悲剧。梁先生说，莎士比亚的戏剧最成功的地方，也就是在这里，他能在引人疯狂的喜剧里融进去泪的因素。

文字帮助了莎翁

我们人类用以表达感情最便捷的工具有二，一是言语，一是文字。梁实秋先生认为文字对于一个作家是非常重要的，他说，一个人的感情和想象力不管有多么丰富，但如离开文字或是不善于利用文字都是不行的。他指出，莎士比亚时代是英国文字极丰富的时代，所用的文字，都是初期的现代英文，拼音、文法、读音，都不受形式的限制，而且，在他的戏内人物对话里，他不仅用英文，也随时吸取了法文、德文、西班牙和拉丁文，这种自由，今天的文人是享受不到了。

此外，莎士比亚在他的作品里也特别喜欢引用典故和双关语。梁先生强调，凡是文学作品，都是不能离开比喻的，有比喻，才有曲折，有曲折，才有幽美。

莎士比亚是一个伟大的文学家，他所用的每一个字，看来都是经过特别的考究以及巧意的安排。

人们不会忘了他

莎士比亚的人生观是稳健而平实的，梁实秋先生说，莎翁是一个中庸的人，他既不颓废，也不极端；只是，他在有意与无意之间把英国抬举得未免太高了，使人觉得他爱国有点过分了些。但是，我们却并不能就因此而认为这是他的缺点，事实上，古今中外，不爱自己国家的文人，在比例上是毕竟占着少数的。

莎士比亚将来是不是会有被人遗忘的一天呢？这在梁先生看来是不值得担心的。他说，要忘记的话早忘记了。本来，在莎士比亚死后的一百年内，世人对他原是很冷淡的，直到十七世纪结束以后，英国后起的文人才想起他们这位了不起的先辈，而把他的戏加以发扬光大。十九世纪初，德国人发觉莎翁的戏剧博大精深，为日耳曼民族的著述所不及，也才开始大力提倡。接着，文声遍传，使整个欧洲大陆都受到了影响。到了近世，莎士比亚的戏剧，从西方早就演到了东方，几乎登过了世界各地的舞台。美国由于财力雄厚，演出的阵容也就更为强大，有几处专为纪念莎翁的剧院，每年都要作一次定期的演出，而且，入场券常是在前一年就开始预售，到时间想买票看戏，就是出再大的代价也是买不到手的。

时空不害万古新

"他不是属于一个时代，他属于一切的时代。"这两句话是莎士比亚死后七年，一位和他当年同时编戏的朋友在为他编印全集时写在序言里的赞美诗。梁实秋先生认为这两句赞美诗真是对莎士比亚最适当的评价。他说，文学不分古今中外，都必须有其不灭的永久性与普遍性；能永久，才不会为时间所磨损，能普遍，才不会被空间所局限。文学的价值，乃在于表达人性，而人性又是亘古不变的。莎士比亚的作品，开始是洋溢着人性的呼声，结尾仍是洋溢着人性的呼声，时空不害，万古常新，他又怎能会被人遗忘了呢？

*本篇原载于1966年7月16日中国台湾《自立晚报》，来访记录者赵先裕。

利用零碎时间

我常常听人说，他想读一点书，苦于没有时间。我不太同情这种说法。不管他是多么忙，他总不至于忙得一点时间都抽不出来。一天当中如果抽出一小时来读书，一年就有三百六十五小时，十年就有三千六百五十小时，积少成多，无论研究什么都会有惊人的成绩。零碎的时间最可宝贵，但是也最容易丢弃。我记得陆放翁有两句诗："呼僮不应自升火，待饭未来还读书。"这两句诗给我的印象很深。待饭未来的时候是颇难熬的，用以读书岂不甚妙？我们的时间往往于不知不觉中被荒废掉，例如，现在距开会还有五十分钟，于是什么事都不做了，磨磨蹭蹭，五十分钟便打发掉了。如果用这时间读几页书，岂不较为受用？至于在"度周末"的美名之下把时间大量消耗的人，那就更不必论了。他是在"杀时间"，实在也是在杀他自己。

一个人在学校读书的时间是最可羡慕的一段时间，因为他没有生活的负担，时间完全是他自己的。但是很少人充分的把握住这个机会，多多少少的把时间浪费掉了。学校的教育应该是启发学生好奇求知的心理，鼓励他自动的往图书馆里去钻研。假如一个人在学校读书，从来没有翻过图书馆的书目卡片，没有借过书，无论他的功课成绩多么好，我想他将来多半不能有什么成就。

英国的一个政治家兼作者Willam（一七六二至一八三五年）写过一本书《对青年人的劝告》，其中有一段"利用零碎时间"。我觉得很感动人，译抄如下：

文法的学习并不需要减少办事的时间，也不需要占去必须的运动时间。平常在茶馆、咖啡馆用掉的时间以及附带着的闲谈所用掉的时间——一年中所浪费掉的时间——如果用在文法的学习上，便会使你在余生中成为一个精确的说话者、写作者。你们不需要进学校，用不着课室，无需费用，没有任何麻烦的情形。我学习文法是在每日赚六便士当兵卒的时候，床的边沿或岗哨铺位的边沿便是我研习的座位，我的背包便是我的书架子，一小块木板放在腿上便是我的写字台，而这工作并未用掉一整年的工夫。我没钱去买蜡烛油；在冬天，除了火光以外我很难得在夜晚有任何光，而那也只好等到我轮值时才有。

如果我在这种情形之下，既无父母又无朋友给我以帮助与鼓励，居然能完成这工作，那么任何年青人，无论多穷苦，无论多忙，无论多缺乏房间或方便，还有什么可借口的呢？为了买一支笔或一张纸，我被迫放弃一部分粮食，虽然是在半饥饿的状态中。在时间上没有一刻钟可以说是属于自己的，我必须在十来个最放肆而又随便的人们之高谈阔论、歌唱嬉笑、吹哨吵闹当中阅读写作，而且是在他们毫无顾忌的时间里。莫要轻视我偶尔花掉的买纸、笔、墨水的那几文钱。那几文钱对于我是一笔大款！除了为我们上市购买食物所费之外，我们每人每星期所得不过是两便士。我再说一遍，如果我能在此种情形下完成这项工作，世界上可能有一个青年能找到借口说办不到吗？哪一位青年读了我这篇文字，若是还要说没有时间、没有机会研习这学问中最重要的一项，他能不羞惭吗？

以我而论，我可以老实讲，我之所以成功，得力于严格遵守我在此讲给你们听的教条者，过于我的天赋的能力；因为天赋能力，无论多少，比较起来用处较少，纵然以严肃和克己来相辅，如果我在早年没有养成那爱惜光阴之良好习惯。我在军队获得非常的擢升，有赖于此者胜过其他任何事物。我是"永远有备"：如果我在十点要站岗，我在九点就准备好了。从来没有任何人或任何事在等候我片刻时光。年过二十岁，从上等兵立刻升到军士长，越过了三十名中士，应该成为大家嫉恨的对象；但是这早起的习惯以及严格遵守我讲给你们听的教条，确曾消灭了那些嫉恨的情绪，因为每个人都觉得我所做的乃是他们所没有做的而且是他们所永不会做的。

Cobbett这个人是工人之子，出身寒苦，早年在美洲从军，但是他终于因苦读、自修而成功。他写了不少的书，其中有一部是《英文文法》。这是一个很感动人的例子。

养成好习惯

　　人的天性大致是差不多的，但是在习惯方面却各有不同。习惯是慢慢养成的，在幼小的时候最容易养成，一旦养成之后，要想改变过来却还不很容易。

　　例如说，清晨早起是一个好习惯，这也要从小时候养成。很多人从小就贪睡懒觉，一遇假日便要睡到日上三竿还高卧不起，平时也是不肯早起，往往蓬首垢面的就往学校跑，结果还是迟到。这样的人长大了之后也常是不知振作，多半不能有什么成就。祖逖闻鸡起舞，那才是志士奋励的榜样。

　　我们中国人最重礼，因为礼是行为的规范。礼要从家庭里做起。姑举一例：为子弟者"出必告，反必面"，这一点点对长辈的起码的礼，我们是否已经每日做到了呢？我看见有些个孩子们早晨起来对父母视若无睹，晚上回到家来如入无人之境，遇到长辈常常横眉冷目，不屑搭讪。这样的跋扈、乖戾之气如果不早早的纠正过来，将来长大到社会上服务，必将处处引起摩擦，不受欢迎。我们不仅对长辈要恭敬有礼，对任何人都应该维持相当的礼貌。

　　大声讲话，扰及他人的宁静，是一种不好的习惯。我们试自检讨一番，在别人读书、工作的时候是否有过喧哗的行为？我们要随时随地为别人着想，维持公共的秩序，顾虑他人的利益，不可放纵自己；在公共场所人多的地方，要知道依次排队，不可争先恐后的去乱挤。

时间即是生命。我们的生命是一分一秒的在消耗着，我们平常不大觉得，细想起来实在值得警惕。我们每天有许多的零碎时间于不知不觉中浪费掉了。我们若能养成一种利用闲暇的习惯，一遇空闲，无论其为多么短暂，都利用之做一点有益身心之事，则积少成多，终必有成。常听人讲起"消遣"二字，最是要不得，好像是时间太多无法打发的样子。其实人生短促极了，哪里会有多余的时间待人"消遣"？陆放翁有句云："待饭未来还读书"。我知道有人就经常利用这"待饭未来"的时间读了不少的大书。古人所谓"三上之功"——枕上、马上、厕上，虽不足为训，其用意是在劝人不要浪费光阴。

吃苦耐劳是我们这个民族的标识。古圣先贤总是教训我们要能过得俭朴的生活，所谓"一箪食，一瓢饮"，就是形容生活状态之极端的刻苦，所谓"嚼得菜根"，就是表示一个有志的人之能耐得清寒。恶衣恶食，不足为耻，丰衣足食，不足为荣，这在个人之修养上是应有的认识。罗马帝国盛时的一位皇帝Marcus Aurelius，他从小就摒绝一切享受，从来不参观那当时风靡全国的赛车、比武之类的娱乐，终其身成为一位严肃的苦修派的哲学家，而且也建立了不朽的事功。这是很值得令人钦佩的。我们中国是一个穷的国家，所以我们更应该体念艰难，弃绝一切奢侈，尤其是从外国来的奢侈；宜从小就养成俭朴的习惯，更要知道物力维艰，竹头木屑，皆宜爱惜。

以上数端不过是偶然拈来，好的习惯千头万绪，"勿以善小而不为"。习惯养成之后，便毫无勉强，临事心平气和，顺理成章。充满良好习惯的生活，才是合于"自然"的生活。

胖

罗马的凯撒大帝，看见那面如削瓜的卡西乌斯，偷偷摸摸的，神头鬼脸的，逡巡而去，便太息说："我愿在我面前盘旋的都是些胖子，头发梳得光光的，到夜晚睡得着觉的人。那个卡西乌斯有削瘦而恶狠的样子，他心眼儿太多了：这种人是危险的。"这是文学上有名的对于胖子的歌颂。和胖子在一起，好像是安全，软和和的，碰一下也不要紧；和瘦子在一起便有不同的感觉，看那瘦骨嶙峋的样子，好像是磕碰不得，如果碰上去，硬碰硬，彼此都不好受。凯撒大帝的性命与事业，到头来败于卡西乌斯之手，这几句话倒好像是有先见之明。

胖子大部分脾气好，这其间并无因果关系。胖子之所以胖，一定是吃得饱睡得着之故。胖子一定好吃，不好吃如何能"催肥"？胖子从来没有在床上辗转反侧的，纵然意欲胡思乱想也没有时间，头一着枕便鼾声大作了。所谓"心广体胖"，应该说，心广则万事不挂心头，则吃得饱，则睡得着，则体胖，同时脾气好。

胖子也有心眼窄的。我就认识一位胖子，很胖的胖子，人皆以"胖子"呼之。他虽不正式承认，但有时一呼即应，显然是默认的。"胖子"的称呼并不是侮辱的性质，多少带有一点亲热欢喜微加一点调侃的意味。我们对盲者不好称之为瞎子，对跛者不好称之为"瘸子"，对瘦者亦不好称之为"排骨"，唯独对胖子，则不妨直截了当的称之为胖子，普通的胖子均不以为忤。有一天我和我的很胖的胖子朋友说："你的照片有商业价值，可以做广告用。"他说："给什么东西做广告呢？"我说："婴儿自己药片。"他怫然色变，从此很少理我。

年事渐长的人，工作日繁而运动愈少，于是身体上便开始囤积脂肪，而腹部自然的要渐渐呈锅形，腰带上的针孔便要嫌其不敷用。终日鼓腹而游，才一走动便气咻咻。然对于这样的人我渐渐的抱有同情了。一个人随身永远携带着一二十斤板油，负担当然不小，天热时要融化，天冷时怕凝冻，实在很苦。若遇到饥荒的年头，当然是瘦子先饿死，胖子身上的脂肪可以发挥驼峰的作用慢慢的消受。不过正常的人也未必就有这种饥荒心理。

胖瘦与妍媸有关，尤其是女人们一到中年便要发福，最需要加以调理。或用饿饭法，尽量少吃，或用压缩法，用钢条橡皮制成的腰箍，加以坚韧的绳子细细的绷捆，仿佛做素火腿的方法，硬把浮膘压紧，有人满地打滚，翻筋斗，竖蜻蜓，虾米弯腰，鲤鱼打挺，企求减削一点体重。男人们比较放肆一些，传统的看法还以为胖不是毛病。《世说新语》记载的王羲之坦腹东床的故事，虽未说明王逸少的腹围尺码，我想凡是值得一坦的肚子大概不会太小，总不会是稀松干瘪的。

听说南部有报纸副刊记载我买皮带系腰的故事，颇劳一些友人以此见询。在台湾买皮带确是相当困难。我在原有皮带长度不敷应用的时候，想再买一根颇不易得，不知道是否由于这地方太阳晒得太凶，体内水分挥发太快的缘故，本地的胖子似乎比较少见。我尚不够跻于胖子之林，但因为我向不会作诗，"饭颗山头遇杜甫"的情形是决不会有的，而且周伯仁"清虚日来，滓秽日去"的功夫也还没有做到，所以竟为一根皮带而感到困惑，倒是确有其事。不过情势尚不能算为恶劣。像孚尔斯塔夫那样，自从青春以后就没有看见过自己的脚趾，一跌倒就需要起重机，我一向是引为鉴戒的。

"魑魅惊人须早回"

在十六世纪间，英国的读书人若不到欧洲大陆上去旅行一次，尤其是到文艺复兴发源地的意大利去浸润一下，他的教育便不能算是完备。诗人密尔顿于大学毕业之后，在家园苦读五年，便到大陆上作"伟大的旅行"去了。这时国内革命爆发，密尔顿立刻结束了他的欧洲之行，在国外逗留不过一年半的样子。他给他的朋友写信说："当我的同胞们为争自由作殊死战的时候，而我悠游的在国外享受，我认为是不光荣的。"密尔顿坚决的有意识的把他的天才与学识贡献出来给自由的战争。他以后做了些什么事，是我们大家所熟知的。

我并不企求大家都模仿密尔顿的榜样，可是他的精神之伟大应该对于我们是一个有力的启示。国家多难，国家需要人才。读书即是报国。按照自己的才识与抱负，每个读书人应该知道什么时候是自己报国的最好的时机。

昔人送别的诗有这样的一句："魑魅惊人须早回。"现今的魑魅魍魉正在环伺我们的家国，意义更是空前的重大。看着一批批的青年学子准备着负笈作"伟大的旅行"，于衷心喜悦的祝福他们之余，谨以这样一句诗作为恳挚的叮咛。

文艺与道德

在美国的《新闻周刊》上看到这样一段新闻：

"且来享受醇酒、妇人，尽情欢笑；明天再喝苏打水，听人讲道。"这是英国诗人拜伦（一七八八至一八二四年）的句子。据说他不仅这样劝别人，他自己也彻底的接受了他自己的劝告。他和无数的情人缱绻，许多的丑闻使得这位面貌姣好、头发鬈曲的诗人，死后不得在西敏寺内获一席地，几近一百五十年之久。一位教会长老说过，拜伦的"公然放浪的行为"和他的"不检的诗篇"，使他不具有进入西敏寺的资格。但是"英格兰诗会"以为这位伟大的浪漫作家，由于他的诗和"他对于社会公道与自由之经常的关切"，还是应该享有一座纪念物的。西敏寺也终于改变了初衷，在"诗人角"里，安放了一块铜牌来纪念拜伦。那"诗人角"是早已装满了纪念诗人们的碑牌之类，包括诸大诗人如莎士比亚、密尔顿、巢塞、雪莱、济慈，甚至还有一位外国诗人名为朗费洛的在内。

这样的一条新闻实在令人感慨万千。拜伦是英国的一位浪

漫诗人，在行为与作品上都不平凡，"一觉醒来，名满天下"，
他不但震世骇俗，他也愤世嫉俗，"不是英格兰不适于我，便是
我不适于英格兰"，于是怫然出国，遨游欧土，卒至客死异乡，
享年不过三十有六。他生不见容于重礼法的英国社会，死不为西
敏寺所尊重，这是可以理解的事。一百五十年后，情感被时间冲
淡，社会认清了拜伦的全部面貌，西敏寺敞开了它的严封固扃的
大门。这一事实不能不使我们想一想，文艺与道德究竟是怎样的
一种关系。

　　有人说，文艺与道德没有关系。一位厨师，只要善于调和
鼎鼐，满足我们的口腹，我们就不必追问他的私生活中有无放
荡逾检之处。这一比喻固很巧妙，但并不十分允洽。因为烹调
的成品，以其色香味供我们欣赏，性质简单。而文艺作品之内
容，则为人生的写照、人性的发挥，我们不仅欣赏其文词，抑
且受其内容的感动，有时为之逸兴遄飞，有时为之回肠荡气。
我们纵然不问作者本人的道德行为，却不能不理会文艺作品本
身所涵蓄着的道德意味。人生的写照、人性的发挥，永远不能
离开道德。文艺与道德不可能没有关系。进一步说，口腹之欲
的满足也并非是饮食之道的极致；快我朵颐之外，也还要顾到
营养健康。文艺之于读者的感应，其间更要引起道德的影响与
陶冶的功能。

　　所谓道德，其范围至为广阔，既不限于礼教，更有异于说
教。吾人行事，何者应为，抉择之间，端在一心，那便是道德价
值的运用。悲天悯人、民胞物与的精神，也正是道德的高度表
现。以拜伦而论，他的私人行为有许多地方诚然不足为训，但是
他的作品却常有鼓舞人心向上的力量，也常有令人心胸开阔的妙
处。他赞赏光荣的历史，他同情被压迫的人民，那一份激昂慷慨

的精神，百余年之后仍然虎虎有生气，使得西敏寺的主持人不能不心回意转，终于奉献给他那一份积欠已久的敬意。在伟大作品照耀之下，作者私人生活的玷污终被淡忘，也许不是谅恕，这是不是英国人聪明的地方呢？我们中国人礼教的观念很强，以为一个人私德有亏，便一无是处，我们是不容易把人品和作品分开来的，而且"文人无行"的看法也是很普遍的，好像一个人一旦成为文人，其品行也就不堪闻问，甚至有些文人还有意的不肯敦品，以为不如此不能成其为文人。

文艺的题材是人生，所以文艺永远含有道德的意味；但是文艺的功用是不是以宣扬道德为最重要的一项呢？在西洋文学批评里，这是一个老问题。罗马的何瑞士采取一种折中的态度，以为文学一面供人欣赏，一面教训，所谓寓教训于欣赏。近代纯文学的观念则是倾向于排斥道德教训于文艺之外。我们中国的传统看法，把文艺看成为有用的东西，多少是从实用的观点出发，并不充分承认其本身价值。从孔子所说"诗可以兴，可以观，可以群，可以怨，迩之事父，远之事君，多识于鸟兽草木之名"起，以至于周敦颐所谓之"文以载道"，都是把文艺当作教育工具看待。换言之，就是强调文艺之教育的功能，当然也就是强调文艺之道德的意味。直到晚近，文艺本身价值才逐渐被人认识，但是开明如梁任公先生的《小说与群治之关系》，仍未尽脱传统的功利观念的范围。我国的戏剧文学未能充分发达的原因之一，便是因为社会传统过分重视戏剧之社会教育价值。劝忠说孝，没有人反对；旧日剧院舞台两边柱上都有惩恶奖善性质的对联，可惜的是编剧的人受了束缚，不能自由发展，而观众所能欣赏到的也只剩了歌腔、身段。戏剧有社会教育的功能，但戏剧本身的价值却不尽在此。文艺与道德有密切的关系，但那关系是内在的，不是目的与手段之间的主从关系。我们可以利用戏剧而从事社会教育，例如破除迷信、扫除文盲，以至于促进卫生、保密防谍，都可以透过戏剧的方式把主张传播给大众。但是我们必须注意，这只是借用性质，借用就是借用，不是本来用途。

略谈英文文法

　　三百多年前，英国没有讲英文文法的书。英文没有文法么？英国人说话不根据文法么？不。话不是这样说。任何文字当然有它一套组成的法则。大家说话，当然要根据一套公认的法则，否则大家随便乱讲，彼此无从互相了解了。不过，我们要知道，所谓文法也者，不是任谁武断订定的，乃是由公认的语言习惯中归纳出来的一个系统。先有语言，后有文字，然后再有文法书。三百多年前的时候，英国有一些学者开始感觉到有撰写文法书的需要，于是以拉丁文的文法为蓝本，利用拉丁文法上的各种专门术语，编写英文文法书。莎士比亚的时代，英国人尚没有研读英文文法的。如果他们研读文法，研读的是拉丁文法。那时候英国的中学叫作"文法学校"，那文法是拉丁文法，不是英文文法，那时候尚无英文文法这样一个名词。大体讲来，英文本是一种北方的语言，硬用拉丁文法去分析英文，其结果当然不免要有一些牵强，更随时要遇到例外。

　　语言是活的，随时在变，字义以及句法等等都在变。我们现代所认为不合文法的词句，往往正是二三百年前大家通用的英文。不用说两三百年，三五十年间就可能有显著的变化。所以

"标准的英文"是很难讲的。每一时代有其不同的标准，拿五十年前甚至一百年前的文法书来衡量现代的英文，实在是自寻烦恼的事。

国人学习英文，喜欢从文法下手，以为一旦文法通晓，英文即可豁然贯通。这当然不是没有理由。不过这是一个旧法子，较新的法子是不从死板的抽象的文法理论下手，而去直接的去学习那活的语言方式。我们儿时学语，何尝理会什么文法，一年半载的工夫我们就会说话了。学习外国语，当然比较难得多，但是道理还是一样。合理的学习语言的方法，那是自然的学习方法。

这一点粗浅的道理，谁都晓得，所以我们的课程标准明白规定不许学校单独讲授文法。可是事实上，我知道许多学校依然是在讲解文法，学生们依然是在钻研文法。其所以如此，是因为大家都不免有一点惰性，不易接纳新的观点，同时也是因为平时我们没有把英文教好学好，急来抱佛脚，以为研读文法是学习英文的捷径。

文法不是不可以讲，是应该在略通若干语法例证以后，水到渠成，用抽象的法则来贯穿所学习的实例。句子的构造法最关重要。例如说，"我有一本书"，这在中文、英文没有什么分别，用不着特别致力的去学习。"你住在哪里？"这句话中英文就不一样了。这就需要反复练习，以养成语言习惯。中文语法和英文语法究竟有多少不同处，需要彻底研究，以这研究的结果来做英语教学的准则，是最合理的学习英文的方法。死记文法规则，"形容词分几种""子句有几种"……是事倍而功半的。

国文与国语

　　国文与国语是两件东西。会说国语的人，可能还是文盲。文字是书写阅读的，语言是口说耳听的。

　　但是国文与国语的关系仍然是很密切的。先有语言，后有文字，这是一般的通例。语言是随时在变的，所以文字一定也跟着变。如果文字固定不变，只能书写阅读，不能口说耳听，则是死文字，如希腊文、拉丁文等是。

　　我们中国的文字，是活文字，不是死文字，至少不像希腊、拉丁文那样的死。可是，由于几千年来教育未能普及，识字的人太少，而少数的知识分子又格于形势，偏于保守，动起笔来不是效法周秦，便是模拟汉唐，以至于所谓国文与国语脱节，只能供少数人的使用、赏玩。儿童学语，不消一年半载，便能牙牙上口。若是要文字精通，便非积年累月痛下苦功不可。传统的国文和日常的语言，其间的距离太远了一点。其距离至少是和"古英文"或"中古英文"与现代英语之距离一样的远。这是很不幸的，而且也是不必要的。"言文一致"原是一个理想，事实上是不可能的，我还不知道世界上有哪一个国家在任何时代能言文一致。言与文虽然不能一致，不过也不可距离太远。距离太远，则为大多数人想，甚不方便。会说本国语而还要花费好多年的时光去学习本国文，实在是冤枉。所以白话文运动是确乎合于时宜的。

"白话文"者，乃是接近白话之文。白话文仍然是文，并非白话，并非是把口说的白话逐字逐句的写在纸上之谓。如谓嘴里说的话，笔录下来即能成文，恐天下无此便宜事。"出口成章"，那是要传为美谈的。白话文既仍然是文，当然还是要具备"文"的条件，章法、句法、声调、词藻等等仍然是要考究的。所以白话文仍然是要学的，不过学起来要比学唐宋古文便利得多。

不要以为话是人人会说的。有许多人硬是不会说话。有人说话啰嗦，不中肯綮，有人说话颠三倒四，语无伦次，有人说话滥用名词，有人说话辞不达意，说话而能清楚明白、简洁了当，并非是易事。"言为心声"，头脑清楚，然后才能说话清楚；思想周到，然后才能说话周到。会说话，然后就比较容易会写白话文了。所以白话文运动，一方面要把文从传统的古文的藩篱里解放出来，一方面也要努力把一般人的说话方式尽量的予以训练，使之较接近于文（我并不鄙视俗俚的语言，有时这样的语言还很能传神，经过选择后亦可被吸收成为文字中的用语，不过文究竟是文）。

白话文运动不是偶然的。清末，八股废，学校兴，浅近的文言一时成为风尚。我还记得，我小时候读的国文教科书，是"一人，二手。开门，见山。大山，小石。水落，石出……"这和"人之初，性本善……"已经大大不同了。到五四运动以后，也许是受了一点外国的影响，这才有"小猫叫，小狗跳……""来，来，来上学……"之类的课文。小学生学国文，宜先从学说话起。说话的训练实在即是思想的训练。

古文还是要读的，其中的章法、句法、词藻都是很有价值的。不过要在白话文通了之后再读为宜。这是一个程序的问题。对于专门研究中国文学的人，古书古文读得越多越好，因为这是他的专门的学问；对于一般的人，当适可而止，匀出工夫来做别的事情。白话文通了之后再读古文，可以增加许多行文的技巧，使白话文变得简洁些，使白话文更像文。试看许多白话文的作家，写出文章如行云流水，清楚明白，或委婉多姿，或干脆利落，其得力处不在白话，而在于文。胡适之先生常自谦的说，他的文章像是才解放的小脚，受过过多的束缚，一时无法回复自然。这完全是他的谦虚。有几个人能写出像他那样的清莹透底的文章？依我看，小学及初中完全读白话文，高中完全读古文，应该是最妥当的办法。小学注意语言，初中注重文字，循序前进。

讲到国文教学，在教材教法方面，均应随时研究改良。最要紧的是，要认清国文教学的目的是什么。我以为其目的是在训练学生使用本国的语言文字以求有效的表达思想。如果这个目的不错，那么在国语、国文课程之内，应采取纯粹与这目的有关的材料做教材。有人常把"国学"与"国文"联在一起。我不轻视"国学"，虽然我不大清楚"国学"是什么。如果"国学"即是中国的文学、历史、哲学的话，那么"国学"一词实无存在之必要，应分列为"中国文学""中国历史""中国哲学"。国文当然也要有内容，本国文史的古典作品正不妨作为国文的资料，这话当然也有道理，不过如果我们不忘记国文的目的，则这些古典作品似应加以改写，使之简化，然后再编为国文资料。例如：在英美，荷马的故事、中古的传奇，对于每一高等学校的学生都耳熟能详，但并非是由于直接的读过那些古典原作，读的乃是经过重写改编的古典作品。我们的国文教学，也应该认清目标，慎选教材。我们中国古代的文化，确实值得我们珍视，确实值得令每一国民都有相当的认识，但是方法尽有的是，似不可令"国学"占去国文的一部分的地位。以高中及大一而言，与其选读深奥的古典作品，不如选读与现代生活有关的资料。有一个时期，国语与常识合编，我觉得那方向是对的，后来不知怎么又改变了。

　　教学方法，对于低年级的教学最宜讲究，这一套方法应求其现代化、科学化。英美学校之教英文，亦即他们的国文，在方法上我想一定有足资我们借鉴的地方。这有待于开明的专家们去努力研究。

中国语文的三个阶段

　　语文和其他的人类行为一样，因人而异，并不能是到处完全一致的。我们的国语国文，有其基本的法则，无论在读法、语法、句法，各方面都已约定俗成，通行无碍。但是我们若细按其内容，便会发现在成色上并不尽同，至少可以分为三个阶段：粗俗的、标准的、文学的。

　　所谓粗俗的语文，即是指一般文盲以及没有受过多少教育的民众所使用的语文而言。从前林琴南先生攻击白话文，斥为"引车卖浆者流"所使用的语文，实即指此而言。这一种语文，字汇很贫乏，一个字可以当许多字用，而且有些字有音无字，没法写出来。但是在词汇方面相当丰富，应事实之需要随时有新词出现。这种语文，一方面固然粗俗、鄙陋、直率、浅薄，但在另一方面，有时却也有朴素的风致、活泼的力量和奇异的谐趣，方言土语也是属于此一范畴。

　　粗俗的语文尽管是由民众广泛的在使用着，究竟不足为训。所谓语文教育的目的，大部分在于标准语文的使用之训练。所谓标准语文，异于方言土语，是通行全国的，而其词句语法皆合于一般公认的标准，并且语句雅驯，不包括俚语、鄙语在内。我们承认北平区域的语言为国语，这只是说以北平区域的发音为国语的基准，并不包括北平的土语在内。一个北平的土著，他的国语发音的能力当然是没有问题的，但是他的每个字的读音未必全是正确，因为他有许多土音夹杂在内。有人勉强学习国语，在不该加"儿"字的地方也加"儿"，实在是画蛇添足。

标准语写出来不一定就是好的标准文，语与文中间还是有一点距离的。心里怎样想，口里怎样说，笔下怎样写——这道理是对的，但是由语变成文便需有剪裁的功夫。很少的人能文不加点，更少的人能出口成章。说话夹七夹八，行文拖泥带水，是我们最容易犯的毛病。语体文常为人所诟病，以为过于粗俗，纵能免于粗俗，仍嫌平庸肤浅，甚至噜苏无味。须知标准语文本身亦有高下不同的等级，未可一概而论。"引车卖浆者流"的粗俗语文，固无论矣，受过教育的人，其说话作文，有的简截了当，有的冗沓枝节，有的辞不达意，有的气盛言宜。语文训练便是教人一面怎样说话，一面怎样作文，话要说得明白清楚，文要写得干净利落。

语文而达到文学的阶层便是最高的境界了。文学的语文是供人欣赏的，其本身是经过推敲的，其措辞、用字千锤百炼以能充分而适当的表达情意为主。如何使声调保有适当的节奏之美，如何巧妙的使用明譬与暗喻，如何用最经济的手法描写与陈述，这都是应在随时考虑之中的课题。一个文学作家，如果缺乏一个有效的语文工具，只能停滞在"清通"的阶段，那将是很大的缺憾。因为"清通"的语文只能算是日常使用的标准语文，不能符合文学的需要。固然，绚烂之极趋于平淡，但是那平不是平庸之平，那淡不是淡而无味之淡，那平淡乃是不露斧斫之痕的一种艺术韵味，与那稀松平常的一览无遗的标准语文是大不相同的。文学的语文之造诣，有赖于学力，亦有赖于天才。而且此种语文亦只求其能适当，雕琢过分则又成了毛病。

　　这三种语文虽有高下之不同，却无优劣之判。在哪一种环境里便应使用哪一种语文。事实上也没有一个人能永远使用某一阶层的语文，除非那一个人永远是文盲。粗俗的语文在文学作品里有时候也有它的地位，例如在小说里要描写一个市井无赖，最好引用他那种粗俗的对话。优美的文学用语如果用在日常生活的谈吐中间，便要令人觉得不亲切、不自然，甚至是可笑。对语文训练感兴趣的人，似应注意到下列三点：粗俗的方言、俚语应力求避免，除非在特殊的机缘偶一使用；标准语文应力求其使用纯熟；文学的语文则有志于文艺创作者必须痛下功夫，勤加揣摹。

所谓"普罗文学运动"

　　大概是在民国十七年左右，上海突然出现了"普罗文学运动"。所谓"普罗"，即是"普罗列塔利亚"之简称。不曰无产阶级，而曰普罗，据我想这道理就恰似中国喇嘛不曰"救苦救难观音菩萨"而曰"唵嘛呢叭咪吽"。

　　"普罗文学运动"之兴起，情形很特别。事前没有酝酿，临时也没有朕兆，环境也没有什么异常，平地一声雷，就爆发出来了，而且无数的大大小小的刊物，齐声呐喊，若干不三不四的书店也同时开张，嚣张之气不可向迩，真可以说是其兴也暴。

　　那时我正在上海，我发现所谓普罗文学运动，不是一种文学运动，是利用文学做武器的一种政治运动。不过它既自名为文学运动，即不妨站在文学的立场加以批评。我写了一篇《文学是有阶级性的吗？》，发表在当时刊行不久的《新月》上面。这一篇文字后来收在《偏见集》里。我的大意是说：

　　人的遗传不同，教育不同，经济环境不同，因之生活状态也不同，但是他们还有同的地方。他们的人性并没有两样，他们都感到生老病死的无常，他们都有爱的要求，他们都有怜悯与恐怖的情绪，他们都有伦常的观念，他们都企求身心的愉快。文学就是表现这最基本的人性的艺术。无产阶级的生活苦痛固然值得描写，但是这苦痛如其真是深刻的，必定不是属于一阶级的……

真的文学家并不是人群中的寄生虫，他不能认定贵族、资本家是他的主雇，他也不能认定无产阶级是他的主雇。谁能了解他，谁便是他的知音，不拘他是属于哪一阶级。文学是属于全人类的……

我不反对任何人利用文学来达到另外的目的，这与文学本身是无害的，但是我们不能承认宣传式的文字便是文学……

我们要求给我们几部无产阶级的作品读读。我们不要看广告，我们要看货色……

这一篇文字发表以后，所得的反响颇使我失望，因为没有一个人站出来正面的非难我，没有一个人作理论上的辩论，我所遭遇的只是虚张声势的旁敲侧击的所谓"围剿"，其中包括鲁迅的一些杂文。我所说的话是老生常谈，我只拈出了"人性"二字，也可以说是重复申说历史悠久的传统的文学观念，但是我想，普罗文学家们所最不喜欢的大概无过于这个"人性论"。

凡是文学运动，当然可以发宣言，制标语，甚而至于打笔战，攻异己，但是有一件事不可忽略，就是必须要有作品。普罗文学运动则异于是，好像是一家商店，吹吹打打的做广告，柜橱里空空如也。所以我说"拿货色来"。这一要求很恼了一些空头。我当时很奇怪，天下焉有如此冒失的人，货色没有备办，就敢先行开张。我后来才明白，决定开张日期的人不是他们自己。当时市面上勉强可以找到的号称普罗文学作品，乃是俄国的撒莫比特尼克、马林霍夫之类。

鲁迅译《文艺政策》是普罗文学运动的一件大事。所谓"文艺政策"乃是"俄国共产党中央委员会"议决的,译成中文之后是为了要中国普罗运动家来奉行的。其主旨是:

无产阶级必须拥护自己的指导底位置,使之坚固,还要加以扩张……在文艺的领域上的这位置的获得,也应该和这一样,早晚成为事实而出现。(第二一六页)

上海滩上一批普罗文学运动家正是嚷嚷着要获得那个"指导底位置"。于是我写了一篇《所谓"文艺政策"者》刊在《新月》上,特别指出上海的普罗文学运动家所执行的是俄国的文艺政策。事有凑巧,这时候我国东北地方当局为了中东铁路而与俄军开火,上海租界里电线杆子上立刻就出现了"反对进攻苏联"的标语。可见有些中国人不仅是在执行俄国的文艺政策,文艺领域以外的政策也在执行。

我在《新月》发表的与这问题有关的文字约十余篇,并不代表其他的为《新月》写文章的朋友们的意见,"新月"无所谓派,"新月派"这一名词本是左翼仁兄们所制造的。"新月"的朋友们也有一个共同的态度,那就是容忍的态度,看见别人发出与自己不同的见解,并不冒火,并不想灭此朝食。不过我们虽然可以容忍一切,却不能容忍"不容忍的态度"。普罗文学运动家所表示的正是"不容忍",他们以为只有普罗文学才是文学,其他的一概视为"资产阶级",皆在应予扑灭之列。我因为对于"不容忍的态度"不能容忍,所以写了那些文章在《新月》上面,事实上我是独自表达我一个人的意见,"新月"的内部外部都没有人给我以助力。

普罗文学运动家嚷嚷了几年，不知怎的，突然偃旗息鼓，烟消火灭。我觉得是一个谜，后来看到一个原为同路人后又转变的人所写的书，即是美国的伊斯特曼所写的《穿制服的艺术家们》，我才恍然大悟。那本书把普罗文学运动如何的由俄共中央制定、颁布施行，又如何的决议撤销并且通令各国同志停止活动，源源本本的和盘托出，有文件为证。不过可注意的是，撤销的是"普罗文学"这一个名义，实质的想在文学领域争取领导位置仍旧进行，只不过换一个方式，进行到另一阶段罢了。

玛克斯·奥瑞利阿斯
——一位罗马皇帝同时是一位苦修哲学家

二十年前（大约1948年）偶然在一本《读者文摘》上看到一段补白："每日清晨对你自己说：'我将要遇到好管闲事的人、忘恩负义的人、狂妄无礼的人、欺骗的人、嫉妒的人、骄傲的人。他们所以如此，乃是因为他们不能分辨善与恶。'"这几句话很使我感动。这是引自玛克斯·奥瑞利阿斯的《沉思录》。这一位一千八百多年前的罗马皇帝与哲人，至今仍存在于许多人心里，就是因为他这一部《沉思录》含有许多深刻的教训，虽不一定是字字珠玑，大部分却是可以发人深省。英国批评家阿诺德写过一篇评论，介绍这一位哲人的思想，收在他的批评文集里，语焉不详，难窥全貌。我最近才得机会读其全书，并且迻译一遍，衷心喜悦之余，愿为简单介绍。

玛克斯·奥瑞利阿斯（Marcus Aurelius）生于西历纪元一百二十一年，卒于一八〇年，是罗马贵族。父祖父俱为显宦。他受过良好的教育，主要的是斯托亚派（Stoic）哲学，自幼即学习着过一种简单朴素的生活，习惯于吃苦耐劳，锻炼筋骨。他体质虚弱，但勇气过人，狩猎时擒杀野猪毫无惧色，但对于骄侈逸荡之事则避之唯恐若浼。当时罗马最时髦的娱乐是赛车竞技。每逢竞赛之日，朝野哄动，甚至观众激动，各依好恶演成门户，因仇恨而厮杀打斗。对于此种放肆过分之行为，玛克斯独不以为然。他轻易不到竞技场去，有时为环境所迫不能免俗，他往往借故对于竞技不加正视，因此而备受讥评。

玛克斯于四十岁时即帝位。内忧外患相继而来，战云首先起自东方，北方边境亦复不靖，罗马本土亦遭洪水泛滥，疫疠饥馑，民穷财尽，局势日非。玛克斯出售私人所藏珠宝，筹款赈灾。其对外作战最能彪炳史册的一役是一七四年与Quadi族作战时几濒于危，赖雷雨大作而使敌人惊散，转败为胜，史称其军为"雷霆军团"。后东部总督误信玛克斯病死之讯，叛变称帝。玛克斯不欲引起内战，表示愿逊位以谢，叛军因是纷纷倒戈，叛军领袖被刺死。玛克斯巡抚东方，叛军献领袖头颅，玛克斯怒，不予接受，并拒见其使者，说："我甚遗憾竟无宽恕他的机会。"赦免其遗族不究，宽洪大量，有如是者。屡次亲征，所向皆克，体力已不能支，一八〇年逝于多瑙河之滨，享年五十九岁。

作为一个军人，玛克斯是干练的，武功赫赫，可为佐证。作为一个政治家，玛克斯是实际的。他虽然醉心于哲学，并不怀有任何改造世界的雄图。他承先人余烈，尽力守成，防止腐化。在统治期间权力稍过于集中，但为政力求持平，用法律保护弱者，改善奴隶生活，蔼然仁者之所用心。在他任内，普建慈善机关，救护灾苦民众，深得人民爱戴。论者尝以压迫基督教一事短之，其实此乃不容讳言之事，在那一时代，以他的地位，压迫异教是正常事，正无须曲予解脱。

《沉思录》（Meditations）是玛克斯的一部札记，分为十二卷，共四百八十七则。除了第一卷像是有计划的后添上去的之外，都没有系统，而且重复不少，有的很简单，只占一两行，有的多至数十行。原来这部书本不是为了出版给人看的，这是作者和他自己心灵的谈话的记录，也是作者"每日三省吾身"的记录，所以其内容深刻而诚恳。这部书怎样流传下来的已不甚可考，现只存有抄本数种。不过译本很多，曾译成拉丁文、英文、法文、意大利文、德文、西班牙文、挪威文、俄文、捷克文、波兰文、波斯文等。在英国一处，十七世纪刊行二十六种版本，十八世纪五十八种，十九世纪八十一种，二十世纪截至一九○八年，已有三十种。这部书可以说是对全世界有巨大影响的少数几部书之一，可以称得起是爱默生所谓的"世界的书"。

玛克斯的《沉思录》是古罗马斯托亚派哲学最后一部重要典籍。斯托亚派哲学的始祖是希腊的季诺，大概是生存于纪元前三百五十年至纪元前二百五十年之际。他生于塞普洛斯岛。此岛位于东西交通线上，也可说是一个东西文化的接触点。东方的热情、西方的理智，无形中汇集于他一身。他在雅典市场的画廊（stoa）设帐教学，故称为斯托亚派哲学之鼻祖。Seneca、Epictetus与玛克斯是这一派哲学最杰出的三个人。这一派哲学特别适合于罗马人的性格，因为罗马人是特别注重实践的，而且性格坚强，崇尚理性。斯托亚派的基本的宇宙观是唯物主义加上泛神论，与柏拉图之以理性概念为唯一的真实存在的看法正相反。斯托亚派哲学家认为只有物质的事物才是真实的存在，但是在物质的宇宙之中遍存着一股精神力量，此力量以不同形式而出现，如火，如气，如精神，如灵魂，如理性，如主宰一切的法则，皆是。宇宙是神，人民所崇拜的神祇只是神的显示。神话传说皆是寓言。人的灵魂也是从神那里放射出来的，而且早晚还要回到那里去。主宰一切的原则即是使一切事物为了全体的利益而合作。人的至善的理想即是有意识的为了共同利益而与天神合作。除了上述的基本形而上学之外，玛克斯最感兴趣的是伦理观念。时至今日，他的那样粗浅的古老的形而上学是很难令人折服的，但是他的伦理观念却有很大部分依然非常清新而且可以接受。据他看，人生最高理想即是按照宇宙自然之道去生活。所谓"自然"，不是任性放肆之谓，而是上面所说的"宇宙自然"。人生中除了美德便无所谓善，除了罪恶之外便无所谓恶。所谓美德，主要有四：一是智慧，所以辨善恶；二是公道，以便应付人事悉合分际；三是勇敢，借以终止苦痛；四是节制，不为物欲所役。外界之事物，如健康与疾病、财富与贫穷、快乐与苦痛，全是些无关轻重之事，全是些供人发挥美德的场合。凡事有属于吾人能力控制范围之内者，有属于吾人不能加以控制者，例如爱憎之类即属于前者，富贵尊荣即属于后者。总之，在可能范围之内须要克制自己。人是宇宙的一部分，所以对宇宙整体负有义务，应随时不忘自己的本分，致力于整体的利益。有时自杀也是正当的，如果生存下去无法尽到做人的责任。

玛克斯并不曾努力建立哲学体系，所以在《沉思录》里我们也不能寻得一套完整的哲学；但是其中的警句极多，可供我们玩味。例如关于生死问题，玛克斯反复叮咛，要我们有一个正确的观念。他说：

你的每一桩行为，每一句话，每一个念头，都要像是一个立刻就要离开人生的人所发出来的。

莫以为你还有一万年可活。你的命在须臾了。趁你还在活着，还来得及，要好好做人。

　全都是朝生暮死的，记忆者与被记忆者都是一样。

　你的命在须臾，不久便要烧成灰，或是几根骨头，也许只剩下一个名字，也许连名字都留不下来。

　不要蔑视死，要欢迎它，因为这是自然之道所决定的事物之一。

　对于视及时而死为乐事的人，死不能带来任何恐怖。他服从理性做事，多做一点，或少做一点，对于他是一样的。这世界多看几天或少看几天，也没有关系。

　玛克斯经常的谈到死，他甚至教人不但别怕死，而且欢迎死。他慰藉人的方法之一是教人想想这世界之可留恋处是如何的少。一切宗教皆以"了生死"为一大事。在罗马，宗教是非常简陋而世俗的，人们有所祈求则陈设牺牲，匍匐祷祝，神喜则降福，神怒则为祸殃。真正的宗教信仰与热情，应求之于哲学。玛克斯的哲学的一部分实在即是宗教。他教人对死坦然视之，这是自然之道。凡是自然的皆是对的。"我按照自然之道进行，等到有一天我便要倒下去作长久的休息，把最后的一口气吐向我天天所从吸气的空中去，倒在父亲所从获得谷类、母亲所从获得血液、乳妈所从获得乳汁的大地上……"这说得多么自然、多么肃穆、多么雍容！

　人在没有死以前是要努力做人的。人是要去做的。做人的道理在于克己。早晨是否黎明即起，是否贪睡懒觉。事情虽小，其意义所关甚巨。这是每天生活斗争中之第一个回合。玛克斯说：

"在天亮的时候，如果你懒得起床，要随时作如是想：我要起来，去做一个人的工作；我生来即是为做那工作的，我来到世间就是为做那工作的，那么现在就去做又有何可怨的呢？我是为了这工作而生的，应该蜷卧在被窝里取暖吗？""被窝里较为舒适呀！""那么你是生来为了享乐的吗？"玛克斯的卧房极冷，两手几乎不敢伸出被外，但是他清晨三点或五点即起身。玛克斯要人克制自己，但并不主张对人冷酷，相反的，他对人类有深厚的爱，他主张爱人、合作。他最不赞成发怒，他说："脸上的怒容是极其不自然的，怒容若是常常出现，则一切的美便立刻消失，其结果是美貌全灭而不可复燃。"他主张宽恕。他说："别人的错误行为应该由他自己去处理。""如果他做错事，是他作孽。也许他没有做错呢？""你因为一个人的无耻而愤怒的时候，要这样的问你自己：'那个无耻的人能不在这世界存在么？'那是不能的，不可能的事不必要求。""别人的错误行为使得你震惊么？回想一下你自己有无同样的错误。""你如果对任何事情迁怒，那是你忘了这一点，一切事物都是按照宇宙自然之道而发生的；一个人的错误行为不干你的事；还有，一切发生之事，过去如此，将来亦如此，目前到处亦皆如此。"

玛克斯克己苦修，但不赞同退隐。他关心的乃是如何做与公共利益相符合的事，他的生活态度是积极入世的。修养在于内心，与环境没有多大关系。他说："一般人隐居在乡间，在海边，在山上，你也曾最向往这样的生活，但这乃是最为庸俗的事，因为你随时可以退隐到你自己心里去。一个人不能找到一个去处比他自己的灵魂更为清静——尤其是如果他心中自有丘壑，只消凝神一顾，立刻便可获得宁静。"还真是得道之语。他又说："过一种独居自返的生活。理性的特征便是面对自己的正当行为及其所产生的宁静和平而怡然自得。"这就是"明心见性"之谓。玛克斯和我们隔有十八个世纪之久，但是因为他的诚挚严肃的呼声，开卷辄觉其音容宛在，栩栩如生。法国大儒Renan在一八八一年说："我们人人心中为玛克斯·奥瑞利阿斯之死而悲戚，好像他是昨天才死一般。"一个苦修的哲学家是一个最可爱的人，至于他曾经做过皇帝一事，那倒无关紧要了。

《誓还小品》读后

　　小时候听"话匣子"，其中有一张唱片为《洋人大笑》，没有说明，没有道白，没头没脑的大笑，笑得力竭声嘶，死去活来。听的人忍俊不住，也只好跟着大笑一阵，好像笑是有传染性似的。这一串笑声已经过了半个世纪，有时候还在我耳边响着。本来，"尘世难逢开口笑"，庄子说得更好："人上寿百岁，中寿八十，下寿六十，除病瘐、死丧、忧患，其中开口而笑者，一月之中不过四五日而已矣。"其实，庄子的估计还嫌过高，我们好像没有那么多的"开口而笑"。别有作用的胁肩谄笑和勉强堆下来的媚笑都应该不计，嘴角上挂着的天真无邪的笑容在这年头不是时常可以看得到的，何况开口大笑？所以，《洋人大笑》那张片子使我念念不忘。

　　吴延环先生（誓还）哈哈大笑的习惯，朋友们是无人不知的。他不"捧腹大笑"，因为他没有腹可捧，他的肚子上一块块的全是腱子，捏都捏不动，不用说捧了。触动机关，他便仰起头来，一串爽朗的笑声自丹田上升，嘎嘎而出，向天空喷去，喷出三两串之后倏然而止，一切归于平静。我每次听他大笑，实在胜过听那洋人大笑。笑，虽然是唯一的世界通行的语言，仔细分辨起来，仍然有区域性的分别。中国人还是听中国人的笑比较亲切。延环的笑，是来自他的健康。有健康的体格，才能有笑的心情，然后才能收缩腹部肌肉，鼓动横隔膜，利用那二公升以上的肺活量，喷气通过咽喉，顺便振动声带，张开大嘴，形成所谓呵呵大笑。不过延环的笑不是天生来的，呱呱堕地的时候大概他还是哭的，据他自己说他的笑是由学习而来：

笔者年轻时体弱多病，肠胃病闹得尤凶，迭经名医指点。据说我那种肠胃病跟情绪有关，设能练习着时常发笑，即可不药而愈。……听过他的指点之后，就开始照行。由此之后，只消碰到稍感可笑事件，即张起嘴巴哈哈大笑。他的说法果然不虚，初笑时心里还无响应，及哈哈数声之后，心怀即感开朗，笑得越加起劲。因口笑而心开，因心开而口更笑，彼此循环，常致欲罢不能。（《生活漫谈》第一五一页）

患肠胃病的人，脸上必定酸苦，精神必定抑郁，但我认识延环的时候，他已经是膀大腰圆的北方之强，而且笑口常开了。他不但自己享有健康，而且经常的以传教士的热忱宣传养生健体之道。他见了人就劝散步、打拳、游泳、做腹部运动，听者是否奉行没有关系，他不彻底讲说一遍便不得心安。

一个人的"主要情绪"无论如何是会在他的文字里流露出来的。八册《誓还小品》，字里行间，到处洋溢着乐观愉快的精神。作者有时也喜欢征引类书，撷拾典故，但是遮掩不住那一股活泼健康的气概。一般的文人积习是叹老嗟贫、伤时感逝，至于无病呻吟者更是等而下之。这八本小品无所不谈，都是积极向上、有益世道人心之作，没有伤感气息，没有官样文章，痛快淋漓，令人叫绝！

独来独往
——读萧继宗《独往集》

狮子和虎，在猎食的时候，都是独来独往；狐狸和犬，则往往成群结队。性情不同，习惯各异，其间并不一定就有什么上下优劣之分。萧继宗先生的集子名曰《独往》，单是这个标题就非常引人注意。

萧先生非常谦逊，在自序里说："我老觉得一旦厕身于文学之林，便有点不尴不尬、蹩手蹩脚之感，所以我自甘永远做个'槛外人'。""我几篇杂文，可说是闭着眼睛写的。所谓闭着眼睛也者，是从没有留心外界的情形，也就是说与外界毫没干涉，只是一个人自说自话，所以叫它《独往集》。"客气尽管客气，作者的"孤介"的个性还是很明显的流露了出来。所谓"自说自话"，就是不追逐时髦，不被别人牵着鼻子走，不说言不由衷的话。写文章本应如此。客气话实在也是自负话。

萧先生这二十六篇杂文，确实可以证明这集子的标题没有题错，每一篇都有作者自己的见地，不人云亦云。这样的文章在如今是并不多见的。作者有他的幽默感，也有他的正义感，这两种感交织起来，发为文章，便不免有一点恣肆，嬉怒笑骂，入木三分了。

　　我且举一个例，就可以概其余。集中《哆嗦》一篇，对于"喜欢掉书袋做注解的先生们"该是一个何等的讽刺。我年来喜欢读杜诗，在琉璃厂搜购杜诗各种版本及评解，花了足足二年多的时间买到六十几种（听说徐祖正先生藏有二百余种，我真不敢想象！），我随买随看，在评注方面殊少当意者。我们中国的旧式的学者，在做学问方面（至少表现在注诗方面者）于方法上大有可议之处。以仇兆鳌的详注本来说，他真是"矻矻穷年"，小心谨慎的注解，然后"缮写完备，装潢成帙"，进呈康熙皇帝御览的。一大堆的资料真积了不少，在数量上远超过以往各家的成绩，可是该注的不注，注也注不清楚，不该注的偏偏不嫌辞费，连篇累牍刺刺不休，看起来真是难过。（不仅仇兆鳌注诗如此，他如吴思齐的《杜诗论文》，其体例是把杜诗一首首做成散文提要，也一样的是常常令人摸不着要领。）对于先贤名著，不敢随意讥弹，但是心里确是有此感想。如今读了萧继宗先生的文章，真有先获我心之感。他举出了仇兆鳌所注《曲江》一首为例，把其中的可笑处毫不留情的揭发出来，真可令人浮一大白。萧先生虽未明说，这篇文章实在是对旧式学究的一篇讽刺。研究中国文学的人要跳开"词章"的窠臼，应用新的科学的整理方法，方能把"文学遗产"发扬光大起来。

　　萧先生在最后一篇《立言》里，临了说出这么一句："今后想要立言，而且想传世不朽的话，只有一条大路，即是向科学方面寻出路。"这是一句可以发人猛省的话。

一个《读者文摘》的读者的感想

我不是一个《读者文摘》的忠实的读者，三十年来我不曾逐期阅读，遇到机缘就看，有时也买一两册，否则也就不特意去找来看，因为我的闲暇很少。《读者文摘》原是为了闲暇较少的人而编的，但是我的闲暇太少，少到连逐期看《读者文摘》的时间都没有了。可是，我不是不喜欢它。能使我半夜三更不睡觉，靠在枕上一口气读完方肯罢休的，就是它。有时候，在朋友家书架上发现十本二十本的《读者文摘》，我便不管它是哪一年出版的，一古脑儿借了去看。有时候，一篇将近读罢，方才觉得有一点似曾相识的感觉，原来是早已读过了的，而并不觉得趣味减少。

有人说："这表示你的品位不高。美国的出版物，哪里有英国的好？哪里有德国的好？哪里有……的好？况且，《读者文摘》在美国也是一种通俗读物而已。很显然的，你不够称为'高眉'（highbrow）。"对于这种责难，我无法反驳。我的学识有限，要比较欧美各国出版品的优劣，我尚无此能力。我在《读者文摘》里经常发现我所不知道的事物，经常领略到我所不曾有的经验，所以它对于我已经是很为"高眉"的了。它是通俗刊物，而我的知识正未超过那个"俗"。在这个学问日趋专门化的时代，谁能博古通今而自命不需阅读通俗读物呢？

美国是一个新兴国家。虽然她也有一个悠久的西方的文化传统，她之百年来的发展，却使她的生活形态凝成一个独特的形式，即美国人所常自豪的"美国精神"。如果我们没有机会去亲自观察美国人的生活方式及其思想，看《读者文摘》便是最好的了解美国的方法。民主、言论自由、宗教热诚、冒险、名人成功故事、新发明、幽默、道德、性的教育、犯罪故事、乐观主义……这些构成美国精神的元素，在《读者文摘》里都充分的暴露无遗了。至于这本杂志的编排技巧，也自然是很大的一桩特色，足以说明美国人的活泼生动。

《读者文摘》很注意道德的严肃性，另一方面充分顾到幽默的调剂。轻松中有深意，严肃中有趣味——这也许就是美国精神中的一个理想吧？

忆 老 舍

　　我最初读老舍的《赵子曰》《老张的哲学》《二马》，未识其人，只觉得他以纯粹的北平土语写小说颇为别致。北平土语，像其他主要地区的土语一样，内容很丰富，有的是俏皮话儿、歇后语、精到出色的明喻暗譬，还有许多有声无字的词字。如果运用得当，北平土话可说是非常的生动有趣；如果使用起来不加检点，当然也可能变成为油腔滑调的"耍贫嘴"。以土话入小说本是小说家常用的一种技巧，可使对话格外显得活泼，可使人物个性格外显得真实突出。若是一部小说从头到尾，不分对话、叙述或描写，一律使用土话，则自《海上花》一类的小说以后并不多见。我之所以注意老舍的小说者盖在于此。胡适先生对于老舍的作品评价不高，他以为老舍的幽默是勉强造作的。但一般人觉得老舍的作品是可以接受的，甚至颇表欢迎。

　　抗战后，老舍有一段期间住在北碚，我们时相过从。他又黑又瘦，甚为憔悴，平常总是佝偻着腰，迈着四方步，说话的声音低沉、徐缓，但是风趣。他和王老向住在一起，生活当然是很清苦的。在名义上他是中国文艺界抗敌协会的负责人，事实上这个组织的分子很复杂，有不少野心分子企图从中操纵把持。老舍对待谁都是一样的和蔼亲切，存心厚道，所以他的人缘好。

有一次，北碚各机关团体以国立编译馆为首发起募款劳军晚会，一连两晚，盛况空前，把北碚儿童福利试验区的大礼堂挤得水泄不通。国立礼乐馆的张充和女士多才多艺，由我出面邀请，会同编译馆的姜作栋先生（名伶钱金福的弟子），合演一出《刺虎》，唱做之佳至今令人不能忘。在这一出戏之前，垫一段对口相声。这是老舍自告奋勇的。蒙他选中了我做搭档，头一晚他"逗哏"我"捧哏"，第二晚我逗他捧，事实上挂头牌的当然应该是他。他对相声特有研究。在北平长大的谁没有听过焦德海、草上飞？但是能把相声全本大套的背诵下来则并非易事。如果我不答应上台，他即不肯露演，我为了劳军只好勉强同意。老舍嘱咐我说："说相声第一要沉得住气，放出一副冷面孔，永远不许笑，而且要控制住观众的注意力，用干净利落的口齿在说到紧要处，使出全副气力斩钉断铁一般迸出一句俏皮话，则全场必定爆出一片彩声、哄堂大笑。用句术语来说，这叫作'皮儿薄'，言其一戳即破。"我听了之后连连辞谢说："我办不了，我的皮儿不薄。"他说："不要紧，咱们练着瞧。"于是他把词儿写出来，一段是《新洪羊洞》，一段是《一家六口》，这都是老相声，谁都听过。相声这玩意儿不嫌其老，越是经过千锤百炼的玩意儿越惹人喜欢，借着演员的技艺、风度之各有千秋而永远保持新鲜的滋味。相声里面的粗俗玩笑，例如"爸爸"二字刚一出口，对方就得赶快顺口答腔的说声"啊"，似乎太无聊，但是老舍坚持不能删免，据他看相声已到了至善至美的境界，不可稍有损益。是我坚决要求，他才同意在用折扇敲头的时候只要略为比划而无需真打。我们认真的排练了好多次。到了上演的那一天，我们走到台的前边，泥雕木塑一般绷着脸肃立片刻，观众已经笑不可仰，以后几乎只能在阵阵笑声之间的空隙进行对话。该用折扇敲头的时候，老舍不知是一时激动忘形，还是有意违反诺言，抢起大折扇狠狠的向我打来。我看来势不善，向后一闪，折扇正好打落了我的眼镜。说时迟，那时快，我手掌向上两手平伸，正好托住那落下来的眼镜，我保持那个姿势不动。彩声历久不绝，有人以为这是一手绝活儿，还高呼："再来一回！"

我们那一次相声相当成功，引出不少人的邀请，我们约定不再露演，除非是至抗战胜利再度劳军的时候。没想到胜利来得那么快，更没料到又一次浩劫来得那么急，大家的心情不对了，我们的这一次合作成了最后的一次。

老舍的才华是多方面的，长短篇的小说、散文、戏剧、白话诗，无一不能，无一不精，而且他有他的个性，绝不俯仰随人。我现在拣出一封老舍给我的信，是他离开北碚之后写的。那时候他的夫人已自北平赶来四川，但是他的生活更陷于苦闷。他患有胃下垂的毛病，割盲肠的时候用一小时余还寻不到盲肠，后来在腹部的左边找到了。这封信附有七律五首，由此我们也可窥见他当时的心情的又一面。

前几年王敬羲从香港剪写老舍短文一篇，可惜未注明写作或发表的时间及地点，题为《春来忆广州》。看他行文的气质，已由绚烂趋于平淡，但是有一缕惆怅悲哀的情绪流露在字里行间。听说他去年已做了九泉之客，又有人说他尚在人间。是耶非耶，其孰能辨之？兹将这一小文附录于后：

春来忆广州

我爱花。因气候、水土等等关系，在北京养花，颇为不易。冬天冷，院里无法摆花，只好都搬到屋里来。每到冬季，我的屋里总是花比人多，形势逼人！屋中养花，有如笼中养鸟，即使用心调护，也养不出个样子来。除非特建花室，实在无法解决问题。我的小院里，又无隙地可建花室！

一看到屋中那些半病的花草，我就立刻想起美丽的广州来。去年春节后，我不是到广州住了一个月吗？哎呀，真是了不起的好地方！人极热情，花似乎也热情！大街小巷，院里墙头，百花齐放，欢迎客人，真是"交友看花在广州"啊！

在广州，对着我的屋门便是一株象牙红，高与楼齐，盛开着一丛红艳夺目的花儿，而且经常有很小的小鸟，钻进那朱红的小'象牙'里，如蜂采蜜。真美！只要一有空儿，我便坐在阶前，看那些花与小鸟。在家里，我也有一棵象牙红，可是高不及三尺，而且是种在盆子里。它入秋即放假休息，入冬便睡大觉，且久久不醒，直到端阳左右，它才开几朵先天不足的小花，绝对没有那种秀气的小鸟做伴！现在，它正在屋角打盹，也许跟我一样，正想念它的故乡广东吧？

春天到来，我的花草还是不易安排：早些移出去吧，怕风霜侵犯；不搬出去吧，又都发出细条嫩叶，很不健康。这种细条子不会长出花来。看着真令人焦心！

好容易盼到夏天，花盆都运至院中，可还不完全顺利。院小，不透风，许多花儿便生了病。特别由南方来的那些，如白玉兰、栀子、茉莉、小金桔、茶花……也不知怎么就叶落枝枯，悄悄死去。因此，我打定主意，在买来这些比较娇贵的花儿之时，就认为它们不能长寿，尽到我的心，而又不作幻想，以免枯死的时候落泪伤神。同时，也多种些叫它死也不肯死的花草，如夹竹桃之类，以期老有些花儿看。

夏天，北京的阳光过暴，而且不下雨则已，一下就是倾盆倒海而来，势不可当，也不利于花草的生长。

秋天较好，可是忽然一阵冷风，无法预防，娇嫩些的花儿就受了重伤。于是，全家动员，七手八脚，往屋里搬呀，各屋里都挤满了花盆，人们出来进去都须留神，以免绊倒！

其美慕广州的朋友们，院里院外，四季有花，而且是多么出色的花呀！白玉兰高达数丈，干子比我的腰还粗！英雄气概的木棉，昂首天外，开满大红花，何等气势！就连普通的花儿，四季海棠与绣球什么的，也特别壮实，叶茂花繁，花小而气魄不小！看，在冬天，窗外还有结实累累的木瓜呀！真没法儿比！一想起花木，也就更想念朋友们！

悼念道藩先生

　　道藩先生于一九三〇年在青岛任国立青岛大学教务长，住家在鱼山路一个小小的山坡上，我是他的邻居，望衡对宇，朝夕过从。我到他家里去拜访，看见壁上挂着他的油画作品，知道他原来是学美术的。校长杨振声先生私下对我说："道藩先生一向从事党务工作，由他来主持教务，也可以加强学校与中央的联系。"这话说得很含蓄。

　　青岛虽然是个有山有水的好地方，但是诚如闻一多所说，缺少文化。何以解忧？唯有杜康。我们几个朋友戏称为"酒中八仙"，其中并不包括道藩，部分原因是他对杯中物没有特别的偏爱。他偶然也参加我们的饮宴，他也能欣赏我们酒酣耳热的狂态。他有一次请假返回贵州故乡，归时带来一批茅台酒，分赠我们每人两瓶。那时候我们不曾听说过茅台的名字，看那粗陋的瓶装就不能引起好感，又据说是高粱酿制，益发不敢存奢想，我们都置之高阁。是年先君来青小住，一进门就说有异香满室，启罐品尝，乃赞不绝口。于是，我把道藩分赠各人的一份尽数索来，以奉先君。从此我知道高粱一类其醇郁无出茅台之右者。以后茅台毁于兵燹，出品质劣，徒有其名，无复当年风味。

　　一九三一年，"九一八"变起，举国惶惶。平津学生罢课南下请愿，要求对日宣战，青岛大学的学生也受了影响，集队强占火车，威胁行车安全。学校当局主张维持纪律，在校务会议中闻一多有"挥泪斩马谡"的表示，决议开除肇事首要分子。开除学生的布告刚贴出去，就被学生撕毁了，紧接着是包围校长公馆，贴标语，呼口号，全套的示威把戏。学生由一些左派分子把持，他们的集合地点便是校内的所谓"区党部"，在学生宿舍楼下一间房里。学校里面附设党的组织，在国内是很平常的事，有时也会因此而和学校龃龉。胡适之先生在上海中国公学时，就曾和校内党部发生冲突。区党部和学校当局分庭抗礼，公然行文。青岛大学的区党部情形就更进一步了。"左倾"分子以党部为庇护所，制造风潮，反抗学校当局。后来召请保安警察驱逐捣乱分子，警察不敢进入党部捉人。这时节激怒了道藩先生，他面色苍白，两手抖颤，率领警察走到操场中心，面对着学生宿舍，厉声宣告："我是国民党中央委员，我要你们走出来，一切责任我负担。"由于他的挺身而出，学生气馁了，警察胆壮了，问题解决了。事后他告诉我："我从来不怕事，我两只手可以同时放枪。"我们都知道，如果没有他明辨是非、坚韧不挠的精神，那场风波不容易那样平复下去。

　　他在青岛大学服务不久，被调往浙江任教育厅长。我下一次看见他是在南京，他所创办的国立戏剧专科学校第一届毕业生公演《威尼斯商人》，我应邀请前去参观。道藩先生对于戏剧的热心是无以复加的，几十年来未曾稍杀。国立剧专在余上沅先生主持之下办得有声有色，但是在背后默默作有力支持的是道藩先生，这件事我知道得最清楚。

　　抗战军兴，我应聘参加国民参政会，由香港转到汉口。这时候道藩先生任教育部次长，在汉口办公，因此几乎每天晚上我们都有机会见面。道藩先生很健谈，喜欢交游。有一天他告诉我，马当失守，政府决定迁往重庆，要我一起入川。教育部设教科书编辑委员会，道藩兼主任委员，约我担任中小学教科书组主任，于是我衔着这个使命搭乘国民参政会的专轮到了重庆。中小学教科书的供应在当时是一个大问题，因为时势变迁，旧的已不适用，非重编重印不足以应后方之需要。抗战前，杨振声先生受国防会议之托主编了一套中学教科书，尚未竣事，其中包括有沈从文编辑的《国文》、吴晗的《历史》等，虽然也很精彩，仍嫌不合时代要求。我担任这个职务，虽是完全义务性质，但深感责任重大，幸赖道藩先生的领导及副主任李清悚先生的全力主持，得以应付了抗战时期后方中小学的需要。

教科书编辑委员会因敌机轰炸疏散到北碚后，改由许心武先生任主委，后又并入了国立编译馆。于是我和编译馆开始发生了关系。道藩先生常来北碚，在北碚对岸黄桷树的复旦大学有他不少朋友，如孙寒冰、但荫荪、梁宗岱、吴南轩诸位，蒋碧薇女士虽然服务于国立编译馆，却卜居在黄桷树。由重庆到北碚，汽车要走两个小时，由北碚到黄桷树，要搭小木船渡过激流的嘉陵江。道藩先生便这样风尘仆仆的无间寒暑的度他的周末，想嘉陵江边的鹅卵石和岸上青青的野草都应该熟习了他的脚步声。

在台湾，道藩先生主持文奖会，参加审稿的有王平陵、赵友培、侯佩尹等几位，我亦曾滥竽其间，平日分别阅稿，每月集会一次。这个组织虽嫌基金太少，但是起了不少的号召作用，多少作者获得了鼓励。其中绝对没有私心，没有门户之见。文奖会结束之后，他曾兴奋的对我说："我得到了一项支援，将创建一座小型剧院。"不幸他困于胃病和失眠，体力日衰，此事竟无下文。

　　道藩先生最后一次公开露面是在去年《莎士比亚全集》译本出版庆祝会上，他即席致词，精神还很愉快，但病象已深。不匝年而终于不治。数十年来他待我甚厚，谈笑如昨，遽成九泉之客，临文悼念，为之潸然。

忆 冰 心

　　顾一樵先生来，告诉我冰心和老舍先后去世。我将信将疑。冰心今年六十九岁，已近古稀，在如今那样的环境里传出死讯，无可惊异。读《清华学报》新七卷第一期（一九六八年八月刊），施友忠先生有《中共文学中之讽刺作品》一文，里面提到冰心，但是没有说她已经去世。最近谢冰莹先生在《作品》第二期（一九六八年十一月）里有《哀冰心》一文，则明言"冰心和她的丈夫吴文藻双双服毒自杀了"。看样子，她是真死了。她在日本的时候写信给赵清阁女士说："早晚有一天我死了都没有人哭！"似是一语成谶！可是"双双服毒"，此情此景，能不令远方的人一洒同情之泪？

　　初识冰心的人都觉得她不是一个令人容易亲近的人，冷冷的好像要拒人于千里之外。她的《繁星》《春水》发表在《晨报副刊》的时候，风靡一时，我的朋友中如时昭瀛先生，便是最为倾倒的一个。他逐日剪报，后来精裱成一长卷，在美国和冰心相遇的时候恭恭敬敬地献给了她。我在《创造周报》第十二期（十二年七月廿九日）写过一篇《〈繁星〉与〈春水〉》，我的批评是很保守的，我觉得那些小诗里理智多于情感，作者不是一个热情奔放的诗人，只是泰戈尔小诗影响下的一个冷隽的说理者。就在这篇批评发表后不久，于赴美途中在"杰克逊总统"号的甲板上不期而遇。经许地山先生介绍，寒暄一阵之后，我问她："您到美国修习什么？"她说："文学。"她问我："您修习什么？"我说："文学批评。"话就谈不下去了。

在海船上摇晃了十几天，许地山、顾一樵、冰心和我都不晕船，我们兴致勃勃的办了一份文学性质的壁报，张贴在客舱入口处。后来我们选了十四篇送给《小说月报》，发表在第十一期（十二年十一月十日），作为一个专辑，就用原来壁报的名称《海啸》。其中有冰心的诗三首：《乡愁》《惆怅》《纸船》。

十三年秋我到了哈佛，冰心在威尔斯莱女子学院，同属于波士顿地区，相距约一个多小时火车的路程。遇有假期，我们几个朋友常去访问冰心，邀她泛舟于脑伦璧迦湖；冰心也常乘星期日之暇到波士顿来做杏花楼的座上客。我逐渐觉得她不是恃才傲物的人，不过对人有几分矜持，至于她的胸襟之高超，感觉之敏锐，性情之细腻，均非一般人所可企及。

十四年三月二十八日，波士顿一带的中国学生在"美术剧院"公演《琵琶记》，剧本是顾一樵改写的，由我译成英文。我饰蔡中郎，冰心饰宰相之女，谢文秋女士饰赵五娘。逢场作戏，不免谑浪。后谢文秋与同学朱世明先生订婚，冰心就调侃我说："朱门一入深似海，从此秋郎是路人。""秋郎"二字来历在此。

冰心喜欢海，她父亲是海军中人，她从小曾在烟台随侍过一段期间，所以和浩瀚的海洋结不解缘。不过在她的作品里嗅不出梅思斐尔的"海洋热"。她憧憬的不是骇浪涛天的海水，不是浪迹天涯的海员生涯，而是在海滨沙滩上拾贝壳，在静静的海上看冰轮乍涌。我十九年到青岛，一住四年，几乎天天与海为邻，几次三番的写信给她，从没有忘记提到海，告诉她我怎样陪同太太带着孩子到海边捉螃蟹，掘沙土，拣水母，听灯塔呜呜叫，看海船冒烟在天边逝去。我的意思是逗她到青岛来。她也很想来过一个暑季，她来信说："我们打算住两个月，而且因为我不能起来的缘故，最好是海涛近接于几席之下。文藻想和你们逛山散步，泅水，我则可以倚枕倾聆你们的言论。……我近来好多了，医生许我坐火车，大概总是有进步。"但是她终于不果来，倒是文藻因赴邹平开会之便，到舍下盘桓了三五天。

　　冰心健康情形一向不好，说话的声音不能大，甚至是有上气无下气的。她一到了美国不久就呕血，那著名的《寄小读者》大部分是在医院床上写的。以后她一直时发时愈，缠绵病榻。有人以为她患肺病，那是不确的。她给赵清阁的信上说："肺病绝不可能。"给我的信早就说得更明白："为慎重起见，遵医（协和）嘱重行检验一次，X光线，取血，闹了一天。据说我的肺倒没毛病，是血管太脆。"她呕血是周期性的，有时事前可以预知。她多么想看青岛的海，但是不能来，只好叹息："我无有言说，天实为之！"她的病严重地影响了她的创作生涯，甚至比照管家庭更妨碍她的写作，实在是太可惋惜的事。抗战时她先是在昆明，我写信给她。为了一句戏言，她回信说："你问我除生病之外所做何事。像我这样不事生产，当然使知友不满之意溢于言外。其实我到呈贡之后，只病过一次，日常生活都在跑山望水、柴米油盐、看孩子中度过……"在抗战期中做一个尽职的主妇真是谈何容易，冰心以病躯肩此重任，是很难为她了。她后来迁至四川的歌乐山居住，我去看她，她一定要我试一试他们睡的那一张弹簧床。我躺上去一试，真软，像棉花团，文藻告诉我他们从北平出来什么也没带，就带了这一张庞大笨重的床，从北平搬到昆明，从昆明搬到歌乐山，没有这样的床她睡不着觉！

歌乐山在重庆附近，算是风景很优美的一个地方。冰心的居处在一个小小的山头上，房子也可以说是洋房，不过墙是土砌的，窗户很小很少，里面黑黝黝的，而且很潮湿。倒是门外有几十棵不大不小的松树，秋声萧瑟，瘦影参差，还值得令人留恋。一般人以为冰心养尊处优，以我所知，她在抗战期间并不宽裕。歌乐山的寓处也是借住的。

抗战胜利后，文藻任职我国驻日军事代表团。这一段时间才是她一生享受最多的，日本的园林之胜是她所最为爱好的，日常的生活起居也由当地政府照料得无微不至。下面是她到东京后两年写给我的一封信：

实秋：

九月廿六信收到。昭涵到东京，呆了五天，我托他把那部日本版杜诗带回给你，（我买来已有一年了！）到临走时他也忘了，再寻便人罢。你要吴清源和本因坊的棋谱，我已托人收集，当陆续奉寄。清阁在北平，（此信给她看看）你们又可以热闹一下。我们这里倒是很热闹，甘地所最恨的鸡尾酒会，这里常有！也累，也最不累，因为你可以完全不用脑筋说话。但这里也常会从万人如海之中飘闪出一两个"惊才绝艳"，因为过往的太多了，各国的全有，淘金似的，会浮上点金沙。除此之外，大多数是职业外交人员、职业军人、浮嚣的新闻记者，言语无味，面目可憎。在东京两年，倒是一种经验，在生命中算是很有趣的一段。文藻照应忙，孩子们照应玩，身体倒都不错，我也好。宗生不常到你处罢？他说高三功课忙得很，明年他想考清华，谁知道明年又怎么样？北平人心如何？看报仿佛不太好。东京下了一场秋雨，冷得美国人都披上皮大衣，今天又放了晴，天空蓝得像北平。真是想家得很！你们吃炒栗子没有？

　　请嫂夫人安

　　　　　　　　　　　　　　　　　　　　冰心　十．十二

　　卅八年六月我来到台湾，接到冰心、文藻的信，信中说他们很高兴听到我来台的消息，但是一再叮咛要我立刻办理手续前往日本。风雨飘摇之际，这份友情当然可感，但是我没有去。此后就消息断绝。不知究竟是什么原因，他们回到了大陆，从此悲剧就注定了。"无有言说，天实为之！"

冰心致作者及赵清阁女士的信

一　冰心致作者的信之一

实秋：

　　前得来书，一切满意，为慎重起见，遵医（协和）嘱重行检查一次，X光线，取血，闹了一天，据说我的肺倒没毛病，是血管太脆。现在仍须静养，年底才能渐渐照常，长途火车，绝对禁止。于是又是一次幻象之消灭！

　　我无有言说，天实为之！我只有感谢你为我们费心，同时也羡慕你能自由的享受海之伟大。这原来不是容易的事！

　　文藻请安

　　　　　　　　　　　　　　　　　　冰心拜上　六月廿五

二　冰心致作者的信之二

实秋：

　　你的信，是我们许多年来，从朋友方面所未得到的，真挚痛快的好信！看完了予我们以若干的欢喜。志摩死了，利用聪明，在一场不人道不光明的行为之下，仍得到社会一班人的欢迎的人，得到一个归宿了！我仍是这么一句话，上天生一个天才，真是万难，而聪明人自己的糟蹋，看了使我心痛。志摩的诗，魄力甚好，而情调则处处趋向一个毁灭的结局。看他《自剖》里的散文、《飞》等等，仿佛就是他将死未绝时的情感，诗中尤其看得出。我不是信预兆，是说他十年来心理的蕴酿，与无形中心灵的绝望与寂寥，所形成的必然的结果！人死了什么都太晚。他生前我对着他没有说过一句好话，最后一句话，他对我说的："我的心肝五脏都坏了，要到你那里圣洁的地方去忏悔！"我没说什么，我和他从来就不是朋友，如今倒怜惜他了，他真辜负了他的一股子劲！

　　谈到女人，究竟是"女人误他"？"他误女人"？也很难说。志摩是蝴蝶，而不是蜜蜂，女人的好处就得不着，女人的坏处就使他牺牲了。——到这里，我打住不说了！

　　我近来常常恨我自己，我真应当常写作，假如你喜欢《我劝你》那种的诗，我还能写他一二十首。无端我近来又教了书，天天看不完的卷子，使我头痛心烦。是我自己不好，只因我有种种责任，不得不要有一定的进款来应用。过年我也许不干或少教点，整个的来奔向我的使命和前途。

　　我们很愿意见见你，朋友们真太疏远了！年假能来么？我们约了努生，也约了昭涵，为国家你们也应当聚聚首了。我若百无一长，至少能为你们煮咖啡！

小孩子可爱的很，红红的颊，蜷曲的浓发，力气很大，现在就在我旁边玩。他长的像文藻，脾气像我，也急，却爱笑，一点也不怕生。

请太太安

冰心　十一．廿五

三　冰心致作者的信之三

实秋：

山上梨花都开过了，想雅舍门口那一大棵一定也是绿肥白瘦。光阴过的何等的快！你近来如何？听说曾进城一次，歌乐山竟不曾停车，似乎有点对不起朋友。刚给白薇写几个字，忽然想起赵清阁，不知她近体如何？春来是否瘥了？请你代我走一趟，看看她。我自己近来好得很。文藻大约下月初才能从昆明回来，他生日是二月九号，你能来玩玩否？余不一一，即请

大安

问业雅好

冰心　三月廿五日

四　冰心致赵清阁的信

清阁：

信都收入，将来必有一天我死了都没有人哭。关于我病危的谣言已经有太多次了，在远方的人不要惊慌，多会真死了才是死，而且肺病绝不可能。这种情形，并不算坏。就是有病时（有时）太寂寞一点，而且什么都要自己管，病人自己管自己，总觉

得有点那个！你叫我写文章，尤其是小说，我何尝不想写，就是时间太零碎，而且杂务非常多。也许我回来时在你的桌上会写出一点来。上次给你寄了樱花没有？并不好，就是多，我想就是菜花多了也会好看，樱花意味太哲学了，而且属于悲观一路，我不喜欢。朋友们关心我的，请都替我辟谣，而且问好。参政会还没有通知，我也不知道是否五月开，他们应当早通知我，好作准备。这边呆得相当腻，朋友太少了，风景也没有什么，人为居多，如森林，这都是数十年升平的结果。我们只要太平下来五十年，你看看什么样子。总之我对于日本的□□，第一是女人（太没有背脊骨了），第二是樱花，第三、第四也还要有……匆匆请放心

　　　　　　　　　　　　　　　　　　　　　　冰心　四.十七

五　冰心致作者的信之四

实秋：

　　文藻到贵阳去了，大约十日后方能回来，他将来函寄回，叫我作复。大札较长，回诵之余，感慰无尽。你问我除生病之外所做何事，像我这样不事生产，当然使知友不满之意溢于言外。其实我到呈贡后，只病过一次，日常生活，都在跑山望水、柴米油盐、看孩子中度过。自己也未尝不想写作，总因心神不定，前作《默庐试笔》，断续写了三夜，成了六七千字，又放下了。当然，我不敢妄自菲薄，如今环境又静美，正是应当振作时候，甚望你常常督促，省得我就此沉落下去。呈贡是极美，只是城太小，山下也住有许多外来的工作人员，谈起来有时很好，有时就很索然。在此居留，大有Main street风味，渐渐的会感到孤寂。（当然昆明也没有什么意思，我每次进城，都亟欲回来！）我有

时想这不是居处关系，人到中年，都有些萧索。我的一联是"海内风尘诸弟隔，无涯涕泪一身遥"，庶几近之。

你是个风流才子，"时势造成的教育专家"，同时又有"高尚娱乐"，"活鱼填鸭充饥"，所谓之"依人自笑冯驩老，作客谁怜范叔寒"两句（你对我已复述过两次）。真是文不对题。该打！该打！只是思家之念，尚值得人同情耳！你跌伤已全愈否？景超如此仗义疏财，可惜我不能身受其惠。我们这里，毫无高尚娱乐，而且虽有义可仗，也无财可疏，为可叹也！文藻信中又嘱我为一樵写一条横幅，请你代问他，可否代以"直条"？我本来不是写字的人，直条还可闭着眼草下去，写完"一瞑不视"（不是"掷笔而逝"）！横幅则不免手颤了，请即复。山风渐动，阴雨时酸寒透骨，幸而此地阳光尚多，今天不好，总有明天可以盼望。你何时能来玩玩？译述脱稿时请能惠我一读。景超、业雅、一樵请代致意，此信可以传阅。静夜把笔，临颖不尽。

冰心拜启　十一月廿七

六　冰心致作者的信之五

实秋：

我弟妇的信和你的同到。她也知道她找事的不易，她也知道大家的帮忙，叫我写信谢谢你！总算我做人没白做，家人也体恤，朋友也帮忙，除了"感激涕零"之外，无话可说！东京生活，不知宗生回去告诉你多少？有时很好玩，有时就寂寞得很。大妹身体痊愈，而且茁壮。她廿号上学，是圣心国际女校。小妹早就上学（九．一）。我心绪一定，倒想每日写点东西，要不就忘了。文藻忙得很，过去时时处处有回去可能，但是总没有走的成。这边本不是什么长事，至多也只到年底。你能吃能睡，茶饭无缺，这八个字就不容易！老太太、太太和小孩子们都好否？关于杜诗，我早就给你买了一部，日本版的，放在那里，相当大，坐飞机的无人肯带，只好将来自己带了。书贾又给我送来一部中国版的（嘉广）和一部《全唐诗》，我也买了。现在日本书也贵。我常想念北平的秋天，多么高爽！这里三天台风了，震天撼地，到哪儿都是潮不唧的，讨厌得很。附上昭涵一函，早已回了，但有朋友近况，想你也要知道。

　　文藻问好

　　　　　　　　　　　　　　　　　　　冰心　中秋前一日

后　记

一

绍唐吾兄：

　　在《传记文学》十三卷六期我写过一篇《忆冰心》，当时我根据几个报刊的报导，以为她已不在人世，情不自已，写了那篇哀悼的文字。今年春，凌叔华自伦敦来信，告诉我冰心依然健在，惊喜之余，深悔孟浪。顷得友人自香港剪寄今年五月二十四日香港《新晚报》，载有关冰心的报导，标题是《冰心老当益壮酝酿写新书》，我从文字中提炼出几点事实：

　　（一）冰心今年七十三岁，还是那么健康、刚强，洋溢着豪逸的神采；

　　（二）冰心后来从未教过书，只是搞些写作；

　　（三）冰心申请了好几次要到工农群众中去生活，终于去了，一住十多个月；

　　（四）目前她好像是"待在"所谓"中央民族学院"里，任务不详；

（五）她说："很希望写一些书"，最后一句话是"老牛破车，也还要走一段路的。"

此文附有照片一帧。人还是很精神的，只是二十多年不见，显着苍老多了。因为我写过《忆冰心》一文，我觉得我有义务作简单的报告，更正我轻信传闻的失误。

弟梁实秋拜启

一九七二年六月十五日西雅图

二

绍唐吾兄：

六月十五日函计达。我最近看到香港《新闻天地》第一二六七号载唐向森《洛杉矶航信》，记曾与何炳棣一行同返大陆的杨庆尘教授在美国西海岸的谈话，也谈到谢冰心夫妇。他说："他俩还活在人间，刚由湖北孝感的'五七干校'回到北京。他还谈到梁实秋先生误信他们不在人间的消息所写下悼念亡友的文章，冰心说，他们已看到了这篇文章。这两口子如今都是七十开外的人了。冰心现任职于'作家协会'，专门核阅作品，作成报告交予上级，以决定何者可以出版，何者不可发表之类。至于吴文藻派什么用场，未见道及。这二位都穿着皱巴巴的人民装，也还暖和，曾问二位夫妇这一把年纪去干校，尽干些什么劳动呢？冰心说，多半下田扎绑四季豆。他们在'文化大革命'时期，曾被斗争了三天。"这一段报导益发可以证实冰心夫妇依然健在的消息。我不明白，当初为什么有人捏造死讯，难道这造谣的人没有想到谣言早晚会不攻自破么？现在我知道冰心未死，我很高兴；冰心既然看到了我写的哀悼她的文章，她当然知道我也未死。这年头儿，彼此知道都还活着，实在不易。这篇航信又谈到老舍之死，据冰心的解释，老舍之死"要怪舍予太爱发脾气，一发脾气去跳河自杀死了……"这句话说得很妙。人是不可发脾气的，脾气人人都有，但是不该发，一发则不免跳河自杀矣。

弟梁实秋顿首

一九七二年七月十一日西雅图

悼念左舜生先生

　　青年党人才济济，其中有"曾、左、李"。曾是曾慕韩，左是左舜生，李是李幼椿。慕韩先生于1951年归道山，不意舜生先生亦做了九泉之客！老成凋谢，伤如之何！

　　我认识舜生先生是在民国十七年左右，那时候我在上海教书，他在中华书局任编辑。有一天，我与罗努生和幼椿先生闲谈，我们认为中国青年党于民国十二年十二月二日在巴黎发表《中国青年党建党宣言》，明言其建党之宗旨："言乎对外，则以力争中华民国之独立自由为旗帜……至于对内，则以推倒祸国殃民之军阀，实现全民政治为信条。"言简而赅，甚为得体，但是后来时势变化，除军阀以外又有共产党的崛起，实为世事上一大变局，青年党的信条就有重加检讨、补充的必要了。我们以为，为青年党借箸代筹，应该制定党纲，在政治、经济、文化各方面提出更详尽、明确的主张。幼椿先生深韪此言，择日约我们两个到舜生先生家里去长谈，他家在哈同路民厚里，一楼一底的弄堂房子，四壁萧然。当时在座的还有陈启天先生，慕韩先生不在上海。长谈竟日，我只提出所谓"废除私有财产"乃是共产党基本信仰，绝对不可作任何形式的附和，此外我没有多参加意

见。舜生先生等则议论滔滔，均能老成持重。后来青年党党纲是
否制定、如何制定，我就不甚清楚了。

十八年，幼椿先生邀我每星期到"知行学院"教一小时的英
文。这个学院是青年党的训练学校，规模很小，生徒四五十人，
但是他们精神良好。因为这个关系，我经常和舜生先生见面，海
阔天空，无所不谈，而主要话题则是反共。如今回想当年一些反
共的人竟是只会空谈的书生，焉能不令共党坐大。张君劢先生也
在知行授课，一日步行回家途中被绑，我从那时起也不再去授
课了。

抗战军兴，我和舜生先生同在国民参政会，又多了往还的
机会。那时候的延安是个神秘的地方，有不少所谓左倾知识分子
目之为国家希望所寄的圣地，听说年轻的学生也有兼程前往投
效的。对这现象我采悬疑的态度，一定要我亲眼考察过才能算
数。参政会派遣华北视察慰劳团，我之乐于参加也是一部分为
了要去延安看看。不料到了西安就遭受挡驾，国家主义派的余家
菊先生和我都成了不受延安欢迎的人。我失去了实地考察共党施
政的机会，自然是很失望。舜生先生和余家菊先生同样的是国家
主义派，和我同样的是反共分子，不知为什么后来独蒙他的湘潭
老乡优惠，欢迎他去一游？我想也许是因为他不是用视察慰劳的
名义，而是负了某种政治协调的使命罢。他从延安归来，仓卒中
我问他印象如何，他说"一言难尽"，其实是尽在不言中了。他
沉吟了许久，告诉我一件小事，他说在延安的各级政治机关门口
没有警衙，任何老百姓都可随时排闼直入。我想这当然是一件可
称道的事，但若可称道之事仅此一端，则其一般状况也就可想而
知，其言盖有讽焉。

行宪后，政府以农林部长一席畀青年党人，初属意于李幼

椿，幼椿先生不肯拜命，乃由舜生先生出任。其实象征政党合作之事，人人皆优为之，政绩如何原不必论，唯文书鞅掌，在读书人看来总是牺牲不小。舜生先生曾说："政治乃俗人之事，君子不得已而为之，小人因缘以为利。"有政治抱负的人可以为官，不为官如何展其抱负？为官者未必皆有政治抱负，往往但求袍笏登场、骄其妻妾耳。舜生先生毕生热心政治，终于踏上仕途，盖不得已中之不得已也。他究竟不是俗人，看他二十年来闲居香港，一面治学，一面论政，特立独行，风骨凛然！

最近他两度来台，百忙中均来舍下话旧，风神萧散，臞儒本色。我们由往事谈到旧游，由罗努生之抑郁以终谈到王右家之潦倒病死，由胡适之先生的《水经注》研究谈到常燕生先生所作"玩物丧志"之批评，由某些学者之不知藏拙，妄论中西文化谈到某些不善词章的人之吟风弄月、附庸风雅，由我们的日常起居谈到写作计划，他意气飞扬，亹亹不倦。最后一次临行时他说："以后我每次来台必定要来看你——不过恐怕也没有几次了！"相对黯然。不意那竟是最后一晤，哀哉！